Worum's geht:

Tag eins

Tag zwei

Tag drei

Tag vier

All die Tage danach

Für Captain Jack Sparrow

Zum Teufel mit den Torpedos – volle Kraft voraus!
~ Miss Marple

Tag eins

Der Amoklauf der bösen Heinzelmännchen

Der Kopf kullerte die drei Steinstufen hinunter – *plopp, plopp, plopp* – und landete im Kies am Fuß der Treppe, wo er knirschend auseinanderbrach.
Es war nicht das erste Mal, dass ein abgetrennter, malträtierter menschlicher Schädel vor dem Eingang der Bed-&-Breakfast-Pension zum Liegen kam. Aber dieser hier war wenigstens nicht echt.
Statt zu bluten, bröselte er.
Gipsbrösel.
Der Gipskopf stellte Vincent van Goghs Haupt in Originalgröße dar. Noch mit beiden Ohren.
Jemand hatte die Büste schnöde durch die offene Tür gekickt, bevor er sich daranmachte, die komplette Pension zu zerlegen.
Sie waren zu dritt, und sie kannten kein Pardon in ihrem Wüten – wie King Kong, Godzilla und der unglaubliche Hulk, die nach der Einnahme enthemmender Psychopharmaka alles in Klein- und Kleinstteile zerlegten, was ihnen vor Augen kam.
Aber die drei waren nicht auf Drogen, und sie nahmen die Pension auch nicht sinnlos aus Jux und Dollerei auseinander.
Sie suchten etwas. Und sie suchten es mit einer Gründlichkeit und Gewissenhaftigkeit, die einem unbeteiligten Beobachter fast schon wieder Respekt abgenötigt hätten.
Nichts, wirklich gar nichts im Haus blieb verschont.
Der Kleinste und Schmächtigste der drei riss die Tapeten von den Wänden, um zu sehen, ob sich irgendwo dahinter ein geheimer Tresor verbarg.

Der Mittelgroße mit der ausladenden Leibesmitte ratschte mit einem funkelnden Armeemesser sämtliche Kissen auf. Er tat es genüsslich. Daunen stoben.
Der Größte und Unheimlichste von ihnen, ein Zwei-Meter-Kerl, dessen rechte Hand keine Hand, sondern eine Eisenklaue war, zerlegte das Mobiliar. Nicht mit seiner Klaue, wohlgemerkt, die war auf Hochglanz gewienert und sollte kratzerfrei bleiben, sondern mit einem Hammer, den er in seiner Linken hielt. So eine Klaue ist nämlich teuer, und die Krankenkasse zahlt bei Fahrlässigkeit kein Ersatzteil.
Drinnen im Hausflur nahm die verheerende Demontage ihren Lauf.
In dem leerstehenden Haus hallten das Reißen, Ratschen und Hämmern besonders laut nach. Darum war es eigentlich verwunderlich, dass der Kleine, den sie Das Wiesel nannten, plötzlich innehielt und stutzte. Also … nicht *dass* er es tat, sondern weswegen.
»Habt ihr das auch gehört?«, rief er über seine Schulter.
»Was?«, erwiderte Hans Schenk, der mit dem Kugelbauch.
»Hä?«, donnerte die Eisenklaue. Genauer gesagt, nicht wirklich die Klaue, sondern der Mann, der an ihr dran hing.
»Da ist doch jemand!« Das Wiesel hob die Nase und schnupperte. Das vermittelte jetzt irgendwie den Eindruck, als könne das Wiesel mit seinen Nüstern hören. Aber er hatte nur eine Sommergrippe und kein Taschentuch dabei, und da half es, wenn er bisweilen den Kopf in den Nacken legte und die Nase mehrmals hintereinander rasch hochzog. »Ich habe ein Geräusch gehört! Von da unten.«
Die Blicke von Hans Schenk und der Eisenklaue folgten der Nase, die nach oben zeigte, nicht dem Zeigefinger des Wiesels, der nach unten in den Keller wies.

»Da unten, sag ich! Im Souterrain!« Er sprach es *Suhterängg* aus.

Die drei nahmen Aufstellung am Kopf der Treppe, die ins Untergeschoss führte.

»Wir haben doch alle wegfahren sehen. Es kann niemand mehr hier sein«, flüsterte Hans Schenk und lugte über seinen Bauch in den dunklen Schlund des Pensionskellers hinab.

»Wir sollten nachsehen.« Die Eisenklaue, die eigentlich Herbert hieß, in bestimmten Kreisen auch Enterhaken-Herbert, schaltete das Treppenlicht ein und grinste diabolisch. Es war allgemein bekannt, was er mit Männern machte, die versuchten, seine Pläne zu vereiteln. Diese Männer einte hinterher alle eine langgezogene Narbe quer über das Gesicht. Wie ein Burschenschafts-Schmiss, der höllisch schiefgegangen war. Manche hatten hinterher auch einen zweiten Scheitel. Oder ihnen fehlte ein Auge. Es ging jedenfalls nie gut aus.

Das Wiesel, die Eisenklaue und Hans Schenk stiegen die Treppe hinunter. Nicht knarzend, sondern lautlos, weil es sich um Steinstufen handelte. Man hätte sie nur atmen hören können. Aber es war ja niemand außer ihnen da, also konnte sie auch niemand hören.

Oder doch?

Unten angekommen, verharrten sie einen Moment.

Das Wiesel warf einen bedeutungsschwangeren Blick in die Runde und zeigte mit dem Kopf zum Kellerraum auf der rechten Seite. Die anderen beiden nickten. Hans Schenk hob sein Messer, Herbert seinen Enterhaken.

Das Wiesel versuchte, das Licht im Kellerraum einzuschalten, aber der Schalter klackte nur, ohne dass sich etwas tat.

Vorsichtig betraten sie den halbdunklen, nur vom Flurlicht illuminierten Raum. Der vollkommen leer war. Abgesehen von einem gigantischen Eichenholzschrank.

Der Schrank – ausufernd mit Weinreben und anderen Holzschnitzereien verziert, wie man das in den Jahrhunderten vor dem puristischen Credo *Form follows function* eben so gemacht hatte –, also dieser Schrank sah ein wenig so aus, als hätten sie sich in ihrer Zerstörungswut schon an ihm vergangen. Die linke Tür hing nur noch lose in den Angeln, eins der Beine war durch ein Stück Brennholz ersetzt worden, die hintere Seite des Schrankes fehlte ganz. Aber etwas – oder jemand – schien sich im Innern des Schrankes zu befinden, in dem Teil hinter der rechten Tür, der sich ihren Blicken entzog.
Man hörte jetzt deutlich ein Atmen. Nein, kein Atmen. Mehr ein Röcheln. Quasi das Röchelatmen von Darth Vader.
Hans Schenk, das Wiesel und die Eisenklaue schlichen sich auf Zehenspitzen heran. Das Wiesel zog eine Handfeuerwaffe aus dem Holster unter seinem Sakko hervor. Nicht aus Besorgnis, sondern wegen des Überraschungseffekts. Wer immer sich im Schrank befand, war in der Unterzahl und hatte keine Chance. Er würde sein blaues Wunder erleben.
Direkt vor dem monströsen Eichenholzschrank angekommen, warteten sie kurz, bis sich ihre Augen einigermaßen an das Restlicht aus dem Flur gewöhnt hatten und sie wieder sehen konnten.
Das Wiesel nickte erneut. Enterhaken-Herbert legte seine Eisenklaue um den Knauf der noch funktionierenden Schranktür und zog die Tür mit einem Ruck auf. Sie knarzte und ächzte, und gleich darauf blickten die drei Männer ins Innere des Schrankes.
Das sich ihnen gähnend leer präsentierte.
Abgelenkt, wie sie waren, bemerkten sie erst kurz darauf, dass die Präsenz, die sie spürten, nicht aus dem Innern, sondern von der Decke des Schrankes kam. Sie hoben ihre Blicke.

Im ersten Moment erkannten sie nichts als ein türkisblau leuchtendes Augenpaar, das sie von oben herab anstarrte.
Böse anstarrte.
Es war ein nachgerade unheimliches Starren. Horrorfilm-unheimlich.
Dieses Etwas, was immer es war, hatte auf sie gewartet. Was doch eigentlich merkwürdig war. Da könnte man auch gleich sagen, der nordatlantische Meeresboden habe auf die *Titanic* gewartet. Als wüsste die Verdammnis schon vorab, dass die Verdammten im Anmarsch waren.
»Was zum …?«, fing das Wiesel an und fuchtelte mit seiner Waffe. Enterhaken-Herbert hob seine Eisenklaue.
Dann lachte Hans Schenk gackernd. Die anderen fielen mit ein.
»Das ist ja nur eine Katze. Großer Gott, noch dazu eine grottenhässliche Katze – die hat ja gar kein Fell.« Er stellte sich auf Zehenspitzen. »Na, du hässliche Kreatur, leidest du an galoppierendem Haarausfall? Miez, miez, miez.«
»Blödes Vieh«, brummte das Wiesel. »Stech es ab, dann machen wir weiter.«
»Aber gerne doch!« Hans Schenk grinste und wollte nach dem Nacktkater greifen.
»Lass mich das machen.« Enterhaken-Herbert nahm mit seiner Klaue Anlauf. Er grinste fies.
»Sag adiós, Kätzchen!«

Wenn Amor den Pfeil aus dem Köcher holt, dann duck dich weg!

»Ja, ich will!«
Im barocken Trausaal des Rathauses war es mucksmäuschenstill. Selbst die pummeligen Putten an der Stuckdecke hielten den Atem an. Man hörte – neben dem Bekenntnis zur Liebe, das die Braut beseelt aus der Tiefe ihres Herzens hauchte – nur Konny, die nieste und in ihr Stofftaschentuch schnäuzte.
»Kannst du noch lauter rotzen? Ich glaube, draußen auf dem Marktplatz haben es noch nicht alle gehört!« Kriemhild schüttelte den Kopf – was ihr an Emotionalität fehlte, war sämtlich bei ihrer Zwillingsschwester gelandet.
»Was?«, schnüffelte Konny unter Tränen.
»Pst!«, zischelte Kriemhild und stieß Konny den Ellbogen zwischen die Rippen.
Der Standesbeamte, das Brautpaar und die Hochzeitsgäste sahen zu den Schwestern. Kriemhild guckte stur geradeaus, Konny hob entschuldigend die Schultern.
Sie schob schniefend ihr durchgeweichtes Taschentuch in den linken Ärmel ihres Goldlamékleides, der sich daraufhin wie bei einer Beulenpestkranken auswölbte.
Der Standesbeamte richtete seinen Blick wieder altväterlichgewogen auf Braut und Bräutigam. Er räusperte sich und lächelte. »So erkläre ich Sie hiermit zu Mann und Frau.« Sein seniorenhaftes Wohlwollen mutierte zu einem bubenhaften Grinsen. »Der folgende Satz ist vom Gesetz her zwar nicht vorgesehen, aber ich sage ihn trotzdem immer wieder gern: Sie dürfen die Braut jetzt küssen.«
Die frisch gebackene Ehefrau zog mit beiden Händen den Kopf

ihres nunmehr angetrauten Gatten zu sich und küsste ihn herzhaft. Und ausdauernd.
Das war das Zeichen für die anwesenden Gäste: Die Jubelorgie setzte ein.
Die fünf Uniformierten pfiffen lautstark.
Die drei Kostümträgerinnen applaudierten enthusiastisch.
Der Sohn der Braut nickte zustimmend, allerdings mit abgewandtem Blick, weil man auch als erwachsenes Kind nicht sehen will, wie die eigene Mutter einen im Grunde fremden Mann pornös mit Zunge küsst.
Klaus, der ›*und Begleitung*‹ von Konny, sprang auf und ließ seinen Koloss von einem Fotoapparat losklicken.
Das fünfjährige Blumenkind, ein Enkel der Braut, warf den Korb mit den Rosenblüten in hohem Bogen in die Luft, woraufhin es – wie in dem Song von Hildegard Knef – gewissermaßen rote Rosen regnete. Der Korb selbst verfing sich allerdings im Kronleuchter.
Konny erlitt jetzt einen kompletten Dammbruch und heulte haltlos, und sogar Kriemhild wirkte für ihre Verhältnisse gerührt.
Herr Hirsch, ihr Gärtner, war nunmehr offiziell der Ehemann von Kommissarin Klum, der Frau, die noch vor kurzem in dem Mordfall in Konnys und Kriemhilds Pension ermittelt hatte, bei dem alle Welt glaubte, Herr Hirsch hätte mit seinem Aufsitzrasenmäher einen Nachwuchsmusiker plattgefahren. Was sich als falsch herausstellte.
Keiner, nicht einmal Konny und Kriemhild, die ja mit ihm unter einem Dach wohnten, hatten etwas mitbekommen: Es war Liebe auf die erste Befragung gewesen. Kaum war der Fall abgeschlossen, hatte es eine Wirbelwindromanze gegeben, und nun waren sie schon Mann und Frau.

Außenstehende konnten nur wild spekulieren, was die beiden ineinander sahen – er in der taffen Mittfünfzigerin mit dem strengen Kurzhaarschnitt und dem fassförmigen Körper, sie in dem vorverruhestandeten Aphasiker. Aber die besten Ehen werden ja ohnehin im Himmel geschlossen, und die da oben achteten nicht auf Schönheit, Jugend oder Unversehrtheit.

Der Jubel verebbte. Notgedrungen, denn die Zeit drängte, draußen im Flur wartete schon das nächste Paar mit seiner Entourage.

»Wie wunderbar«, hauchte Frau Klum, die auch nach der Eheschließung Klum hieß.

»Stabhochsprungrekord«, erklärte Herr Hirsch glücklich.

Nach seinem Schlaganfall hatte er zwar seine motorischen Fähigkeiten wiedererlangt, sein Sprachzentrum war jedoch gestört geblieben. Laut Aussage des behandelnden Arztes vermutlich dauerhaft. Offiziell nannte man das Aphasie. Herr Hirsch war noch völlig klar im Kopf, aber was aus seinem Mund kam, ergab keinen Sinn mehr. Außer man hatte gelernt, seine Lautäußerungen assoziativ zu deuten. Herr Hirsch liebte Leichtathletikübertragungen im Fernsehen, und wenn er von einem *Stabhochsprungrekord* sprach, legte das die Vermutung nahe, dass er sich in seinem Zustand als frisch gebackener Ehemann wohl fühlte.

Die Jungvermählten küssten sich nochmals zärtlich.

»Wo die Liebe hinfällt«, murmelte Konny und lächelte hingerissen.

Auch die anderen Gäste der standesamtlichen Trauung strahlten beglückt. Was konnte schöner sein als junge Liebe im Alter? Wobei Alter natürlich eine Frage des Standpunkts ist: für die Jungen unter ihnen waren die 57-jährige Frau Klum und ihr 63-jähriger Herr Hirsch alte Leute, fast schon Greise, aus Sicht

von Konny hatten die beiden gerade mal die Lebensmitte erreicht. Wobei es schon kühn war, davon auszugehen, dass das Paar mit 114 respektive 126 noch seine Goldene Hochzeit erleben würde und Konny mit 120 ½ noch Konfetti dazu werfen könnte.
»Deine Wimperntusche schliert«, konstatierte Kriemhild, die Liebe für überbewertet hielt.
Die Gästeschar erhob sich.
»Jetzt gehen wir alle zum *Café am Markt*«, rief der Sohn der Braut. »Dort ist der Nebenraum für uns reserviert. Es gibt Kaffee und Kuchen und natürlich auch Alkoholisches.«
Der Sohn der Braut – unehelich, sie war ebenso wie ihr nigelnagelneuer Gatte noch nie verheiratet gewesen – war Mitte dreißig und jüngster Richter am hiesigen Amtsgericht. Er führte die Prozession an, die gleich darauf vom Rathaus quer über den Marktplatz zum Café zog, bestehend aus dem selig lächelnden Ehepaar sowie – auf Seiten der Braut – der Frau des Sohnes und dessen Kind, fünf kernigen Polizeibeamten in Ausgehuniform, einer davon vermutlich weiblich, die Wetten dazu liefen noch, und – auf Seiten des Bräutigams – aus drei ehemaligen Mitarbeiterinnen der Bankfiliale, deren Leiter Herr Hirsch vor seinem Schlaganfall gewesen war, dazu Konny und Kriemhild, seinen engsten Freundinnen, die ihn, den alten, invaliden Junggesellen, bei sich aufgenommen hatten.
Klaus, ehemaliger Kommilitone und jetziger Gelegenheitslover von Konny, fungierte als ›offizieller‹ Hochzeitsfotograf, obwohl er eigentlich Musikmanager war und vom Fotografieren keine Ahnung hatte. Die Bilder waren abwechselnd unscharf oder überbelichtet, aber das wusste zu diesem Zeitpunkt ja noch keiner.
Den Abschluss des Festzugs bildeten Konny und Kriemhild.

Mitten auf dem Marktplatz fühlte sich Konny plötzlich von ihrem Klaus am Goldlaméärmel gezupft. Das durchnässte Taschentuch fiel dabei heraus, aber das bemerkten weder Klaus noch Konny, sondern nur eine zufällig in der Nähe befindliche Taube.

»Du, Schatz, ich muss los«, sagte Klaus.

»Wie? Los?«

»Ich muss weg.«

»WEG?«

»Ich habe gerade eine SMS bekommen. Heute Abend singt Leo Baker in Stuttgart. Den will ich schon seit Ewigkeiten verpflichten. Es heißt, er will sein Management feuern. Das ist meine Chance. Und die Kiste hier ist ja sowieso schon gelaufen.«

Klaus hatte nur eine Handvoll Musiker unter Vertrag, von denen keiner wirklich erfolgreich war. Nur ein einziges Mal hatte es einen Silberstreifen am Horizont gegeben – die Band Cordt stand kurz vor dem Durchbruch –, aber dann wurde der Leadsänger mit dem Aufsitzrasenmäher von Gärtner Hirsch in der Bed-&-Breakfast-Pension von Konny und Kriemhild plattgefahren, und seitdem dümpelte Klaus weiter im unteren Mittelfeld der Musikagenten herum. Eigentlich musste man es ihm hoch anrechnen, dass er Konny den Aufsitzrasenmähervorfall nie zum Vorwurf gemacht hatte. Fand Klaus. Wie dem auch sei, er brauchte dringend einen neuen Musiker mit Potenzial.

Konny dagegen fand, dass er in diesem Moment dringend an ihrer Seite zu sein hatte.

»Aber …« Konny hatte vor gefühlt hundert Jahren mit ihm studiert, ihn dann aus den Augen verloren und ihn seit ihrer Neubegegnung rund um den Aufsitzrasenmähervorfall immer mal wieder mit Genuss vernascht. Exakt diese Freude hatte sie auch im Anschluss an die Hochzeitsfeierlichkeiten geplant.

Nichts war doch trauriger, als nach einer Hochzeit keinen Sex zu haben!

»Aber …« Sie wollte zivilisiert bleiben und ihm nicht hier, vor der versammelten Hochzeitsschar und den allgegenwärtigen Touristen, eine Kopfnuss versetzen, auch wenn es sie fast unwiderstehlich in den Fingern juckte. Außerdem war ihr selbst nicht ganz klar, ob sie wütend werden oder heulen wollte. Sie entschied sich für den Mittelweg: Sie schmollte. Auch eine Frau von Anfang sechzig hat noch Träume und Sehnsüchte. Und schmollt wie eine Sechsjährige, wenn diese Träume und Sehnsüchte zu platzen drohen.

»Ich muss ihn nur im richtigen Moment abfangen.« Klaus war mit seinen Gedanken schon längst bei den Vertragsverhandlungen mit Leo Baker und achtete gar nicht weiter auf sie. Das war keine böse Absicht. Das lag allein an der männlichen Fokussierung, die nicht multitaskingfähig war. »Ehrlich, das wär echt der Hammer, wenn ich ihn verpflichten könnte!« Jetzt bemerkte er ihre Schnute doch. »Äh … nicht traurig sein, Süße. Wir holen das nach!« Er schenkte ihrem Schmollgesicht ein entschuldigendes Lächeln.

Wir holen das nach? Was denn, bitte schön? Die Hochzeit? Konny schmollte noch mehr.

So eine Schmollfratze hatte zwar im Laufe der einhunderttausendjährigen Menschheitsgeschichte noch nie einen Mann dazu gebracht, seine Pläne über den Haufen zu werfen, dennoch setzten Frauen immer noch und immer wieder genau diesen Gesichtsausdruck auf, wenn es nicht so lief, wie sie es sich erhofft hatten.

»Ich bin sicher, dass ich nächstes Wochenende wieder vorbeikommen kann. Spätestens übernächstes Wochenende. Ich melde mich.« Klaus küsste Konny nicht auf die Stirn, den Geschmack von Make-up auf den Lippen konnte er nicht ausstehen, und er küsste sie auch nicht auf den Scheitel, weil es ihm mit dem Geschmack von Haarspray ganz genauso ging. Stattdessen spitzte er nur die Lippen und pustete als Spitzmaulfrosch auf zwei Beinen etwas Luft ganz allgemein in Richtung ihres Gesichts.

»Die Fotos schicke ich dir per Mail«, rief er ihr noch über die Schulter zu, bereits auf dem Weg zu seinem Wagen im Parkhaus.

Konny sah ihm fassungslos nach. »Aber …«

Wie eine Salzsäule – besser gesagt: Goldlamésäule (und dazu korinthisch, also ausladend-schnörkelig) – stand Konny mitten auf dem Marktplatz und sah dem entschwindenden Rücken ihres Lovers nach.

»Komm jetzt!«, herrschte Kriemhild sie an.

Konny reagierte erst gar nicht. Sie war zur Gänze auf Klaus konzentriert. Hörte sie da etwa die Nachtigall trapsen? Warum behandelte er sie schlagartig, als sei sie eine Zigarette und er auf kaltem Nikotinentzug? Sie hatten doch so schöne Stunden zusammen verbracht! Das Wochenende am Bodensee! Das Wochenende im Schwarzwald! Das Wochenende im Bett! Sie hatte wirklich, wirklich gedacht, mit Klaus würde jetzt eine ruhige Phase der Zweisamkeit in ihrem Leben einkehren. Natürlich war er viel unterwegs. Aber jede freie Minute würden sie zusammen verbringen, mehrheitlich in der Horizontalen. Zwei reife Menschen, die endlich ihren Seelenverwandten gefunden hatten und nun Hand in Hand in den Sonnenuntergang flanierten. Vielleicht nicht die große Liebe, aber doch das große Miteinander.

»Konny!«, donnerte Kriemhild und riss ihre Schwester damit aus den 3-D-Phantasien in Hollywoodrosa.

»Klaus ist gegangen.«
»Für immer?« Kriemhild bekümmerte das nicht weiter. Sie stand Klaus völlig gleichgültig gegenüber. Männer interessierten sie nicht. Frauen auch nicht. Kriemhild kreiselte in ihrem eigenen Universum, mit ihr selbst als Sonne. Unnachgiebig zog sie ihre Schwester zum Café hinüber, in das die anderen Hochzeitsgäste bereits verschwunden waren.
Konny schniefte. Von den beiden war sie eindeutig näher am Wasser gebaut. Sie tastete erst im linken Ärmel, dann im rechten nach ihrem Taschentuch, aber das war mittlerweile auf dem Marktplatzpflaster zum Spielball der Taube geworden, die darin nach Brotkrumen suchte. Oder es zerpicken wollte, um damit ihr Nest auszupolstern. Wer weiß schon, was in so einem Taubenhirn vor sich geht.
Es blieb Konny jedenfalls nichts anderes übrig, als sich mit dem Handrücken über die Nase zu fahren. Die bis dato vertikal verlaufenden Mascara-Schlieren bekamen horizontale und diagonale Ergänzungen.
»Geh aufs Klo und mach dich frisch«, verlangte Kriemhild.
»Ich brauche erst Alkohol, sonst kann ich für nichts garantieren.« Konnys Nervenkostüm war zum Zerreißen gespannt.
Sie betraten das plüschige, bei Touristen wegen des Ausblicks auf den pittoresken Marktplatz sehr beliebte Café. Aus dem Nebenraum hörte man bereits das Klirren von Gläsern, die prostend aneinandergestoßen wurden.
Die Schwestern gesellten sich zu der Feiergruppe. Konny nahm dem Servierfräulein an der Tür zum reservierten Nebenzimmer ein Glas Sekt ab und kippte es in einem Zug hinunter. Sie stellte das leere Glas zurück auf das Tablett und wollte nach dem nächsten vollen Glas greifen.
»Jeder nur ein Glas«, sagte die junge Kellnerin bedauernd.

»Wer sind Sie? Die Promillekontrolleuse?« Konny war im Grunde ein sehr umgänglicher Mensch. Aber nicht jetzt und nicht hier.
»Was? Äh … nein.« Die junge Frau, sichtlich neu im Job, sah sich verstört um. »Pro Gast nur ein Glas. Wenn Sie noch etwas trinken möchten, dann bringe ich Ihnen das selbstverständlich gern. Das müssten Sie dann aber selbst bezahlen.«
Aha, also gewissermaßen abgezähltes Freibier. Herr Hirsch war als ehemaliger Bankfilialleiter durchaus vermögend, und auch Frau Klum kam aus gutem, begütertem Stall, aber von den Reichen konnte man sparen lernen.
Kriemhild reichte ihr Glas an ihre Schwester weiter. »Hier, nimm meines, du Schluckspecht. Und hör auf, dich so lautstark danebenzubenehmen!«
Konny hickste. Es war ein Prickelwasserhicksen, aber bei Kriemhild kam es als Einverständniserklärung an.
Sie mischten sich unter das Feiervolk.
Es gab nur Stehtische, die aber waren ganz entzückend eingedeckt – in Rot und Weiß und mit Blüten-Deko. Die Hochzeitsgäste standen allerdings nicht an den Tischen, sondern im Kreis um die frisch Angetrauten: die Angehörigen, das Blumenkind, die Polizisten und die Bankerinnen. Apropos Bankerinnen – hatten die sich vermehrt? Waren das eben nicht drei junge Frauen gewesen? Oder doch schon vier? Hatten sie die Vierte übersehen, weil sie im Rollstuhl saß und somit tiefergelegt war?
Un. Ver. Zeih. Lich.
Kriemhild und Konny gesellten sich dazu. Das Glas in Konnys Hand war schon wieder leer. Sie schaute sich suchend um: Wer hier sah so aus, als würde er auf das ihm zustehende Glas verzichten? Alkoholiker und Schwangere?

Der Sohn von Frau Klum räusperte sich, plusterte sich ein ganz klein wenig auf und hob mit seiner Rede an. »Liebe Gäste …« Er strahlte. »Alter schützt vor Liebe nicht, aber Liebe schützt in einem gewissen Grad vor dem Altern«, verkündete er.
»Hört, hört«, rief Konny. Es klang skeptisch.
Kriemhild versetzte ihr einen Stoß zwischen die Rippen. An dieselbe Stelle wie vorhin im Trausaal. Das würde einen Bluterguss geben.
Konny sah zu der jungen Rollstuhlfahrerin neben sich. Sie hätte schwören können, sie noch nie gesehen zu haben. Aber ihr Blick war zugegebenermaßen nicht mehr ganz klar. Um wieder in ihr Goldlamékleid zu passen, hatte sie die letzten Tage mehr oder weniger hardcore gefastet, und der Sekt stieg ihr in Rekordtempo zu Kopf.
»Die Liebe, was soll man über die Liebe sagen …«, dozierte der Jung-Richter mit derselben drögen Stimme, mit der er sonst Kleinkriminelle zu sechs Monaten auf Bewährung verdonnerte, »… sie hebt uns empor auf Himmelsschwingen …«
Offenbar hatte er mit beiden Händen voll in die Klischeekiste gegriffen respektive in einen Hochzeitsredenratgeber. Seine Rede las er von Karteikarten ab.
»Trinken Sie das nicht?«, flüsterte Konny der jungen Frau neben sich zu, deren Glas noch unberührt schien.
»Nein, ich vertrage keinen Alkohol.«
»Dann her damit.« Konny tauschte mit der Frau die Gläser.
Kriemhild knurrte und knuffte. Das Hämatom wuchs.
»… die Liebe macht uns zu besseren Menschen. Sie heilt. Sie inspiriert. Sie …« Der Richter redete sich in Fahrt und raschelte wild mit den Karteikarten, weil er sie offenbar durcheinandergebracht hatte. Was ihn nicht weiter hätte aufregen

sollen: weil es nämlich nicht auffällt, wenn man eine Binsenweisheit perlenschnurartig an die andere fädelt.
Konny hickste.
Konny und Kriemhild waren Zwillingsschwestern, aber zweieiig. Sie waren sich – äußerlich und innerlich – so was von gar nicht ähnlich. Es müsste einen weiteren Begriff geben für Geschwister aus ein und demselben Wurf, die sich so dermaßen unähnlich waren: um sechs Eier verwandt?
Konny war eher klein und drall, mit Hummelhüfte statt Wespentaille, wie sie immer zu sagen pflegte; Kriemhild dagegen eher groß und hager, wie ein umgedrehter Besen, der Stil unten und die Borsten zu einem Zopf geflochten.
Während Kriemhild sich streng an Konventionen hielt, weil sie darin das Rückgrat menschlichen Zusammenlebens sah, pellte sich Konny ein Ei darauf, was andere Leute von ihr dachten. Dass die beiden jetzt, im Alter, zusammen eine Bed-&-Breakfast-Pension betrieben, lag nicht darin begründet, dass sie sich liebten und gemeinsam alt werden wollten, sondern allein darin, dass sie keine andere Möglichkeit sahen, ihren Lebensunterhalt zu verdienen.
»… die Liebe …«, rief der Richter, »… die Liebe …«
»Liebe ist kacke!«
Letzteres war Konny nur so rausgerutscht. Bei aller Unkonventionalität nahm sie doch – im Gegensatz zu ihrer Schwester – immer Rücksicht auf die Gefühle anderer Menschen – also, nicht *aller* Menschen, aber der Menschen, die sie mochte, wie Herrn Hirsch und Frau Klum –, aber die drei Glas Sekt hatten ihr Gehirn bereits mariniert.
Alle starrten sie an.
Kriemhild lief rot an und zog ihre Schwester nach draußen.
»Mit dir ist man immer blamiert. Immer! Du gehst jetzt auf

die Toilette und machst dich frisch, und dann trinkst du einen doppelten Espresso!«

Konny schwankte in Richtung der Fliesenabteilung, und weil sie mit den Piktogrammen nicht klarkam, landete sie in der Herrentoilette. Sie brauchte ewig, um sich mit üppigen Mengen Toilettenpapier das Gesicht halbwegs sauber zu wischen. Mehreren Café-Gästen, die das Pech hatten, sich ausgerechnet jetzt erleichtern zu müssen, lallte sie zu, dass man sich auf Männer nicht verlassen könne. Und dass die Welt eine bessere wäre, wenn es überhaupt keine Männer gäbe und sich die Menschen durch jungfräuliche Geburt vermehrten. Und es dauerte nochmal so lange, bis sie – nach drei doppelten Espressi, im Stehen an der Kuchentheke zu sich genommen – wieder halbwegs zurechnungsfähig war.

Doch als sie gefühlte Stunden später zurück in den Nebenraum kam, hatte sie nicht, wie erhofft, die komplette Feier verpasst, sondern nur die Rede. Der Jung-Richter schloss gerade mit den Worten: »Auf meine Mutter und … ihren Mann!« Das mit dem *Stiefvater* musste er noch üben.

»Hipp, hipp, hurra!«, rief die versammelte Festgesellschaft. Alle hoben ihre Gläser.

Konny bekam wieder einen gierigen Blick. Sie würde noch viel trinken müssen, um ihre Enttäuschung angesichts Klausens Unzuverlässigkeit verkraften zu können. Es war ja nicht nur dieser singuläre Vorfall! Konny war von der Liebe generell enttäuscht, darüber, dass sie wieder nicht den Traumprinzen in strahlender Rüstung gefunden hatte. Und wenn sie die Liebe ihres Lebens nicht in Form eines Mannes fand, dann vielleicht doch auf dem Grund eines Champagnerglases? Sie wollte auf die Jungkellnerin zumarschieren.

Kriemhild sah den Blick ihrer Schwester und hielt sie am Gold-

laméärmel fest. Ihre gemeinsame Bed-&-Breakfast-Pension warf bei weitem nicht genug ab, um die liebesentzugbedingten Alkoholexzesse ihrer Schwester finanzieren zu können.
Das Blumenkind, dem während der endlosen Rede offenbar langweilig geworden war, schob findig einen Stuhl an einen der Stehtische, kletterte hinauf, zog – in enthusiasmierter Hingabe an die ihm gestellte Aufgabe – die Blumen aus der Vase und warf sie in hohem Bogen in den Raum.
»Malte, nein!«, sagte die Mutter, allerdings nicht militärisch-zackig-streng, sondern in kommunikationsdynamischem ›lass-uns-das-ausdiskutieren‹-Tonfall, weshalb Malte auch nicht gehorchte, sondern seinen Stuhl an den nächsten Stehtisch schob, um auch aus den dortigen Blumen Flugobjekte zu machen.
»Und jetzt wollen wir feiern!«, rief Frau Klum ungewohnt fröhlich. »Zum Kaffee gibt es Erdbeerkuchen – normal und glutenfrei. Optional mit normaler oder laktosefreier Sahne.«
Kriemhild schnaubte. »Seit 5000 Jahre essen die Menschen Weizen und trinken Milch, aber plötzlich reagieren alle allergisch auf Gluten und Laktose«, murmelte sie. »Lächerlich.«
Kriemhild hatte nicht viel Verständnis für Neumodisches. Allergien waren für sie ein Zeitgeisthype. Was in der Pension, wo sie für die Küche verantwortlich war, bisweilen zu Problemen führte.
Blumenkind Malte warf erneut die Blumendeko durch den Raum. Diesmal mit Vase. Es scherbte.
»Malte, nein!«, sagte die Mutter. Jetzt hörte man das Ausrufungszeichen heraus. Also *man* hörte es, Malte nicht. Der kletterte vom Stuhl und schob ihn abermals einen Stehtisch weiter.
Man hörte das Quietschen von Gummireifen.
»Ist bei Ihnen noch frei?«

Es war die junge Frau im Rollstuhl, deren Sekt Konny getrunken hatte.

»Ja bitte, sehr gern.« Konny strahlte. Wer sie mit Alkohol versorgte, hatte immer einen Platz in ihrem Herzen.

Die Bankerinnen gesellten sich dazu, weshalb es auf einen Schlag eng in der Ecke wurde. Aber wenn einander fremde Menschen sich auf einer Party begegnen, neigen sie erst mal zur Geschlechtertrennung. Die Uniformierten standen an einem der Stehtische an der Fensterfront, am Nebentisch gruppierte sich die Familie. Die restlichen Stehtische blieben leer.

Mal abgesehen von dem letzten, noch unversehrten Stehtisch, an dem Malte nun zugange war. Maltes Mutter griff pädagogisch ein und entfernte die Blumen mitsamt Vase. Wenn sie allerdings geglaubt hatte, dass Malte sich davon in irgendeiner Weise einschränken ließ, kannte sie ihr Balg aber schlecht: Malte griff sich die Zuckerdose und warf sie in die Luft. Dazu quiekte er beglückt.

Den Flug überstand die Zuckerdose unbeschadet, was sich nicht von der Landung sagen ließ. Zucker stäubte fontänenartig auf.

Kriemhild schüttelte den Kopf. Sie bedauerte es, dass körperliche Züchtigung kein fundamentaler Bestandteil der Kindererziehung mehr war, nicht einmal bei einem derart unverbesserlichen Mini-Randalierer. Eine Ohrfeige hätte diesem Lümmel nicht geschadet.

»Er meint es nur gut«, rief Maltes Mutter in die Runde und wischte sich verschämt Zucker aus dem Haar.

Man sah Kriemhild an, dass sie sich auch für Erwachsene ein strengeres Regiment und Ohrfeigen vorstellen konnte.

Konny lenkte rasch ab. »Sie haben früher für Herrn Hirsch gearbeitet, stimmt's?«, erkundigte sie sich bei den Bankerinnen.

Wer sich smalltalkmäßig auf ihre Schwester verließ, der war verlassen.
»Ja.« Drei der vier jungen Frauen nickten und kicherten, nur die vierte – die Rollstuhlfahrerin, die Konny ihren Sekt überlassen hatte – nickte nicht. Vielleicht fand sie ja, dass sich das von selbst verstand.
»Wir freuen uns sehr, dass es ihm nach seinem Schlaganfall wieder so gut geht«, meinte die Rothaarige.
»Und dass er sich auf seine alten Tage noch verliebt hat«, ergänzte die Brünette.
»Und geheiratet hat!«, seufzte die zweite Brünette, und man hörte deutlich, dass sie es immer noch nicht glauben konnte. Vermutlich war sie Single und fragte sich, wieso ein greiser Aphasiker eine Frau abbekam, sie aber immer noch jeden Abend mit einem Glas Rotwein in der Hand und ihrer Katze auf dem Schoß die Online-Dating-Datenbanken durchforstete. Sämtliche auf Tinder gelisteten Männer hatte sie nämlich schon durch – das typische Kleinstadt-Single-Schicksal.
Konny lag auf der Zunge, etwas Abfälliges über die Ehe zu äußern, solange ein Mann daran beteiligt war, aber Kriemhilds Ellbogen war schneller.
»Autsch.« Das Hämatom unter ihrem Goldlamékleid nahm allmählich die Ausmaße Grönlands an.
Die Rothaarige grinste. »Darf ich fragen, ob Sie Schwestern sind?«
Eine der Brünetten meinte: »Also, wir wissen ja, dass Sie zusammen die Pension oben am Waldrand führen und dass unser Ex-Chef nach seinem Schlaganfall zu Ihnen gezogen ist, um Gartenarbeiten für Sie zu erledigen, aber wir sind uns nicht sicher, ob Sie Schwestern sind oder Schwägerinnen, also ob eine von Ihnen den Bruder der anderen geheiratet hat? Oder so?«

Drei der jungen Frauen nickten, die vierte blieb reglos. Wieder die rollstuhlfahrende Blondine mit dem Fransenpony. Vielleicht hatte sie einen Krampf im Hals. Oder eine akute Nackenversteifung.

»Wir sind Zwillingsschwestern«, erklärte Kriemhild. Normalerweise leugnete sie in Gesellschaft jede Verwandtschaft mit Konny, aber in dieser Runde ging das schlecht. In einer Kleinstadt kannte jeder jeden, und auch wenn sich Klatsch und Tratsch schneller verbreiteten als echte Fakten, sickerte die Wahrheit irgendwann doch immer durch. »Ich bin die Ältere. Um vierzehn Minuten.«

»Zwillingsschwestern? Das ist ja sooo spirituell!«, hauchte die Rothaarige begeistert. »Sie sind quasi gebürtige Seelenverwandte. Eine Schicksalsgemeinschaft der Natur!« Sie bekam große Augen. »Wenn Ihre Schwester sich verletzt, was spüren Sie dann?«

»Freude!«, konstatierte Kriemhild mit Pokerface.

Drei von ihnen guckten erst verwirrt, dann kicherten sie albern. Die Reglose verzog immerhin die Mundwinkel. In Konny wuchs der Verdacht, dass es sich bei ihr gar nicht um eine ehemalige Mitarbeiterin von Herrn Hirsch handelte, sondern um eine Hochzeitspartycrasherin.

Hm, durfte man das einer Rollstuhlfahrerin unterstellen oder war das politisch unkorrekt? Konny fand, dass eine liebeskummerkranke Frau das Recht hatte, bei der Welt – und auch den tiefergelegten Mitmenschen – immer erst mal vom Unguten auszugehen. Wäre immer alles eitel Sonnenschein, hätte ihr Herz ja keine weitere Kerbe abbekommen.

Eine der Brünetten fragte allen Ernstes: »Sind Sie denn eineiige Zwillinge?«

Konny und Kriemhild sahen sich an. Die eine klein und drall, die andere groß und hager.

»Ja«, sagte Kriemhild und lächelte milde.

»Wahnsinn!« Die drei Stehenden starrten Konny und Kriemhild an, als würden sie zum ersten Mal einem geklonten Mammut gegenüberstehen. Die Rollstuhlfahrerin schürzte die Lippen.

Konny und Kriemhild beschlossen spontan – das mussten sie nicht aussprechen, das kommunizierten sie telepathisch –, ihre Ersparnisse einer anderen Bank anzuvertrauen.

»Darauf geb ich eine Flasche Sekt aus!«, rief die Rothaarige, und Konny verzieh ihr sofort alles.

»Ich helfe dir tragen«, sagte die erste Brünette.

»Ich pudere mir solange die Nase«, verkündete die zweite Brünette.

Die Reglose blieb reglos.

Kriemhild holte sich von der im Nebenraum aufgebauten Kuchentheke einen Erdbeerkuchen – mit extra Gluten! –, häufte Laktosesahne darauf, kehrte zum Stehtisch zurück und säbelte drauflos.

Konny, der es egal war, ob sie mitten im Stehempfang aus ihrer goldenen Wursthülle platzte, holte sich gleich zwei Stück Kuchen. Sie nahm auch die ganze Schale Schlagsahne mit.

Das zweite Stück Kuchen stand ohne Frage einem anderen Gast zu, denn der Kuchen war zweifelsohne ebenso abgezählt wie der gegorene Traubensaft, aber an der Kuchentheke galt wie im richtigen Leben das Darwin'sche Prinzip: Nur die Starken überleben.

Ins Mümmeln der Schwestern drang das Räuspern der vierten jungen Frau. »Ich muss mit Ihnen reden, Frau Kapitän!«

Konny sah überrascht auf. Der verstorbene Mann ihrer Schwester war schon so lange verstorben, dass niemand sie mehr mit *Frau Kapitän* anredete. Die meisten hatten sogar vergessen, dass es ihn je gegeben hatte.

»Jetzt nicht!« Kriemhild redete nicht gern mit vollem Mund. Sie aß immer gern zügig durch. Außer natürlich, wenn sie sich über etwas zu beschweren hatte. Schimpfkanonaden wirkten noch besser, wenn man dabei Krümel spucken konnte.
»Frau Kapitän, hören Sie doch – es ist wichtig! Es geht um Ihren Mann. Ich bin extra angereist, um das persönlich mit Ihnen zu bereden. Für ein Telefonat ist es viel zu brisant … äh … Frau Kapitän?« Sie winkte mit der Hand wie ein Scheibenwischer von links nach rechts und wieder zurück, weil Kriemhild zwar in ihre Richtung schaute, ihr Blick jedoch glasig wirkte.
»Nur weil ich Sie ansehe, wenn Sie reden, heißt das noch lange nicht, dass ich zuhöre. Oder dass mich interessiert, was Sie sagen.« Kriemhild senkte den Blick auf den Erdbeerkuchen.
Konny dagegen wurde neugierig. Und wenn sie in ihren sechzig Lebensjahren etwas gelernt hatte, dann das: Neugier toppte Liebeskummer. Woher wusste die junge Frau, dass Kriemhild Kapitänsgattin war? Und ganz offenbar gehörte sie nicht zu der Hühnerschar von Bankangestellten. Wer war sie also?
Konny nahm sich vor, ihr exakt diese Fragen zu stellen, sofort nachdem sie das zweite Stück Kuchen verputzt hatte, aber da erhob sich der Jung-Richter erneut und klopfte mit seiner Kuchengabel gegen sein leeres Sektglas.
»O Gott, nicht noch eine Rede.« Kriemhild sprach laut aus, was alle anderen nur dachten.
Da Kriemhilds Stimme wie ein Nebelhorn dröhnte, hatte der Richter es gehört. Man konnte nur hoffen, dass Kriemhild nie wegen irgendeiner Bagatelle in seinen Amtsgerichtssaal kam: Sie würde nicht unter fünfzehn Jahren mit anschließender Sicherheitsverwahrung davonkommen.
Der Klum-Sohn räusperte sich. »Unsere Frischvermählten müs-

sen jetzt los – die Hochzeitsreise ruft, und das Schiff wartet nicht. Ich läute hiermit die Verabschiedungsrunde ein.«
Herr Hirsch und Frau Klum wollten eine Mittelmeerkreuzfahrt unternehmen. Oder eine Donaukreuzfahrt. Oder über den Rhein schippern. Niemand wusste es so genau, die beiden hatten ein großes Geheimnis daraus gemacht. Nur dass es eine Schiffsreise war, schien klar, weil Herr Hirsch für sich und seine Liebste in der Löwen-Apotheke eine Großpackung Tabletten gegen Seekrankheit gekauft hatte.
»Konfetti!«, rief Konny und streute mitgebrachten Basmati-Reis über das junge und auch wieder nicht junge Paar.
»Alles, alles Gute«, riefen die anderen und streuten nichts, weil sie mehrheitlich fanden, dass sich das in einem Café nicht gehörte.
Frau Klum und Herr Hirsch liefen lachend nach draußen, wo sie in einen dunklen Audi mit Chauffeur stiegen, der sie zum nächsten Flughafen bringen sollte.
Konny fand ja, dass der Jung-Richter seine Mutter und Herrn Hirsch hätte fahren können, dann wäre noch Geld übrig gewesen, um die Hochzeitsgäste auch weiter kostenlos zu alkoholisieren oder wenigstens mit Schlagsahne zu versorgen. Aber es war, wie es war.
Ohne das Brautpaar und ohne Alkohol löste sich die Runde rasch auf. Man hatte sonst so gar nichts gemeinsam. Außer vielleicht die Knausrigkeit, für Kaffeegenüsse nicht selbst zahlen zu wollen.
»Darf ich Sie doch noch einmal ansprechen, bitte?« Die junge Frau im Rollstuhl klang norddeutsch.
»Aber natürlich«, sagte Konny, die nicht nur als ehemalige Journalistin wissbegierig war, sondern auch als Mensch.
»Wenn Sie unbedingt Selbstgespräche führen wollen«, sagte

hingegen Kriemhild. Sie zog ihr güldenes Schwesterlein mit sich aus dem Café.

»Bist du gar nicht neugierig?«, wollte Konny wissen, die sich nur deshalb ziehen ließ, weil ihr eingefallen war, dass im Keller der Pension noch eine Kiste Sekt lagerte.

»Großer Gott, nein. Ich will nur nach Hause und die Beine hochlegen und dem Kommodore ein weiteres Kapitel aus *Krieg und Frieden* vorlesen.«

Der Kommodore, ihr Gatte, wartete zu Hause in seiner marineblauen Urne auf Kriemhild. Nur weil er schon seit fünfzehn Jahren tot war, hieß das nicht, dass ihre Ehe zu Ende war. Fand Kriemhild. Und hatte deshalb mit einem klitzekleinen illegalen Umweg über Holland dafür gesorgt, dass sie ihren Urnengatten zu Hause im ehelichen Schlafzimmer unterbringen konnte.

Sich das Leben mit seiner Asche zu teilen hatte etwas durchaus Befriedigendes: kein Streit, nie ein böses Wort, nur stille Harmonie.

Konny fügte sich. Es hatte keinen Sinn, sich Kriemhild zu widersetzen. Da konnte man auch gleich versuchen, einen Tsunami mit einem Frühstücksbrett aufzuhalten.

Auf dem Weg nach draußen schnappte sie sich die Sektflasche, die die Kellnerin, die gerade die Scherben des Blumenkindvandalismus zusammenkehrte, allzu vertrauensselig auf dem Tablett hatte stehen lassen. Sie war noch halb voll.

Kriemhild zog Konny, die unterwegs die Flasche leerte, bis zur Bushaltestelle. Der nächste Bus in ihre Richtung ging in einer Viertelstunde – er würde sie nicht direkt vor der Haustür absetzen, das tat keiner, dazu lag die Pension allzu abseits, aber die knapp eineinhalb Kilometer Fußweg würden hoffentlich reichen, Konny wieder auszunüchtern.

Die Tage vor der Hochzeit waren anstrengend gewesen. Kriemhild freute sich jetzt auf eine ruhigere Phase.
Sie wusste es in diesem Moment noch nicht, aber immer wenn ein Mensch seine Zukunft plant, fällt das Schicksal im Hintergrund lachend vom Stuhl …

Schlachtplatte de luxe

»Was ....?« Konny blieb stehen, äugte – und sprintete los. Insoweit man in einem auf Körper geschnittenen Goldlamékleid sprinten konnte. Es war eher ein flottes Gehen. Auf einen Schlag war sie wieder nüchtern.

Kriemhild folgte ihr. Über den Kies der Auffahrt knirschend, marschierte sie auf das Unfassbare zu.

Vor dem Eingang blieben die Schwestern stehen.

Entsetzt starrten sie auf den Schädel vor den Sandsteinstufen zur Bed-&-Breakfast-Pension. Unschöne Erinnerungen kamen hoch. Konny suchte mit zitternder Hand Halt am Arm ihrer Schwester. Aber auch Kriemhild ganzkörperzitterte.

Auf den zweiten Blick erkannten sie: Der Kopf war nicht real. Will heißen, nicht menschlich. Das immerhin war eine Erleichterung. Aber die Erschütterung der Schwestern hielt an. Durch die aufgebrochene Eingangstür sahen sie nämlich in den Flur. Der Anblick, der sich ihnen darbot, war ein Bild der Zerstörung, wie sie es nicht einmal aus Tom-Cruise-Filmen kannten.

Arm in Arm stiegen sie die Sandsteinstufen zur Haustür hoch, die aus den Angeln gehoben worden war.

Der Läufer im Flur war übersät mit den Scherben des Garderobenspiegels, die Anrichte war nur mehr ein Meer aus Holzsplittern, selbst der Kronleuchter war offenbar wie eine Piñata zerschlagen worden, und nur noch sein Gerippe baumelte an der Decke.

Der Blick nach rechts in den Salon offenbarte eine ähnlich desaströse Schneise der Verwüstung: Die Polster der Sessel und des Sofas waren aufgeschlitzt und ihr Innenleben nach außen

gekehrt worden. Sämtliche Familienfotos lagen, zu Schnipseln zerrissen, in ihren zerbrochenen Rahmen auf dem Parkettboden. Kein einziges Möbelstück war verschont geblieben.
Konny und Kriemhild staksten wie unter Schock durch das Esszimmer in die Küche. Jeder ihrer Schritte gab ein mahlendes Geräusch von sich, denn alles, wirklich alles war zu Kleinholz beziehungsweise zu Scherben verarbeitet worden. Sie wateten durch ein Trümmerfeld.
Plötzlich blieb Konny abrupt stehen.
»Was ist?«, flüsterte Kriemhild. »Hast du was gehört?« Sie sah sich nach etwas um, womit sie sich verteidigen konnte, aber nicht einmal das Nudelholz war heil geblieben.
Konny schüttelte den Kopf. »Wo ist Amenhotep?« Sie hauchte es nur, mit weit aufgerissenen Augen. Wer eine Orgie der Zerstörung mit solcher Liebe zum Detail vollzog, der würde doch sicher auch vor einem Haustier nicht Halt machen, oder? Lag ihr kleiner Liebling irgendwo tot in den Ruinen ihrer Pension?
»Amenhotep!«, rief Konny verhalten.
Zwei Jahre teilte der Sphinxkater – für Nichtkatzenkenner: ein Nacktkater ohne Fell – nun schon das Leben der Schwestern. Seit sie aus dem von ihrer Tante Barbara geerbten Haus eine Pension gemacht hatten. In der Theorie hätte er Mäuse und andere Nagetiere fangen und ansonsten dekorativ auf dem Schaffell vor dem flackernden Kamin im Salon liegen sollen. Schließlich war er aufgrund seiner Haarlosigkeit unbedenklich für potenziell katzenallergische Gäste. In der Praxis erwies sich jedoch, dass Amenhotep – benannt nach einem altägyptischen Pharao – zwar durchaus Mäuse jagte, deren Leichname jedoch anschließend im ganzen Haus versteckte, wo sie dann geruchsintensiv verwesten oder aber sensible Gästeseelen verschreckten. Außerdem mochte er keine Menschen und mied

daher alle öffentlichen Bereiche der Pension, was gut war, denn trafen Gäste auf ihn, fuhr er häufig seine Krallen aus, gern auch völlig unprovoziert. Dennoch liebte Konny dieses Tier abgöttisch.

»Amenhotep?«, rief sie, jetzt lauter. Panik schlich sich in ihre Stimme.

Keine Antwort.

»Er ist clever. Bestimmt hat er rechtzeitig die Flucht ergriffen und sich versteckt«, sagte Kriemhild ungewöhnlich sanft. Sie konnte den Kater offiziell zwar nicht leiden und gab sich gegenüber der Herzenspein ihrer Schwester stets immun, aber trotz gegenteiliger Meinung vieler Zeitgenossen war sie kein gefühlloser Roboter. »Am besten schwärmen wir aus. Du suchst unten im Keller, ich gehe oben die Gästezimmer durch«, schlug Kriemhild vor. »Wir finden ihn schon.«

Das sagte sie nicht nur so, davon war Kriemhild ehrlich überzeugt. Die Frage lautete nur, ob sie ihn gesund an Leib und Seele finden würden …

Konny packte sie am Arm. »Lass mich nicht allein!«

»Na schön, dann bleiben wir zusammen. Wir fangen unten an und arbeiten uns systematisch nach oben.«

Kriemhild entdeckte den Pömpel für verstopfte Toiletten, der normalerweise unter der Spüle verstaut war. Jetzt steckte er in den Resten der Mikrowelle, sein Gummiteil von den elektromagnetischen Wellen surrealistisch zerlaufen, wie in einem Gemälde von Salvador Dalí. Sie packte ihn am Holzgriff und holte tief Luft: »Auf geht's!«

»Amenhotep«-rufend stiegen sie die Treppe in den Keller hinunter. Wobei der Kater ja nie kam, wenn man ihn beim Namen rief. »Thunfisch, frischer Thunfisch«, lautete eigentlich die magische *Sesam-komm-zu-mir*-Zauberformel.

Die einzelne Glühbirne, die im Kellerflur als Beleuchtung fungiert hatte, war zerschlagen. Konny zog ihr Handy aus ihrer goldenen Clutch und aktivierte die Taschenlampenfunktion.

»Amenhotep?«

Es war nachgerade unheimlich hier unten. Auch hier knirschten ihre Schritte über einen Scherbenteppich, und es roch nach eingelegtem Gemüse. Was waren das nur für Einbrecher, die selbst Einweckgläser zerstörten? Glaubten sie, dass die Schwestern ihr Geschmeide in selbstgemachter Aprikosenkonfitüre für die Nachwelt konservierten?

»Amenhotep?« Abrupt blieb Konny vor dem gigantischen Eichenholzschrank stehen, der ebenso ungute Erinnerungen weckte wie der Schädel vor der Haustür. »O mein Gott!«

»Was ist?« Kriemhild kam aus einem der anderen Kellerräume angelaufen.

»Da.« Konny zeigefingerte auf einen Fleck über der einzig noch funktionierenden Tür des Schrankes. Etwas tropfte herunter. Zähflüssig und rot. Erdbeermarmelade?

»Halt dein Handy näher ran!«, befahl Kriemhild.

Konny tat wie geheißen …

… und gleich darauf wichen die Schwestern zeitgleich zurück, wie Synchronschwimmerinnen in einer etwas zu hektisch angelegten Choreografie.

Blut!

Relativ frisches, nur leicht koaguliertes Blut!

»O Gott, sie haben ihn …« *Abgestochen*! Konny brachte es nicht fertig, es auszusprechen, denn was man ausspricht, wird wahr. Ihr stockte der Atem.

Kriemhild fasste sich wieder, zog einen leeren Bierkasten heran und stellte sich darauf. »Auf dem Schrank ist nichts.«

Konnys Atmung setzte dennoch nicht wieder ein. Hatten die

Täter Amenhoteps Kadaver mitgenommen, um irgendwo ein Zeichen zu setzen? Hatten sie ihn – nicht auszudenken! – an das Scheunentor genagelt?

Sie schluchzte auf.

»Jetzt reiß dich gefälligst zusammen!«, bellte Kriemhild gnadenlos. »Das Blut kann genauso gut von einem der Einbrecher stammen. Die haben sich ja vielleicht um die Beute geprügelt.«

»Was? Für? Beute?«, kreischte Konny. Sie wussten beide, dass bei ihnen absolut gar nichts von Wert zu holen war. Keine Preziosen. Keine Sparstrümpfe. Nichts. Nada.

»Du kennst doch deinen Kater … der ist clever. Bestimmt hat er rechtzeitig das Weite gesucht!«

Das stimmte natürlich. Amenhotep war ein kluges Tier und kannte hier in der Pension jeden nur möglichen Fluchtweg. Konnys Atmung setzte wieder ein. Sie wollte, allem Anschein zum Trotz, nicht mit dem Schlimmsten rechnen. »Amenhotep!«, rief sie. Und irgendwie fiel ihr in diesem Moment auf, dass ihr Kater trotz des langen Namens nie einen kurzen, knackigen Spitznamen bekommen hatte, wie man es bei Schmusetieren normalerweise machte. Bei seiner Persönlichkeit verbot sich alles Niedliche. Dieser Gedanke ließ sie wieder Hoffnung schöpfen. »Amenhotep!«

Im Keller war er nicht, auch nicht im Erdgeschoss. Während Kriemhild nur stumm und kopfschüttelnd über die allgegenwärtigen Spuren der Zerstörung hinwegstieg, wurde Konnys Rufen immer dringlicher. »Amenhotep!«

Gerade wollten sie die Stufen zum ersten Stock erklimmen – die im Gegensatz zur Kellertreppe nicht aus Stein, sondern aus Holz waren und mit einer Axt schwer malträtiert worden waren –, als eine Frauenstimme rief: »Hast du das gehört?«

»Was?«, fragte Kriemhild.
»Ich war das nicht«, flüsterte Konny. Sie zog den Kopf ein und sah sich verschreckt um.
Kriemhilds Griff um den Pömpelstiel wurde fester.
»Ich hör nichts«, erklärte eine Männerstimme.
Die Schwestern schlichen die Steinstufen ins Erdgeschoss hoch und sahen vom Treppenkopf zur Hintertür, die in den Garten führte und nur angelehnt war.
Die Stimmen kamen von draußen.
Wortlos erteilten sich Konny und Kriemhild gegenseitig den Befehl, in Deckung zu gehen.
Konny huschte in die Gästetoilette, Kriemhild stellte sich hinter den schweren Stoffvorhang, der nur noch an drei Ringen an seiner Stange hing, ihrer hageren Gestalt aber dennoch genügend Deckung bot. Sie hob den Pömpelstiel.
Man hörte das Quietschen der Hintertür, dann Schritte auf Splittern.
»Sei doch leise«, flüsterte die Frauenstimme.
»Wie denn, soll ich vielleicht fliegen?«, brummte der Mann. »Echt, du nervst!«
Konny hielt den Atem an. Kriemhild auch.
Und dann passierte es.
Mit einem Schrei, der eines Samurai würdig gewesen wäre, stürzte Kriemhild hinter dem Vorhang hervor und knüppelte auf den vorderen Eindringling ein. All ihre Wut, all ihr Frust entluden sich in den Hieben mit dem Pömpelstiel, die sie im Schnellfeuerstakkato auf ihn niederprasseln ließ.
»Aaaaaaah!« Ihr Opfer schrie.
Konny lugte hinter der Gästetoilettentür vor. Sie sah einen sich am Boden krümmenden Mann, der verzweifelt versuchte, seinen Kopf mit den Händen zu schützen.

Hinter ihm stand reglos eine kompakte Frau in einer pastellfarbenen Kittelschürze und mit einer Mistgabel in der Hand. Die Reglosigkeit war nicht auf abrupt einsetzende Schockstarre zurückzuführen, wie Konny aus dem feinen Lächeln schloss, das den Mund der Frau umspielte.
Jetzt erkannte sie das mutmaßliche Einbrecherpärchen auch: Es waren Bauer Schober und seine Noch-Ehefrau, die Schoberin.
»Kriemhild«, rief Konny und trat aus dem Klo, »hör auf. Das sind unsere Nachbarn!«
Das Blöde an einem durch Angstadrenalin induzierten Gewalttätigkeitsschub ist, dass man schnell reinkommt, aber nicht so schnell wieder raus. Kriemhild prügelte weiter auf den mittlerweile in Embryonalstellung am Boden liegenden Mann ein.
Konny versuchte, ihrer Schwester den Pömpel aus der Hand zu reißen, aber für eine so hagere Gestalt hatte Kriemhild erstaunlich viel Kraft. »Frau Schober, helfen Sie mir!«, rief Konny außer Atem.
Frau Schober rührte sich nicht. Sie hatte vor einem guten halben Jahr herausgefunden, dass ihr Mann immer, wenn sie mit den Eiern vom Hof den Marktstand in der benachbarten Kleinstadt beschickte, Quickies mit der Paketbotin praktiziert hatte. Seitdem musste Bauer Schober in einem Zelt auf der Schafwiese nächtigen. Eine Wiederannäherung der Eheleute schien nicht in Sicht, obwohl die Paketbotin sich mittlerweile hatte versetzen lassen und nun ein völlig erotikfreier, gedrungener Zweizentnerkerl die Päckchen austrug. Eine Scheidung kam aber nicht in Frage, weil die beiden keinen Ehevertrag hatten und sie den Hof nicht verkaufen wollten.
Damals, in ihrer ersten Verletztheit, hatte die Schoberin ihrem

Mann ein Veilchen verpasst, das sich gewaschen hatte. Jetzt sah sie amüsiert zu, wie Kriemhild da weitermachte, wo sie seinerzeit aufgehört hatte.
»Kriemhild, das ist Bauer Schober von nebenan«, brüllte Konny.
»Auaauaaua«, brüllte Bauer Schober.
»DU HÖRST JETZT SOFORT AUF!«, brüllte Konny noch lauter.
Endlich hielt Kriemhild schwer atmend inne.
Konny nahm ihr den Pömpelstiel ab. »Entschuldigung, Herr Schober, wir dachten, Sie seien ein Einbrecher.«
Bauer Schober blieb stöhnend liegen.
»Wir haben gehört, wie es bei Ihnen in der Pension gelärmt hat«, meldete sich jetzt die Schoberin zu Wort und stieg über ihren Mann hinweg näher zu den Schwestern. »Und dann haben wir gesehen, wie so ein hässlicher Kerl ... hörst du jetzt mal auf zu schreien, man versteht ja sein eigenes Wort nicht!« Letzteres sagte sie in Richtung ihres Mannes, der zwar gar nicht so sehr laut, dafür aber ausdauernd ächzte. »Also, so ein Kerl schlägt plötzlich oben im ersten Stock das Bullaugenfenster ein, also sage ich zu dem Idioten hier ...«, damit war ihr Mann gemeint, »... ich sag zu dem Idioten, komm, da ist doch was faul, wir gehen nachsehen ...«
Bauer Schober jammerte: »Ich wollte ja die Polizei rufen!«
».... ja, ja, hirnrissiger Blödsinn wäre das gewesen. Wir haben gerade die Schweine gefüttert, als wir den Lärm hörten, und weil dein Akku mal wieder leer war, hättest du rüber zum Haus laufen müssen, und das hätte nur kostbare Zeit vergeudet ...«
Die Schoberin warf Konny und Kriemhild diesen wissenden *Männer-sind-zu-nichts-wirklich-zu-gebrauchen*-Blick zu. »Jedenfalls habe ich mir Ihre Mistgabel vom Komposthaufen ge-

schnappt, und wie wir auf die Pension zugehen, entdecken uns die Kerle und laufen in Richtung Wald davon. Wir sind erst noch hinterher, weil wir dachten, die haben den Fluchtwagen auf der Lichtung geparkt und wir könnten das Kennzeichen aufschreiben. Aber sie waren dann doch zu schnell für uns.«
Verständlich. Die vierschrötigen Schobers zeichneten sich eher durch Ausdauer als durch Agilität aus.
»Das war aber sehr gewagt von Ihnen«, fand Kriemhild. »Was, wenn diese Verbrecher auf Sie geschossen hätten?«
»Das habe ich auch gesagt!«, brummte Bauer Schober und rappelte sich stöhnend hoch.
»Ach, Unsinn, das hier ist das wahre Leben und keine haarsträubende Action-Räuberklamotte aus dem Flimmerkasten.« Die Schoberin lehnte die Mistgabel an die Wand und verschränkte die Arme. »Sie waren zu dritt.«
»Aha«, sagte Kriemhild, weil die Anzahl der Täter den Grad der Verwüstung nachvollziehbar machte.
»Wir sind nicht nahe genug an sie herangekommen, um sie wirklich gut auszumachen, für den Polizeizeichner oder so. Und wir haben sie ja auch nur von hinten gesehen.« Frau Schober klang bedauernd. »Der Eine war ganz schmächtig, der Zweite hatte einen ausladenden Bierbauch, wie so eine menschliche Kanonenkugel, und der Dritte hatte …«
»… einen Eisenhaken an Stelle einer Hand!«, rief Bauer Schober und klang einen Tick zu begeistert. »Wie ein Pirat!« Er formte mit seiner rechten Hand eine Klaue.
»Piraten haben ein Holzbein und eine Augenklappe, keine Klaue«, widersprach seine Frau.
»Captain Hook schon!«, trotzte ihr Mann, der als Kind nie von Peter Pan fasziniert gewesen war, sondern immer von dessen einhändigem, Cembalo spielendem Erzfeind.

Frau Schober rollte mit den Augen. »Hilft Ihnen das weiter? Haben Sie so jemand schon einmal gesehen?«, erkundigte sie sich. »Vielleicht waren die hier ja irgendwann zu Gast?«
Kriemhild hob eine Augenbraue. »Und anstatt eine schlechte Bewertung auf TripAdvisor einzustellen, sind sie zurückgekommen und haben die Bude zerlegt?« Ihre ungezupften Brauen wölbten sich sarkastisch.
Die Schoberin und Kriemhild starrten sich an. Wenn sie untereinander in einer Art Wettbewerb ausmachen wollten, wer von ihnen das am längsten durchhielt, würde das lange dauern. Sehr lange. Frau Schober stand Kriemhild in Sachen eisenharter Charakterstärke in nichts nach.
Bauer Schober kürzte das ab. »Sie sollten jetzt die Polizei verständigen.« Er sah sich prüfend um. »Hoffentlich sind Sie gut versichert.«
Konny schluckte schwer. Sie hatten nur einen Basis-Schutz abgeschlossen, weil sonst die Beiträge zu hoch geworden wären. Aber im Moment war das ihre geringste Sorge.
»Haben Sie unseren Amenhotep gesehen?« Ihre Stimme zitterte.
»Ihren garstigen Kater?« Bauer Schober schüttelte verneinend den Kopf.
»Schönheit liegt im Auge des Betrachters. Er ist nicht garstig!«, bläffte Konny, die sonst nie richtig giftig wurde, aber sie war mit ihren Nerven am Ende. Das Anstarr-Duell zwischen Kriemhild und der Schoberin nahm aufgrund dieser Brüllattacke ein abruptes Ende.
»Ich meinte seinen Charakter, nicht sein Aussehen«, rechtfertigte sich Bauer Schober. Seine Frau und Kriemhild wichen Konnys empörtem Blick aus. Wo der Mann recht hatte, hatte er nun mal recht.

»Wir suchen erst Amenhotep. Der Rest lässt sich später regeln.« Konny stapfte, so gut es auf den malträtierten Stufen ging, die Treppe nach oben. »Amenhotep, mein Liebling? Komm zu Mami!«

Die anderen sahen ihr nach.

Bauer Schober und seine Frau hatten berufsbedingt ein anderes Verhältnis zu Tieren. Vierbeiner waren für sie kein Kindersatz, sondern Nahrung. Und was man nicht essen konnte, gehörte in die freie Wildbahn, nicht auf den Schoß.

»Tja, wir gehen dann wieder«, meinte die Schoberin. »Wenn die Polizei Fragen hat, wir sind jetzt drüben bei den Hühnern und misten den Stall aus. Außerdem haben Gerda und Emilie seit vorgestern Legenot, da müssen wir regelmäßig den Unterleib mit Rizinusöl massieren, damit sich die feststeckenden Eier lösen.«

»Danke für alles«, sagte Kriemhild, weil sich das so gehörte. Auch wenn sie fand, dass es so etwas wie zu viel Information gab. Rektalmassage von Haushühnern gehörte definitiv nicht zu den Dingen, die sie sich bildlich vorstellen wollte.

Exit die Schobers.

Aus purer Gewohnheit wollte Kriemhild hinter ihnen die Tür zum Garten abschließen, aber das Schloss war ebenso aufgebrochen wie in der Eingangstür vorn.

»Aaaah!«, schrie da Konny vom Treppenkopf.

Kriemhild stürmte die Treppe nach oben.

Konny stand vor etwas Beigefarbenem und hielt sich schluchzend beide Hände vors Gesicht.

Das Schicksal hatte sich etwas dabei gedacht, als es die Schwestern so gänzlich unterschiedlich konzipierte. Während Konny im Überschwang ihrer Emotionen den inneren Weltuntergang durchlebte, beugte sich Kriemhild prüfend nach vorn und tastete das beige Etwas ab.

Es zeigte sich, dass es sich nicht um den Leichnam des grausam abgeschlachteten Nacktkaters handelte, sondern um ein Sesselkissen aus Gästezimmer Nummer zwo.

»Ich halte das nicht mehr aus«, erklärte Konny und nahm die Hände vom Gesicht. Was sich – nach dem Toilettenaufenthalt im Café – noch an Mascara-Resten auf ihren Wimpern befunden hatte, war jetzt großflächig über das ganze Gesicht verschmiert. Und weil Konny an allem sparte, nur nicht an Wimperntusche, erinnerte sie jetzt sehr an einen Schornsteinfeger alter Schule. Einen Schornsteinfeger, der nach der Arbeit zur Drag Queen in Gold wurde, ohne sich vorher das Gesicht zu waschen …

»Irgendwo muss er ja sein, jetzt komm schon.« Kriemhild ging in ihr Schlafzimmer.

Weil Katzen grundsätzlich einen eigenen Willen haben und auch gern mal genau das tun, was sie eigentlich nicht dürfen, war Amenhoteps auserkorener Lieblingsplatz für seine diversen Nickerchen das Bett von Kriemhild und dem Kommodore.

Als Konny und Kriemhild damals das Haus ihrer Tante Barbara zu einer Pension umwandelten, um sich damit ihren Lebensunterhalt im Alter zu sichern, hatte Kriemhild sich ausbedungen, zumindest ihr eheliches Schlafzimmer maritim zu gestalten: Die Fenster waren keine Fenster, sondern Bullaugen, der Tisch war eine Glasplatte auf einem ehemaligen Steuerruder, und das Bett war ein mit Seilen gesichertes Wasserbett. Der Kommodore, dessen Leben die See gewesen war, sollte sich auch hier, fernab des Meeres, in seiner Urne wohl fühlen. Fand Kriemhild.

»Miau«, machte Amenhotep, als die Schwestern in das Schlafzimmer traten. Ein jetzt ebenfalls dem Erdboden gleichgemachtes Schlafzimmer – ein Bullauge war zerschlagen, die Glasplatte des Tisches natürlich auch, der Inhalt des Kleiderschranks auf dem klatschnassen Boden verteilt. Klatschnass deshalb, weil das Wasserbett aufgeschlitzt worden war und es seinen Inhalt zu großen Teilen ins Freie entlassen hatte.

Es war ein sehr entspanntes »Miau«, nachgerade chillaxed. Amenhotep, der als Nacktkater zu Fröstelattacken neigte, hatte es sich im Innern des ausgeweideten Kleiderschranks in dem einzig darin verbliebenen Kleidungsstück – einer Thermojacke – bequem gemacht, und nur sein Köpfchen und seine beiden überkreuzten Vorderpfoten lugten daraus hervor.

Vorderpfoten übrigens, die blutverschmiert waren. Seine Sauberschlecksitzung hatte gerade erst begonnen und befand sich demzufolge quasi noch im Vorwaschgang.

»Amenhotep! Mein Schatz!« Konny ging vor dem Schrank in die Knie und umarmte ihren Kater. Der war zwar kein Freund von Umarmungen, aber in diesem Fall spürte er wohl, dass die Hand, die ihn fütterte, etwas Zuneigung benötigte, und so ließ er es geschehen.

»Blut, siehst du das? Er muss sich an den Einbrechern vergangen haben.« Kriemhild nickte anerkennend. Sie mochte den Kater nicht, aber seine innere Geisteshaltung – *Attacke! Keine Gefangenen, keine Gnade!* – kam der ihren sehr entgegen.

»Mein armer Liebling, was haben sie dir angetan?« Konny schlug die Thermojacke zurück.

Amenhotep war unverletzt. In jungfräulicher Unversehrtheit hob und senkte sich sein Leib. Unversehrt, aber jetzt doch leicht genervt. Sein neuerliches »Miau!« forderte eindeutig, dass man die Thermojacke wieder um seinen Körper wickeln sollte, und zwar pronto!

»Gott sei Dank«, murmelte Konny, gehorchte automatisch dem

telepathischen Befehl und presste ihr Gesicht auf den Kater unter der Thermojacke.
Kriemhild drehte sich einmal im Kreis. »Wo ist der Kommodore?«
Die Urne mit dem Kommodore, die Kriemhild nachts immer mit ins Bett nahm, um ihrem Mann etwas vorzulesen, thronte sonst tagsüber auf der Kommode zwischen den beiden Bullaugen, direkt neben seiner alten Kapitänsmütze.
Die Kommodore-Kommode, ein Schrein für den verblichenen Seemann, war natürlich auch geschändet worden. Die Schubladen waren herausgerissen, der Inhalt – seine alte Ausgehuniform, diverse Dokumente und Fotos, seine Meerschaumpfeifensammlung – lag zerfetzt auf dem klatschnassen Boden. Die Urne war jedoch nirgends zu sehen.
Jetzt geriet auch Kriemhild in Panik. »Wo ist er?«, schrillte sie und warf eins der triefend nassen Kleidungsstücke nach dem anderen an die Wand, weil sie darunter die Urne vermutete.
Das Pendel schlug nun in die andere Seite aus. Konny war die Ruhe in Person und nahm ihre hektische Schwester in den Arm. »Alles wird gut, Liebes.«
»Lass mich!« Kriemhild schüttelte Konny ab und setzte ihre panische Suche fort. In ihrem Zustand war sie zu logischem Denken nicht fähig, sonst hätte sie gewusst, dass die Urne unter den Kleidern eine Auswölbung verursacht hätte. Weil das nicht der Fall war, konnte die Urne auch nicht hier sein.
Konny ging in sich. Das komplette Haus war zerstört, es gab nur noch einen einzigen Ort, an dem sie nicht nachgesehen hatten. An dem der Kommodore sein *musste*, wenn ihn diese barbarischen Vandalen nicht mitgenommen hatten. Und warum sollten sie? Die Urne war eine Nullachtfünfzehn-Urne aus einem holländischen Billigkrematorium.

»Ich weiß, wo er ist«, sagte Konny plötzlich.
Kriemhild, die selbstverständlich nicht weinte – sie weinte nie, auch damals beim plötzlichen Herztod ihres Mannes nicht –, sah waidwund zu ihrer Schwester auf. »Ehrlich?«
Konny nickte, obwohl sie nicht felsenfest von der Richtigkeit ihrer Vermutung überzeugt war, aber sie musste jetzt Sicherheit vermitteln. Wenn ihre sonst so übermenschlich gemütsstarke Schwester flatterig wurde, dann geriet ihr gesamtes Universum ins Trudeln.
Konny ging los, dicht gefolgt von Kriemhild. Nur Amenhotep blieb, wo er war, und weil er endlich wieder allein war, schaute er sogar fast wohlwollend aus seinen schräggestellten, türkisfarbenen Sphinxaugen.
In Momenten großer Erschütterung schlendert man natürlich nicht lässig durch die Gegend. Sie hasteten hinüber zum Schuppen. Dort waren diverse Gartengeräte untergebracht, und dort stand, geschützt vor Wind und Wetter, nicht nur Konnys Motorrad, sondern auch Kriemhilds Wagen.
Als Konny jetzt das Scheunentor öffnete – von Hand, Elektrizität hatte in diesen Teil ihrer Welt nur in Form einer baumelnden Glühbirne Eingang gefunden –, lag dort mittig in der Leere, die sonst Kriemhilds Auto füllte, ein Handsauger. Umgeben von Keramikscherben. Marineblauen Keramikscherben.
»Nein!«, gellte Kriemhild und torkelte auf die Überreste der Überreste ihres Mannes zu.
Konny gab ihr Halt.
Vor dem Handstaubsauger – ein Akkugerät, mit dem Kriemhild sonst das Innere ihres Wagens krümelfrei hielt – blieben sie stehen. Ein gelber *Post-it* klebte auf dem transparenten Behälterbauch, der nun voller anthrazitgrauer Asche war.

DAS IST NUR EINE WARNUNG hatte jemand krakelig draufgeschrieben.

»Ogottogott, Kommodore«, wimmerte Kriemhild, ging in die Knie und presste den Handstaubsauger an ihren flachen Busen.

Konny tätschelte ihr unbeholfen die Schulter. »Wer macht so was?«, fragte sie sich. Und weil sie keine Antwort darauf wusste, dieser Zustand aber höchst unbefriedigend war, rief sie es der hölzernen Decke der Scheune und somit dem Schicksal zu: »Wer macht so einen Scheiß?!«

»Das kann ich Ihnen sagen«, erwiderte eine melodische Stimme.

Konny zuckte zusammen. Sie war es nicht gewohnt, dass ihr das Schicksal antwortete.

Aber natürlich ertönte die Stimme nicht aus sphärischen Gefilden jenseits des Scheunendachs, sondern kam vom Eingang.

Dort hatte die junge Frau aus dem Café, die Konny erst für eine Bankangestellte und dann für eine Hochzeitspartycrasherin gehalten hatte, in ihrem Rollstuhl Stellung genommen.

»Wie bitte?«, sagte Konny, obwohl sie die junge Frau bestens verstanden hatte.

»Ich sagte, ich weiß genau, wer das getan hat. Und auch warum.« Sie rollte näher. Konny erkannte, dass die Frau gar nicht so jung war, wie sie in liebeskummeralkoholisiertem Zustand geglaubt hatte. Aber mit zunehmendem Alter verschätzte sie sich bei Jüngeren auch nüchtern gern einmal um ein paar Jahre. Oder Jahrzehnte. Von nahem wirkte die Frau jedenfalls mehr wie eine gut erhaltene Anfangvierzigerin.

»Wer?«, stieß Kriemhild gepresst hervor. »Wer würde dem Kommodore so etwas … Entwürdigendes … antun!« Mit beiden Händen hielt sie den Akkustaubsauger anklagend vor sich. Vorwurfsvoll, aber vorsichtig – sie wollte ja nicht, dass Teile des Kommodore aus dem Saugrüssel rutschten.

Die fremde Frau seufzte: »Sie müssen jetzt tapfer sein … Ihr Mann ist keinem Herzanfall erlegen. Er wurde ermordet! Und das dort …« Sie zeigte auf die verwüstete Pension, die von außen gar nicht so verwüstet wirkte, weil man ja nur eine zerbrochene Bullaugenscheibe und einen Gipsschädel sah. »… das dort ist das Werk seiner Mörder!«

O Käpt'n, mein Käpt'n!

»Süßstoff?« Kriemhild guckte angewidert. »Dieses Zeugs, das man zur Schweinemast verwendet? So etwas führen wir in diesem Haus nicht, bei uns gibt es richtigen Zucker!«
Kriemhild war nicht umsonst lange Jahre die Ehefrau eines Hamburger Hochseeschifffahrtskapitäns gewesen. In ernsten Situationen braute sie immer erst einmal eine Tasse Tee.
Die Vandalen hatten das Kabel aus dem Wasserkocher gerissen, aber der Herd funktionierte noch, und der alte Wasserkessel war ohnehin unkaputtbar. Darum gab es jetzt für die drei Frauen starken malzigen Assam-Mangalam-Tee aus unversehrten (und noch unbenutzten) Zahnputz-Hartplastikbechern.
Frauke Knudsen, wie sich die junge Frau vorgestellt hatte, war so unbedacht gewesen, um Süßstoff zu bitten. Konny hätte ihr gern ersatzweise etwas Honig angeboten, aber der klebte jetzt drüben das Abtropfgestell zu. Jemand hatte den guten Waldhonig aufgeschraubt und dann mit der Öffnung nach unten auf das Gestell gehängt. Und der komplette Zuckervorrat der Pension zierte ebenso den Fliesenboden wie die Mehl- und Haferflockenvorräte. Konny seufzte.
»Es geht auch ungesüßt«, meinte Frauke Knudsen. Man musste ihr zugutehalten, dass sie Kriemhild zwar nicht Paroli bot, aber immerhin auch nicht verängstigt vor ihr zusammenzuckte, wie es neunzig Prozent der Weltbevölkerung getan hätten.
»Also gut, Frau Knudsen …«, fing Konny an und streichelte Amenhotep, der sich zu ihnen in die Küche gesellt hatte, weil er auf Leckerbissen hoffte, und nun auf Konnys Schoß lag.
Konny saß mit baumelnden Beinen auf dem wuchtigen Kü-

chentisch, der nur ein paar wenige Kratzer abbekommen hatte, Kriemhild stand vor ihnen – den Handstaubsauger immer noch mit der Linken liebevoll an die Brust gepresst – und schenkte mit der Rechten Tee nach. Frauke Knudsen hatte ja praktischerweise ihren eigenen Stuhl dabei.
»Also gut, Frau Knudsen, fangen wir von vorn an.« Konny sah zu der Frau, die gerade auf den Tee pustete, um ihn auf Trinkwärme herunterzukühlen. »Was wollen Sie von uns?«
Frauke Knudsen, die optisch zu ihrem Namen passte, strich sich die etwas zu langen, blonden Ponyfransen aus dem Gesicht. Sie nahm vorsichtig einen Schluck heißen Tee und holte tief Luft. »Ich arbeite bei der Hamburger Mordkommission. Als Sekretärin. Aber ich tippe nicht nur runter, ich lese auch.« Die Knudsen guckte trotzig, als müsse sie sich diesbezüglich des Öfteren rechtfertigen. Das war der Fluch der blonden Schönheit. »Vor einiger Zeit machte mich ein Kollege auf eine Unregelmäßigkeit bei einer früheren Ermittlung aufmerksam. Sie betraf Ihren Mann.«
Sie sah zum Handstaubsauger, den Kriemhild, die ihren Tee dampfend heiß auf ex gekippt hatte, nun mit beiden Armen an sich drückte. Mit der Saugöffnung nach oben, versteht sich.
»Wie? Sie stießen auf meinen Mann?« Kriemhild legte die Stirn in Falten.
»Das begreife ich nicht. Wieso wurde in der Mordkommission eine Ermittlung wegen meines Schwagers geführt?« Auch Konnys Stirn war gefältelt. »Der Kommodore hat beim Frühstück einen Infarkt erlitten. Der Notarzt hat das vor Ort bestätigt.«
»Sehr richtig!«, erklärte Kriemhild. »Ich war dabei, ich muss das wissen.« In ihrer Feststellung schwang ein unausgesprochenes, aber deutlich hörbares *Basta!* mit.

Frauke Knudsen sah auf den splitterscherbenübersäten Boden, als würde sie überlegen, wie sie ihre nächsten Worte am besten formulieren sollte. In Wirklichkeit wusste sie genau, was sie sagen wollte. Das hatte sie sich ja seit Wochen schon überlegt. Nein, sie kämpfte in diesem Moment gegen ihre Zwangsstörung an. Frauke Knudsen hasste Unordnung und Dreck und bekam davon immer höllischen Juckreiz. Sie wollte nicht, aber sie musste sich kratzen. Am Handrücken. Und in der Halsbeuge.

Stille trat ein. Früher wäre diese Stille vom Ticken der Großvateruhr im Flur getaktet worden, aber die Uhr war grausam zerhackt und das Messingpendel in den Garten geworfen worden. Die Küchenuhr über der Tür schien mirakulöserweise noch intakt, aber sie tickte nicht, weil sie schon seit Jahren nicht mehr funktionierte und nur dem Nagel, an dem sie hing, als Daseinsberechtigung diente.

Die Knudsen sah auf. »Es tut mir wirklich leid, Ihnen das sagen zu müssen, aber Ihr Mann ist *nicht* an einem Herzinfarkt gestorben.«

Kriemhild gehörte allerdings zu den Menschen, die sich nichts sagen ließen. Ihrer eigenen Auffassung der Welt traute sie grundsätzlich mehr als der Einschätzung anderer. »Unsinn. Ich war doch dabei! Schwarzer Kaffee, Rosinenbrötchen mit Butter, die Sportseite des *Abendblatts*, an die Brust gegriffen, vom Stuhl gerutscht, zack, tot.« Andere Menschen mochten bei emotionaler Erregung zu einer blumigen, ausschweifenden Erzählweise neigen, nicht so Kriemhild. Sie legte einen aufs Wesentliche beschränkten 280-Zeichen-Twitter-Stil an den Tag. Wiewohl man bei ihr altersbedingt wohl eher von Telegrammstil sprechen sollte.

Konny schnappte derweil nach Luft. Der Kommodore ermordet? Ihre restalkoholisierte Phantasie schlug spontan Purzelbäume. Von wem denn? Etwa von der einzigen Person, die während seines Dahinscheidens zugegen war? Also ihrer Zwillingsschwester? Aus den Augenwinkeln lugte sie zu Kriemhild.

Kriemhild wusste natürlich, was in Konny vorging. Prompt versetzte sie ihr eine Kopfnuss.

Die Knudsen kratzte sich am Ohrläppchen und räusperte sich. »Wissen Sie, bei uns in Hamburg stellen hinzugerufene Notärzte nur einen vorläufigen Leichenschauschein aus. Quasi als Transportschein ins Leichenschauhaus, wo ein ausgebildeter Rechtsmediziner die fachgerechte Todesursachenfeststellung durchführt.« Ihre Wangen bekamen Farbe. »Das soll ich jetzt eigentlich gar nicht sagen, aber … bei uns menschelt es manchmal eben auch … es gab damals ein großes Durcheinander, als Ihr Mann eingeliefert wurde … wegen einer Massenschlägerei von zwei Rockerbanden … mit mehreren Toten, und dabei wurde gerade die Gerichtsmedizin renoviert, und wir hatten nur zwei Säle anstatt wie sonst vier … und ein Kollege war im Krankenstand … und … tja also … die Leiche Ihres Mannes wurde nur *versehentlich* zur Kremierung freigegeben.« Sie zog eine entschuldigende Grimasse.

Konnys Unterkiefer klappte auf. Kriemhild schaute unbeeindruckt.

»Der Gerichtsmediziner hatte nämlich einen Anfangsverdacht und veranlasste eine toxikologische Untersuchung«, fuhr Frauke fort, »aber bevor deren Ergebnis eintraf, hat er den Leichnam versehentlich freigegeben … weil er so überarbeitet war und nur mal eine Sekunde unkonzentriert …«

In Konny – die seit nunmehr einer Stunde nicht mehr an Klaus gedacht hatte, weil nichts ein liebeskrankes Herz so schnell und gründlich ablenkt wie die Zerstörung des eigenen Zuhauses, die Sorge um einen geliebten Vierbeiner und pure Neugier – keimte der Verdacht, dass Frauke Knudsen für diesen Rechtsmediziner etwas übrighaben musste, so, wie sie ihn in Schutz nahm.

Frauke Knudsen kratzte sich in der linken Ellbogenbeuge. »… und als dann der Befund kam und der differentialdiagnostische Nachweis einer Vergiftung nicht ganz schlüssig war und eine weitere forensische Analyse notwendig gewesen wäre, die man nicht durchführen konnte, weil ihr Mann da schon eingeäschert worden war, da hat er …«, sie zuckte entschuldigend mit den Schultern, als ob nichts weiter passiert wäre, als dass der Kellner statt der bestellten Portion Gnocchi einen Teller Cannelloni serviert hätte, »… tja, da hat er die Sache auf sich beruhen lassen.«

Sie guckte trotzig und presste die Lippen zusammen, wie man es tut, wenn man etwas eigentlich nicht gutheißen kann, aber fest an mildernde Umstände glauben will.

Konny tippte auf eine Büroliebschaft. Und ganz bestimmt war er verheiratet, und die Knudsen führte das Leben einer schmachtenden Geliebten.

»Jedenfalls hat es ihn all die Jahre gequält …«

»Und Sie haben seither ebenfalls geschwiegen?« Konny legte mitfühlend ihre Hand auf Fraukes Unterarm. Um den Geliebten nicht in Schwierigkeiten zu bringen, hatte die Unglückliche mit diesem Wissen gelebt, bis sie es nicht mehr aushielt.

»Wie bitte? Seither? Das ist doch schon fünfzehn Jahre her! Für wie alt halten Sie mich? Ich arbeite erst seit zwei Jahren für die Mordkommission!« Frauke schaute wütend.

Konny zog ihre Hand wieder zurück. Offenbar lag sie mit ihrer Ersteinschätzung von Frauke Knudsens Alter doch näher als mit der revidierten Fassung.

»Er hat es mir vor einigen Monaten beim gemeinsamen Betriebsausflug von MoKo, ReMe und HuSta nach Grömitz gestanden«, erklärte Frauke. »Mordkommission, Rechtsmedizin und Hundestaffel«, fügte sie hinzu, weil sie die abkürzungsunkundigen Blicke der Schwestern sah. »Daraufhin habe ich meine Freigabe zur Akteneinsicht genutzt und das Vorstrafenregister Ihres Mannes durchgesehen und …«
Kriemhild ging schlagartig in die Luft, wie das HB-Männchen auf *Red Bull*-Dröhnung. »Eine Unverschämtheit! Mein Mann war unbescholten!«, brüllte sie.
Amenhotep, der laute Geräusche verabscheute, maunzte erbost. Sein Nacktkatergesicht, das aufgrund der Faltenlage ohnehin immer leicht gereizt wirkte, verzog sich zu einem bösen Starren.
»Mein Mann war unbescholten«, wiederholte Kriemhild mit nur halb so viel Dezibel. »Er war ein aufrechter, integrer, gesetzestreuer Bürger.«
Frauke Knudsen bewies, dass sie viel diplomatisches Geschick besaß. »Dazu haben Sie ihn während Ihrer Ehe gemacht. Davor …«
Oho, dachte Konny, der Kommodore hatte ein *Davor*?
Natürlich war ihr immer schon klar gewesen, dass es ein *Davor* für ihn gegeben haben musste. Er war ja deutlich älter als ihre Schwester gewesen. Konny war nur davon ausgegangen, dass sein *Davor* langweilig und unspektakulär gewesen war. Und nun stellte sich also heraus, dass er tatsächlich ein Vorstrafenregister besaß? Konny bekam Spock-Ohren.
Kriemhild verschränkte die Arme über dem Akkusauger. »Ich weiß definitiv, dass mein Mann nicht …« Sie stockte.
Ihr fiel wieder ein, wie der Kommodore in der ersten Zeit seines Werbens um sie – als er noch mehr zu ihr sagte als nur *Moin*,

lecker und *Na, Süße?* – ihr einmal ins Ohr geflüstert hatte, wie sehr er sie liebte und dass er ihr unendlich dankbar sei, weil sie ihn zu einem besseren Menschen machte. Damals hatte Kriemhild geglaubt, er meine das mehr so generell, nicht konkret in Bezug auf Straftaten.

»Ihr Mann saß nie im Gefängnis, wenn Sie das meinen«, warf Frauke Knudsen rasch ein. »Es gab nur eine kleine Bewährungsstrafe wegen einer Tätlichkeit bei einer Kneipenschlägerei. Und eine Beteiligung an dem großen Ding konnte man ihm nie nachweisen.«

»Was für ein großes Ding?« Kriemhild hob die Augenbrauen.

»Was für ein großes Ding?«, echote Konny und musste sich sehr zusammenreißen, um nicht vor lauter Neugier in Hechelatmung zu verfallen.

»An der widerrechtlichen Hebung der Fracht der *Luminosa III.*« Frauke Knudsen verkündete das mit dem wohligen Timbre eines Talentshowmoderators, der den Gewinner eines Nachwuchssängerduells bekanntgab.

»*Luminosa drei*? Was soll das denn sein?« Kriemhild zeigte sich wenig beeindruckt.

Und auch Konny fand das jetzt nicht wirklich prickelnd. Hatte der Kommodore auf einer seiner Fahrten über die Weltmeere ein paar Container mit Elektronikwaren von einem gesunkenen Frachtschiff geklaut? Das mochte strafrechtlich relevant sein, aber faszinierend war das nicht.

Die Knudsen schien enttäuscht von der Wirkung ihrer Ankündigung.

Kriemhild schwieg trotzig, weil sie sich weigerte, ihren verstorbenen Gatten als Kriminellen zu sehen.

Konny versuchte, sich Amenhoteps langen Schwanz um den Zeigefinger zu wickeln, was natürlich nicht ging und den Kater auch nicht wirklich erfreute.

»Haben Sie nie von der gesunkenen *Luminosa III* gehört?« Frauke Knudsen schien das nicht glauben zu können. Als hätten die Schwestern gerade behauptet, noch nie von der *Titanic* gehört zu haben.

»Nein. Wir hier unten interessieren uns nicht so sehr für gesunkene Frachter«, sagte Konny. Sie war Journalistin: Wenn sie nie von der *Luminosa* gehört hatte, und das hatte sie nicht, dann konnte das auch kein wirklich interessanter Fall sein.

»Die *Luminosa* war kein Frachter, sondern eine Jacht, die unter südafrikanischer Flagge segelte«, erzählte Frauke.

»Aber wenn es eine Jacht war, dann hatte sie doch keine Fracht geladen.« In Konny schlummerte bisweilen eine pingelige Deutschlehrerin.

Frauke Knudsen zählte innerlich bis zehn, kratzte sich dabei im Dekolletee und räumte dann ein: »Also schön, der Begriff Fracht stimmt vielleicht nicht ganz, aber es befand sich etwas an Bord.« Bevor sie erneut unterbrochen werden konnte, fuhr sie rasch fort: »Die *Luminosa* galt seit dem Herbst 1959 als verschollen.« Ihre Stimme rutschte immer tiefer, bis sie so dunkel und rauchig klang wie die, mit der man sich nachts am Lagerfeuer Schauergeschichten erzählte. »Untergegangen mit Mann und Maus und Eigentümer, einem dubiosen südamerikanischen Playboy. Über ein Vierteljahrhundert lang Funkstille. Dann haben der Kommodore und seine Crew das Wrack offenbar zufällig in der False Bay vor der Küste Südafrikas gefunden …«

»Und diese Entdeckung verschwiegen …«, ergänzte Konny, der man nie etwas in epischer Breite näherbringen durfte, weil sie sonst die Geduld verlor und die Pointe zu erraten versuchte. Was im Übrigen auch galt, wenn man ihr einen Witz erzählte.

»Nein. Sie haben es ordnungsgemäß den Behörden gemeldet.«

Das war jetzt eine Enttäuschung. Konny schürzte die Lippen. Obwohl es so häufig vorkam, hasste sie es, wenn sie mit ihren Mutmaßungen danebenlag.
»Aber sie haben etwas mitgehen lassen«, deutete Frauke Knudsen an.
»Das war in internationalen Gewässern. Was man dort findet, darf man behalten. Wo bleibt also die strafrechtliche Relevanz?«, nölte Kriemhild. Als Seemannswitwe hielt sie sich in allen maritimen Angelegenheiten für eine Koryphäe.
»Es war etwas ganz Besonderes!« Frauke Knudsen strahlte. Jede einzelne Sommersprosse in ihrem Gesicht schien zu blinken. »Eine Kiste mit …«, sie legte eine dramatische Pause ein, »… gestohlenen Rohdiamanten!«
»O bitte, davon hätte man doch gehört.« Kriemhilds Panzer war immer noch nicht geknackt. Für sie war die Knudsen eine vom Leben enttäuschte Tippse, die sich mit an den Haaren herbeigezogenem Seemannsgarn das einsame, langweilige Leben erträglicher machte. Und den Kommodore unverzeihlicherweise mit in ihre Matrosenmünchhausengeschichten hineinzog. »Das ist einfach lächerlich!«
»Die Sache wurde unter den Tisch gekehrt. Die großen Diamantenkonzerne leugneten, dass ihnen Rohdiamanten in dieser Menge entwendet wurden, weil das die Preise auf dem Weltmarkt durcheinandergebracht hätte. Es blieb nur ein Gerücht. Weil die Jacht eine falsche Route angegeben hatte, suchte man jahrelang vergeblich nach ihr. Und glauben Sie mir, ich habe nachgeforscht – da war wirklich etwas faul. Es gab viel zu viele und viel zu große Suchmannschaften für eine schlichte Jacht.«
Konny wollte etwas einwerfen, aber die Knudsen war ja lernfähig und redete rasch weiter. »Das Schiff unter dem Komman-

do Ihres Gatten hatte damals zwölf Männer an Bord. Sie sagten später aus, dass sie einen Maschinenschaden hatten und notankern mussten. Dabei hätten der Kapitän, also Ihr Mann, und drei ihrer Kameraden einen Tauchgang unternommen, in dessen Anschluss sie sich äußerst verdächtig verhalten hätten. Natürlich wurden Ihr Mann und die drei Seeleute hinterher befragt, aber sie bestritten, einen Schatz gehoben zu haben, das sei großer Quatsch.«

»Genau, haarsträubender Quatsch!« Kriemhild gelang, was Konny nicht geschafft hatte, weil Kriemhild nicht auf Sprechpausen wartete, sondern einfach dazwischenrief.

»Meine Schwester und der Kommodore lebten äußerst bescheiden. Wenn er einen Schatz gefunden hätte, dann hätte er sich und seiner Frau doch etwas mehr Komfort gegönnt«, argumentierte Konny.

Frauke Knudsen verzog die Lippen. »Denken Sie doch mit! Natürlich konnten sie die Diamanten nicht gleich zu Geld machen. Sie mussten warten, bis Gras über die Sache gewachsen war. Ich habe in den Akten ein Schreiben der südafrikanischen Polizei gefunden, die uns mitteilte, dass ein Angehöriger des Jachteigners zehn Jahre danach einen Privatdetektiv angeheuert hat, der nachweisen konnte, dass die Diamanten in Südamerika zu Geld gemacht wurden. Genauer gesagt, zu US-Dollar-Scheinen. Ein ganzer Batzen davon. Er fand jedoch nicht heraus, was aus dem Vermögen wurde.«

Kriemhild streichelte unbewusst den Handstaubsauger. Ihr fielen die diversen Fahrten ihres Mannes nach Balboa und Buenos Aires ein. Aber er hatte ihr nie viel davon erzählt. Er hatte ohnehin nicht viel geredet, er war ein großer Schweiger vor dem Herrn gewesen.

»Von den drei anderen, die mit Ihrem Mann zum Wrack getaucht waren, befanden sich zwei zu dem Zeitpunkt des Diamantenumtausches wegen Gewalttaten mit Todesfolge langjährig im Gefängnis und der dritte in einem Krankenhaus in Südostasien, weil ihm ein Hai die Hand abgebissen und sich die Wunde schlimm infiziert hatte. Also kann nur Ihr Mann die Diamanten verkauft haben. Es wurde ihm eine Millionensumme dafür ausgezahlt. Die südafrikanische Polizei bat um Amtshilfe. Ihr Mann wurde daraufhin noch einmal befragt, aber man konnte ihm partout nichts nachweisen.« Frauke Knudsen sah zum Staubsauger. »Ich bin aber ganz sicher, dass er dieses Geld irgendwo versteckt hat. Und die drei anderen sind sich da auch sicher, deswegen sind sie hier eingebrochen.«

»Wir wissen von keinem Geld«, erklärte Konny aus der Tiefe ihres Herzens.

»Weil es kein Geld gibt!«, bockte Kriemhild.

»Doch, gibt es!«, widersprach Frauke Knudsen nicht minder bockig.

»Hören Sie, der Kommodore ist seit fünfzehn Jahren tot. Da hätten die drei anderen doch schon viel früher aufgetaucht sein müssen«, wandte Konny ein.

»Ja eben. Das ist doch der schlagendste Beweis. Die beiden Knastbrüder sind gerade mal seit sechs Monaten auf freiem Fuß, und der dritte kam zur selben Zeit von der Reha aus Asien zurück. Sie haben bis jetzt gebraucht, um Sie zu finden. Was nicht einfach ist, das kann ich Ihnen versichern. Man findet Sie beide nicht im Internet! Haben Sie keine Homepage?« Letzteres klang wie ein Vorwurf.

Dabei stammten die Schwestern eben noch aus einer Ära, in der man keine Frühstücksflockenfotos auf Instagram oder Facebook einstellte. Die moderne Informationstechnologie blieb ihnen fremd. Die Homepage der Pension – eingerichtet von einem Neffen der Schobers – war leider, das musste man zugeben, nur ein Gerippe mit der Telefonnummer und ein paar netten Bildern des Hauses von innen und außen, weil Konny sich zwar immer vornahm, die Seite upzudaten, aber nichts besser konnte als zu prokrastinieren.

»Jedenfalls führte der erste Weg der drei zu ihrem ehemaligen Kapitän. Das sagt doch alles!« Frauke Knudsen verschränkte jetzt ebenfalls die Arme.

Kriemhilds Panzer bekam erste Risse.

Und wie immer, wenn eine der Schwestern bröckelte, wurde die andere betonhart.

»Unsinn«, erklärte Konny. »Das sagt gar nichts. Erstens hat der Kommodore kein Geld hinterlassen. Nicht einen Cent. Und zweitens wollten seine ehemaligen Besatzungsmitglieder einfach nur bei einem Bier mit ihm zusammensitzen, der alten Zeiten wegen, und als sie erfuhren, dass er verstorben war, wollten sie seiner Witwe einen Kondolenzbesuch abstatten. Nur weil jemand im Gefängnis saß, darf man nicht automatisch schlussfolgern, dass er für alle Zeiten kriminell ist.«

»Wer soll das hier denn sonst angerichtet haben?« Frauke Knudsen fuchtelte wild mit den Händen.

Amenhotep, der gerade in süßen Schlummer gleiten wollte, riss die Augen auf und maunzte ungnädig.

»Welches zufällig vorbeikommende Räuber-Trio würde eine solche Verwüstung anrichten? Da hat niemand Ausschau nach Wertsachen gehalten. Da hat jemand akribisch nach einem Hinweis auf ein Millionenvermögen gesucht!« Frauke Knudsen nickte mit der Überzeugung einer Sekretärin der Mordkommission, die weiß, wovon sie spricht. Was sie gleich darauf auch in Worte fasste. »Ich arbeite für die Polizei, ich weiß, wovon ich spreche!«

»Polizei, da liefern Sie ein gutes Stichwort.« Konny hob den protestierenden Nacktkater von ihrem Schoß und ließ sich vom Küchentisch gleiten. »Es ist höchste Zeit, dass wir die Polizei vom Einbruch in Kenntnis setzen.« Sie ging durch die klaffende Lücke, die einst eine Buntglasscheibentür geziert hatte, in ihr Büro. Kriemhild und Frauke Knudsen folgten ihr. Erstaunlicherweise sogar Amenhotep. In einem derart vandalisierten Haus wollte man instinktiv als Herde beisammenbleiben.

Unterwegs fragte sich Konny, ob die Einbrecher nicht womöglich auch den Festnetzapparat zerlegt hatten. Sie hatten es versucht, man sah es an den Kratzspuren, aber das alte Bakelitteil hatte sich erfolgreich gewehrt. Selbst das dicke Kabel war noch dran.

Gerade wollte Konny nach dem Hörer greifen, als es klingelte. Entsetzt fuhr sie zurück und prallte auf Kriemhild, die vor Schreck beinahe den Staubsauger mit dem Kommodore fallen ließ. Frauke Knudsen quietschte. Oder vielleicht waren das auch die Bremsen ihres Rollstuhls.

Das Telefon klingelte weiter.

Konny holte tief Luft und nahm den Hörer ab. »Hier Pension …«, fing sie an, wurde aber von einer hohen Männerstimme unterbrochen, die sehr sanft klang.

»Kein Grund für Förmlichkeiten, ich weiß, mit wem ich spreche«, tönte die Stimme. »Sie kennen mich nicht, aber Sie konnten bereits meine Arbeit bewundern. Meine Kollegen und ich haben uns eben bei Ihnen umgesehen. Ich fürchte, in ihrem jetzigen Zustand genügt Ihre Pension unseren Ansprüchen an eine behagliche Hotellerie nicht mehr.« Er kicherte in sich hinein. »Aber nun genug der heiteren Plauderei: WO IST DAS GELD?!«

Die Verrohung der Sitten bei den heutigen Jugendlichen, unter besonderer Berücksichtigung Spätpubertierender zwischen fünfundvierzig und neunundfünfzig

Konny zeigte stumm, aber mit weit aufgerissenem Mund auf den Hörer in ihrer Hand. Wie im *Schrei* von Edvard Munch, nur in 3-D.

Frauke Knudsen und Kriemhild begriffen sofort und fuhren die Köpfe aus, um etwas mitzukriegen.

»Hören Sie, kleines Fräulein, der Kommodore hat uns um unseren Anteil betrogen. Das war nicht nett von ihm, gar nicht nett«, sagte die Stimme. Sie klang fiepsig und gehörte laut der Beschreibung der Schobers zweifellos dem Schmächtigen.

»Wir haben kein ...«, fing Konny an und wollte erklären, dass es sich um einen Irrtum handelte.

»Jetzt rede ich, mein Fräulein!« Die Stimme klang auf einmal gar nicht mehr schmächtig. Aber immer noch ABC-Alarm-sirenenartig hoch. »Wir wollen unseren Anteil. Lange genug haben wir ja darauf gewartet. Unsere Geduld hat Grenzen. Sie haben bestimmt gesehen, was wir mit dem Kommodore gemacht haben? Das war nur die erste Warnung.«

»Sie Schwein!«, gellte Kriemhild.

»Wir wissen nichts von dem Geld«, rief Konny rasch. »Der Kommodore hat uns nie etwas gesagt. Glauben Sie denn, wir würden in so ärmlichen Verhältnissen leben, wenn er uns ein Vermögen vermacht hätte? Sie haben unsere Pension doch zerlegt – Sie haben gesehen, dass es hier nichts Wertvolles gibt!«

»Ach, so wollen Sie das spielen? Sie stellen sich stur auf dumm?

Nun gut, dann folgt jetzt die zweite Warnung. Wir wollen unseren Anteil! Eins noch: Seien Sie sehr, sehr vorsichtig in dem, was Sie gegenüber der Polizei sagen – ein Hinweis auf uns, und wir können richtig unangenehm werden. Tun Sie, was wir Ihnen sagen, sonst zünden wir Ihnen die Bude über dem Kopf an und entsorgen Ihre Asche ebenfalls im Hausmüll.«
»Aber …«, rief Konny, doch zu spät, am anderen Ende der Leitung war bereits aufgelegt worden, »… wir haben das Geld nicht«, beendete sie den Satz dennoch mutlos.
»Was haben sie gesagt?«, verlangte Kriemhild zu wissen.
»Sie wollen ihren Anteil«, sagte Konny und wollte das mit der zweiten Warnung erzählen, aber in diesem Moment hörte man ein seltsam flirrend-zischendes Geräusch, es tat einen furchtbaren Schlag, und urplötzlich wurde es gleißend hell.
Jemand hatte eine Signalrakete in ihr Büro geschossen!
Sofort war das Büro voller Rauch. Der Phosphor setzte die Tapete in Brand.
Die drei Frauen schrien auf. Frauke Knudsen, die sich im Gebäude nicht auskannte, beugte sich vor und hielt sich schützend die Hände über den Kopf. Wobei sie anfangs schrie, dann jedoch wegen der Rauchentwicklung hustete.
Konny packte Amenhotep, um ihn in der Küche in Sicherheit zu bringen, obwohl er auf sich gestellt sehr viel schneller hätte Reißaus nehmen können. Das war keine bewusste Entscheidung, mehr so eine Katzenmutterinstinktreaktion.
Allein Kriemhild bewahrte einen kühlen Kopf. Sie schob erst die Knudsen in den Flur, hob anschließend den Feuerlöscher aus seiner Verankerung und sorgte dafür, dass aus dem Leuchtrakenteneinschlag kein Flächenbrand wurde. Eine reife Leistung, wenn man bedachte, dass sie den Kommodore in seiner Staubsauger-Urne während alldem nicht aus der Hand legte.

Als der Feuerlöscher gurgelnd die letzten Schaumspritzer von sich gab, kehrte wieder Ruhe ein.
Frauke Knudsen hörte auf zu husten, Konny kam mit Amenhotep im Arm aus der Küche. Kriemhild ließ heftig atmend den Feuerlöscher fallen und presste den Kommodore an ihre Brust.
Einen Moment lang waren die drei Frauen damit beschäftigt, ihre Fassung wiederzuerlangen. Nur Amenhotep versuchte neugierig, mit der Pfote nach dem Schaum an der Wand zu tasten.
Weit draußen hörte man das Kreischen von Autorädern. Als Kriemhild aus dem Fenster sah, machte sie ganz am anderen Ende der Auffahrt einen klapprigen, beigefarbenen Mercedes aus, der aussah wie ein altes Taxi, nur ohne Taxi-Schild auf dem Dach.
»Die Kerle meinen es ernst«, gurgelte Frauke Knudsen schließlich.
»Als ob wir das angesichts unseres völlig zerstörten Zuhauses nicht schon wüssten«, meinte Kriemhild spitz.
»Hat der Kommodore Ihnen wirklich gar nichts hinterlassen? Vielleicht ein Notizheft mit dem Zugangscode für ein Schweizer Nummernkonto. Oder einen Schließfachschlüssel?«
Konny sagte nichts, musterte Frauke Knudsen nur verstohlen. Als Sekretärin bei der Mordkommission müsste ihr doch daran gelegen sein, dass nun endlich die Polizei ins Spiel kam, oder? War sie, wer sie behauptete zu sein? Oder steckte sie mit den Dieben unter einer Decke? Das wäre doch ein cleverer Schachzug – die Knudsen machte auf »guter Cop« und die drei Schurken machten auf »die drei Schurken«.
Konny schwieg.
Kriemhild hegte keine solchen Bedenken und überlegte laut:

»Wir haben immer sehr einfach und ohne Schnickschnack gelebt. Das Einzige, was ich von meinem Mann noch habe, ist sein alter Seesack mit ein paar Erinnerungsstücken.« Kriemhild sah zur Decke. Wobei sie in Wirklichkeit durch die Decke hindurch auf den Dachboden blickte, denn irgendwo dort oben befand sich der Seesack. »Da ist aber nichts Besonderes drin. Allerdings habe ich mir die Sachen auch noch nie unter dem Aspekt angesehen, dass ein versteckter Hinweis auf ein Vermögen darunter sein könnte.« Kriemhild sah von der Decke hinunter zu dem Akkustaubsauger in ihren Armen. »Ach, Kommodore, was hast du dir nur dabei gedacht?«

Es hatte ganz den Anschein, als bekäme ihre Überzeugung in seine über jeden Verdacht erhabene Rechtschaffenheit erste Risse.

»Wir sollten nachsehen.« Frauke Knudsen hob das Kinn. Jetzt sah man, dass ihr zwanghaftes Kratzen Spuren hinterlassen hatte – rote Streifen zogen sich über ihren Hals.

Konny fand den Eifer der Knudsen immer eigenartiger. Sie schürzte die Lippen, aber bevor sie etwas einwenden konnte, marschierte Kriemhild bereits los. »Jawohl, bringen wir es hinter uns.«

»Ich warte hier unten.« Die Knudsen rollte zur Treppe.

»Das müssen Sie nicht.« Kriemhild drückte auf einen Schalter, und man hörte ein surrendes Geräusch.

Konnys und Kriemhilds Erbtante Barbara war mit 102 gestorben und bis zuletzt noch Selbstversorgerin gewesen. Darum gab es selbstverständlich einen Treppenlift. Auf dem Frauke Knudsen gleich darauf hochsauste. Also insoweit man bei 0,15 Metern pro Sekunde von *sausen* sprechen konnte.

Amenhotep, Kriemhild und Konny hinterher.

Den Zugang zum Dachboden hatten die drei Schurken entweder übersehen oder erst entdeckt, als die Schobers mit der Mistgabel angestürmt kamen, wie wütende Dörfler, die Graf Dracula lynchen wollten.

Kriemhild drückte auf einen in der Wand eingelassenen, unscheinbaren Knopf. Eine Falltür öffnete sich, und eine Treppe fuhr herunter. Nicht nur eine Treppe, sondern eine Treppe mit einem weiteren Sitzlift.

Diesen Luxus hatte sich Erbtante Barbara gegönnt, weil es sich bei dem Dachboden nämlich nicht um einen staubigen Speicher handelte, der von Spinnweben durchzogen war, sondern um das Allerheiligste, in dem sie ihre Puppensammlung untergebracht hatte. Eine Sammlung von dermaßen exorbitanter Kitschigkeit, dass Konny und Kriemhild sie gleich nach Antritt des Erbes veräußerten. Die Summe, die sie dafür bei einer Auktion bekamen, reichte aber gerade mal aus, um ein einziges zusätzliches Bad in den Gästezimmern zu installieren. Die restlichen Bäder hatten sie über einen Bankkredit finanzieren müssen.

Deswegen war Konny auch nie mehr hochgekommen, weil sie fürchtete, die tote Tante könnte wütend über den lieblosen Verkauf der Sammlung sein und hier spuken. Nur Kriemhild kratzte das nicht – sie machte regelmäßig sauber.

»Mir nach«, sagte Kriemhild und stieg die Treppe hoch. Frauke Knudsen schwebte auf dem Sitzlift nach.

Konny seufzte, stieg ein paar Stufen nach oben und blieb vorsichtshalber nach der Hälfte der Treppe stehen. Es reichte, wenn sie den Speicher überblicken konnte.

Amenhotep, der hier eigentlich Zugangsverbot hatte, genoss es sichtlich, endlich alles in Augenschein nehmen zu können. Wiewohl es nicht viel zu sehen gab. Der Raum war nämlich – bis auf einen Schaukelstuhl und eine Stehlampe mit Troddeln – leer.

Wenn sich die Schwestern, die sich oft zankten, mal wieder so heftig gezofft hatten, dass sie eine Pause voneinander brauchten, dann kam Kriemhild hier hoch und erledigte Handarbeiten oder las *Moby Dick* (wobei sie sich als Kapitän Ahab sah und Konny als den großen, weißen Wal) oder sie schaute einfach meditativ aus dem Fenster hinaus in den Garten und auf das hinter dem Garten liegende Tal.
Der Seesack des Kommodore hing neben dem Schaukelstuhl an einem Holzbalken.
Kriemhild legte den Handsauger mit dem Kommodore vorsichtig auf das geblümte Sitzkissen des Schaukelstuhls, machte die Stehlampe an und kniete sich vor den Seesack. Dann hielt sie inne.
»Nur zu«, machte Frauke Knudsen ihr vom Sitzlift aus Mut. »Sie müssen das jetzt hinter sich bringen.«
Hm, dachte Konny, die Gute ist aber wirklich sehr eifrig, fast schon übereifrig. Verstohlen googelte sie auf ihrem Handy nach *Frauke + Knudsen*.
Kriemhild seufzte, tätschelte den Seesack, dann öffnete sie energisch den Knoten der Kordel und schüttete den Inhalt auf den Dielenboden.
Es fiel nicht viel heraus: eine Geldbörse, ein Kirchengesangbuch, eine emaillierte Schnupftabakdose und eine alte Taschenuhr mit Deckel.
»Mist«, fluchte Konny, was Kriemhild und Frauke auf die spärliche Ausbeute bezogen, wobei Konny in Wirklichkeit nur herausgefunden hatte, dass Frauke Knudsen wirklich die war, die sie zu sein vorgab. Ihr Foto tauchte auf der *Polizeihamburg.de*-Seite unter *Hinweistelefon* auf, und es gab noch die Seite eines *Sherlock*-Fanclubs, dessen Schriftführerin sie offenbar war, ebenfalls mit Foto, auf dem sie das typische Holmes-Outfit mit

Umhang, Mütze und Pfeife trug und das Benedict-Cumberbatch-Augenbrauenhochziehen imitierte.
Kriemhild ließ die Schnupftabakdose aufschnappen. Sie war noch voll. »Vielleicht ist das gar kein Tabak, sondern Heroin?« Sie sah auf.
»Heroin in dieser Menge wäre keine Million wert«, hielt Frauke Knudsen dagegen. »Was ist in der Geldbörse?«
»Sicher auch keine Million, sonst müsste sie mehr ausbeulen«, scherzte Konny, allerdings mit bebender Stimme. Hatte nicht eben der Dachbalken verdächtigt geknarzt? War das womöglich die spukende Tante? Konny, die früher viel in der Welt herumgekommen war, ärgerte sich maßlos über sich selbst. Taffe Journalistinnen glaubten nicht an Spuktanten und Gespenstergeschichten. Was aber nichts daran änderte, dass sie hier oben ein äußerst ungutes Gefühl hatte.
Die Geldbörse war leer, bis auf ein Foto von Kriemhild, aufgenommen kurz nach der Eheschließung. Kriemhild hatte sich in all den Jahren kein bisschen verändert. Ihr Kleidungsstil, ihre Frisur – der um den Kopf geschlungene Zopf –, ihr stets leicht miesepetriger Gesichtsausdruck: alles gleich. Und bis auf die steile Unzufriedenheitsfalte zwischen den Augenbrauen war sie immer noch faltenfrei. Sie hatte allerdings nicht das Geheimnis ewiger Jugend gepachtet, andersherum wurde ein Schuh daraus: Kriemhild sah schon als sehr junge Frau aufgrund ihrer Hagerkeit und des allzeit missbilligenden Blicks richtig alt aus.
»Vielleicht ist die Uhr ein Vermögen wert?«, rief Frauke Knudsen vom Sitzlift.
»Nein.« Kriemhild schüttelte den Kopf. »Die habe ich ihm zu unserem ersten gemeinsamen Weihnachtsfest geschenkt.« Sie klappte die Uhr auf.

»Und?« Die Knudsen wurde ungeduldig. »Hat er einen Hinweis auf das Geld darin versteckt?«
Kriemhild lächelte versonnen. »In der Uhr ist ein Bild von mir. Damit er sich auf See immer an mich erinnert. Genauso habe ich ihm die Uhr geschenkt.«
Konny gab sich einen Ruck und betrat den Dachboden.
»Was ist mit dem Gesangbuch?«, drängte Frauke Knudsen, die notgedrungen sitzen bleiben musste, was sichtlich an ihr nagte. »Ist da möglicherweise ein Hinweis versteckt? Hat er vielleicht etwas ergänzt? Zahlen, eine Wortfolge, ein Kritzel-Smiley, irgendetwas?«
»Nein«, sagte Kriemhild, nachdem sie kurz Daumenkino mit dem Gesangbuch gespielt hatte. »Da steht nichts drin, was nicht hineingehört.«
»Würden Sie mich einen Blick in das Gesangbuch werfen lassen?«, bat Frauke Knudsen, der man deutlich anmerkte, dass sie diese oberflächliche Überprüfung für nicht ausreichend hielt.
Kriemhild gab ihr das Gesangbuch. Es handelte sich um die gebundene Standardausgabe der Nordelbischen Evangelisch-Lutherischen Kirche in Blau, und es hatte nicht den Anschein, als hätte der Kommodore dort etwas hineingeschrieben, außer seinen Namen und den von Kriemhild. Es gab darin auch keinen sonstigen Hinweis – Foto, Visitenkarte, Zettel. Kurzum, es war zum Haareraufen.
Amenhotep, der es hasste, wenn er bei irgendeiner Aktivität ausgeschlossen wurde, wiewohl er sich jeder Teilnahme, zu der er aufgefordert wurde, grundsätzlich verwehrte, stolzierte auf die Frauen zu. Und weil er sich stets den bequemsten Ruheplatz aussuchte, marschierte er schnurstracks an ihnen vorbei, sprang auf den Schaukelstuhl und drapierte sich neben den Handsauger.

Kriemhild, Frauke und Konny achteten nicht weiter auf ihn.
»Das ist doch alles sinnlos, wir rufen jetzt die Polizei«, erklärte Kriemhild.
»Wollen Sie wirklich riskieren, dass diese Unmenschen sich dadurch zu neuen Gewalttaten hinreißen lassen?«, wandte Frauke ein. »Sie haben doch gehört, dass Sie keine Polizei einschalten sollen. Möglicherweise bringen sie sonst Ihre Schwester um.«
»Warum mich? Warum nicht Kriemhild?«, platzte es aus Konny heraus.
Frauke schnalzte mit der Zunge. »Na, weil es wahrscheinlicher ist, dass der Kommodore seiner Frau einen Hinweis hinterlassen hat als seiner Schwägerin.«
Dem ließ sich nichts entgegenhalten.
»Wir haben doch jetzt quasi eine Polizistin in der Familie«, geistesblitzte es aus Konny heraus. »Kommissarin Klum!«
Kriemhild schnaubte. »Du willst sie von ihrer Hochzeitsreise zurückholen? Und glaubst du allen Ernstes, sie würde das hier vertraulich behandeln? Dass sie es wie Wonder Woman auf eigene Faust regelt und mit einem Lasso der Wahrheit die drei Schurken einfängt? Sei nicht albern.«
Hätte Kriemhild Augen im Hinterkopf besessen, dann hätte sie weniger gegen ihre Schwester gewettert und mehr dafür gesorgt, dass ihr verblichener Gatte nicht eins wurde mit dem Dachbodenstaub.
Amenhotep fand nämlich, dass der Schaukelstuhl nicht groß genug für ihn und den Akkusauger war, und hatte deshalb angefangen, den temporären Aufenthaltsort des Kommodore mit der Pfote Millimeter um Millimeter dem Stuhlrand entgegenzuschieben.
Auch sein Frauchen Konny bekam nichts mit. »Tu nicht so

abfällig. Ich unterbreite wenigstens konstruktive Vorschläge, die nicht dazu führen, dass eine von uns ermordet wird.«
»Bitte, meine Damen«, wandte Frauke ein. Sie war ein wenig bleich geworden, als ob ihr allmählich dämmerte, dass es eine Sache war, sich als Schriftführerin eines Sherlock-Holmes-Clubs der Vorstellung hinzugeben, auf eigene Faust zu ermitteln, und eine ganz andere, das auch wirklich zu tun und dabei tendenziell in Lebensgefahr zu geraten. »Sollten wir nicht wieder ins Erdgeschoss gehen, damit wir hier oben nicht in der Falle sitzen, falls diese Verbrecher zurückkehren?«
Amenhotep schnurrte leise, weil er ganz kurz vor der Erfüllung seiner Wünsche stand. Es konnte auf diesem Schaukelstuhl nur einen geben! Die Pfote drückte den Staubsauger einen weiteren Millimeter in Richtung Rand …
»Frau Knudsen«, fing Kriemhild an. »Sie sagten doch, dass Sie Akteneinsicht hatten. Dann müssen Sie doch auch wissen, wer diese Verbrecher sind, wie sie heißen und wo sie wohnen?«
Frauke Knudsen wischte diesen Einwand mit einer Handbewegung beiseite. »Klar kann ich Ihnen sagen, wie sie heißen – Walter Paqué, Hans Schenk und Hans-Herbert Kaminski. Aber die Adressen, unter denen sie geführt werden, sind alle fake. Außerdem sind sie ja gerade hier und nicht daheim, darum kann man sie auch nicht nachts um drei durch eine schnelle Zugriffstruppe hopsnehmen.«
»Wir haben ja auch gar keinen Beweis dafür, dass es sich wirklich um diese drei handelt.« Kriemhild sackte ein wenig in sich zusammen.
»Das würde ich so nicht sagen«, meinte Frau Knudsen. »Man könnte das Blut an den Krallen Ihrer Katze analysieren. Ich wette, man findet bei einem Schnelltest die DNA von einem dieser drei Ganoven.«

»Das ist eine gute Idee!« Konny war spontan erleichtert. »Dann werden die drei weggesperrt, und wir sind aus dem Schneider.«

»Ja-ha, für sechs Monate bis maximal zehn Jahre«, meinte Frauke Knudsen. »Dann kommen sie wieder auf freien Fuß. Und dann? Die lassen nicht locker, das muss Ihnen klar sein!« Sie sah die Schwestern an und realisierte, dass bei Frauen in diesem Alter die Lebenserwartung rapide abnahm und etwas, das erst in zehn Jahren geschehen konnte, bei ihnen keine unmittelbare Sorge auslöste. »Jetzt, wo sie Sie gefunden haben, heuern sie vielleicht sogar aus dem Knast heraus irgendwelche Auftragskiller an, die für einen Anteil an der Beute die Informationen aus Ihnen herausfoltern und Sie dann umbringen sollen.«

Konny schluckte schwer. Sie gehörte normalerweise zu der Pollyanna-Fraktion, also zu den Menschen, die erst mal alles durch eine rosarote Brille sehen und stets an das Gute glauben. Dieser Glaube kam ihr jedoch zunehmend abhanden. »Gibt es in Deutschland nicht auch so was wie ein Zeugenschutzprogramm? Wir könnten die Polizei einschalten und uns unter neuem Namen irgendwo anders niederlassen und …«

»Du redest manchmal einen Stuss daher«, urteilte Kriemhild und war – gemäß der Pendelausschlagtheorie – auf einmal wieder gefasst. »Wir tun jetzt das einzig Vernünftige: Polizei verständigen und Blutanalyse. Wo ist überhaupt dein Kater?«

Konny und Frauke, die nicht mit dem Rücken zum Schaukelstuhl standen, zeigten auf denselben, und Kriemhild drehte sich um. Just in dem Moment, als die Pfote ihr teuflisches Werk vollendete: Der Akkusauger plumpste über den Rand des Sitzes.

»NEIN!«, gellte Kriemhild und in einem Akt der Verzweiflung

warf sie sich mit einem Hechtsprung, der jedem Hollywood-Stuntman zur Ehre gereicht hätte, nach vorn. Was sich in einem Sekundenbruchteil vollzog, schien den Beteiligten wie in Zeitlupe zu vergehen und ewig zu dauern. Der Flug von Kriemhild durch die Luft, das Knacken, als sie schwer auf dem Dielenboden aufkam, ihr dumpfer, langgezogener Schmerzensschrei. Sie bekam den Handstaubsauger im allerletzten Moment zu fassen, rollte sich in fließender Bewegung auf den Rücken …

… und blieb dort stöhnend liegen, den Akkusauger an ihr Herz gepresst.

»Aua.«

Konny kniete sich hastig neben ihre Schwester und fragte besorgt. »Großer Gott, hast du dir eine Rippe gebrochen? Nicht bewegen, vielleicht ist ein Lungenflügel durchbohrt!«

Frauke Knudsen zog ihr Handy aus der Tasche ihres Blazers und wählte die Notrufnummer.

In diesem Moment behielten nur zwei die Ruhe:

Amenhotep, der ungerührt über den Stuhlrand lugte. Sein langer, nackter Schwanz klopfte unzufrieden auf die Polsterung des Schaukelstuhls, weil er sich um sein Erfolgserlebnis betrogen fühlte.

Und Kriemhild, mit dem Kommodore im Staubsauger an der Brust.

Ihr tat zwar alles weh und sie konnte kaum atmen, aber sie erlebte einen Moment völliger Klarheit. Eine Epiphanie, sozusagen. Ihr war nämlich während ihres Turmspringens mit Rückwärtssalto und anderthalbfacher Schraube – nur ohne Turm und ohne Wasser – wieder eingefallen, wo der Kommodore während ihrer Ehe wichtige Dinge wie Heiratsurkunde, Seemannspatent und Schnupftabakrezept aufbewahrt hatte: in einem Geheimfach in der Etagenwohnung, die sie während ihrer Ehe bewohnt hatte. Das ideale Versteck für eine Million in großen Scheinen oder aber wenigstens für einen Hinweis darauf, wo sich das Geld befand.

Kriemhild lächelte. Und stöhnte gleich darauf laut auf, weil Amenhotep – nachtragend, wie er war – schwungvoll auf ihren Bauch sprang. Wie es ihm gelang, dabei aus seinen 6830 Gramm gefühlt einen Zentner zu machen, blieb sein Geheimnis …

Tag zwei

Liebe Kummerkasten-Konny,
meine Familie wirft mir vor, ich würde sie absichtlich vor aller Welt brüskieren, weil ich mit meinen siebzig Jahren noch Punk-Klamotten trage und mir neulich den Namen meines Freundes auf den Knöchel habe tätowieren lassen. Haben meine Angehörigen recht – sollte ich mich etwas mehr zügeln?
Punk-Oma Trudi

Liebe Trudi,
Sie gehören einer Generation von Frauen an, die ihre Büstenhalter verbrannt hat, die ihren Bauch für sich beanspruchte und für das Recht auf Abtreibung auf die Straße ging, die freie Liebe praktizierte und AC/DC hörte. Sie haben den jungen Frauen von heute den Weg geebnet, damit die so sein können, wie sie sein wollen. Und jetzt verlangt man von Ihnen, brav zu altern und nur ja kein Aufsehen zu erregen?
Pellen Sie sich ein Ei drauf! Färben Sie sich die Haare grün, wenn Sie wollen, ketten Sie sich in aller Öffentlichkeit nackt an ein Geländer, weil Sie nachdrücklich gegen Massentierhaltung protestieren wollen, bleiben Sie sich selber treu. Und wenn Ihre Familie mosert, dann fahren Sie Ihren Mittelfinger aus, stülpen sich die Kopfhörer über und lauschen volle Kanne Highway to Hell!
Die Faust zum Protest gereckt,
Ihre Konny

»Fernweh ist mein Heimweh.«
Der Kommodore

Exakt zwölf Stunden dauerte es von Kriemhilds Epiphanie bis zum Roadtrip der Schwestern. Im Wesentlichen hatte es dafür nur drei Schritte gebraucht.

Phase eins: Irreführung der Staatsgewalt

»Sind Sie sicher, dass Ihnen keinerlei Wertsachen fehlen?«, erkundigte sich der junge Beamte, der den Einbruch aufnahm. Er sah die Kellertreppe hinunter.
Konny erinnerte sich gut an ihn. Er war die *Ampel*.
Als man damals einen ihrer Gäste mit dem Aufsitzrasenmäher plattgefahren hatte, gehörte er zu den Beamten, die *Gabi* in der Tiefkühltruhe gefunden hatten. Silikonsexpuppen waren ihm offenbar fremd gewesen, denn sein Gesicht war dreifarbig aufgeglüht: unten grün, weil er im ersten Moment gedacht hatte, eine tiefgefrorene menschliche Leiche gefunden zu haben und ihm übel wurde, oben rot, weil ihm Gabi in ihrer anatomischen Korrektheit peinlich war, und dazwischen gelbstichig, weil das offenbar sein natürlicher Teint war.
Jetzt gab er sich abgebrüht. Und natürlich war sein breites Grinsen eine Anspielung auf die Sexpuppe. Die dem Kommodore gehört hatte. Was Kriemhild guthieß, so hatte er nicht in jedem Hafen eine echte Braut, sondern konnte sich auf den langen Fahrten mit dieser Ersatzkriemhild vergnügen. Die Kriemhild nicht im Entferntesten ähnlich sah. Verständlicherweise. Nichts gegen ihre Schwester, aber sie war in ihrer unrunden Hagerkeit eindeutig kein Sexpuppenmaterial.

Konny nickte. »Ja, ich bin sicher, dass nichts von Wert gestohlen wurde.«
»Dann handelt es sich also nicht um Raub, sondern um ein Einbruchsdelikt mit schwerer Sachbeschädigung.« Der junge Beamte kritzelte etwas auf einen Formblattvordruckblock. Das 21. Jahrhundert hatte in seinem Revier noch keinen Einzug gehalten: Er musste von Hand schreiben. Dabei murmelte er leise vor sich hin, was er aufschrieb – wie ein Grundschüler. Konny bekam mütterliche Gefühle.
»Haben Sie eine Ahnung, wer das gewesen sein könnte?«, erkundigte er sich sachlich, nachdem er fertiggeschrieben hatte.
»Jedenfalls kein ehemaliger Gast, der seiner Unzufriedenheit Ausdruck verleihen wollte!«, bläffte Kriemhild.
»Was? Wie? Nein, das wollte ich doch gar nicht …« Vor Kriemhild hatten alle jungen Menschen Angst. Sie hatte etwas Menschenfresserisches an sich, wie die Hexe aus *Hänsel und Gretel.* Er schluckte schwer. »Ich dachte an … äh … einen Dumme-Jungen-Streich, Teenager aus der Nachbarschaft …«
»In unserer Nachbarschaft gibt es keine Teenager«, unterbrach ihn Konny, »nur Bauer Schober und seine Frau. Die sind kinderlos.«
»Und das Ausmaß der Zerstörung lässt sich ja wohl kaum als Streich abtun, nicht wahr?« Kriemhild fixierte den Uniformierten unerbittlich.
»Äh … nein, natürlich nicht«, stotterte der junge Mann.
»Wir haben wirklich keine Ahnung, wer das getan haben könnte. Marodierende Vandalenbanden? Wir sind nach Hause gekommen, haben die Bescherung gesehen und sofort die Notrufnummer gewählt«, log Konny und wies dabei eindeutig alle sieben körpersprachlichen Anzeichen eines Menschen auf, der nicht die Wahrheit sagt: verschränkte Arme, eine Hand am

Hals, Füße in Richtung Tür, häufiges Schlucken, nach oben schweifender Blick, häufiges Wimpernklimpern, Pinocchio-Nase. Was der junge Beamte aber alles nicht mitbekam, weil er Kriemhild wie hypnotisiert anstarrte.

»Ich … mache noch rasch ein paar Fotos. Die brauchen Sie … äh … für die Versicherung.« Er floh nach draußen, vorbei an seinem Kollegen, der gerade aus Konnys Büro trat.

»Ist was?«, rief der ihm hinterher.

Konny war dankbar, dass Kriemhild, die ausgebildete Lehrerin war, nie in ihrem Beruf gearbeitet hatte. Nicht auszudenken, wie viele Generationen unschuldiger Kinder sie traumatisiert hätte.

»Er hat meine Schwester kennengelernt«, sagte Konny zu dem Beamten, der nicht viel älter war als die *Ampel*, aber eindeutig mehr Charakterstärke besaß. Möglicherweise war er mit wilden Tieren aufgewachsen. Er hielt Kriemhilds Knochenbrecherblick jedenfalls stand, ohne mit der Wimper zu zucken.

»Wir werden Anzeige nach dem Sprengstoffgesetz gegen unbekannt erstatten«, sagte er und sah Kriemhild weiterhin fest in die Augen, eine Leistung, an der schon viele gestandenere Kerle gescheitert waren. »Ich habe die Hülse der Signalrakete in der Auffahrt gefunden und glaube, dass man von ihr Fingerabdrücke nehmen kann. Mit etwas Glück sind wir den Tätern bald auf der Spur.«

»Das Wort *Glück* höre ich in diesem Zusammenhang nicht so gern«, monierte Kriemhild. »Ich würde *Einsatz* und *Können* bevorzugen.«

Der Polizist hob eine Augenbraue. Er überlegte sichtlich, ob das nicht schon grenzwertig unter Beamtenbeleidigung fiel.

Konny seufzte und schob Kriemhild zur Seite. »Wir sind Ihnen sehr dankbar.«

Phase zwei: Nebelbomben auf die unmittelbar Betroffenen werfen

»Abwasserschmutzverordnung!«, rief Herr Hirsch aufgebracht.

Sie hatten ihn natürlich *nicht* angerufen. Wer, bitte schön, ruft ein Hochzeitspaar in den Flitterwochen an? Na schön, Kriemhild hätte es getan, aber Konny hatte sich durchgesetzt, und so schickten sie ihm nur über Konnys Smartphone eine Textnachricht.

Keine zwei Minuten später klingelte das Telefon. Damit hätten sie nicht gerechnet. Es gab WLAN auf dem Flitterwochenschiff?

»Kekskrümelkatakomben!«

Es hatte einen Grund, warum Aphasiker Hirsch sonst nie telefonierte, höchstens skypte, wo er beschriebene Karteikarten vor die Kamera hielt. Seine frisch angetraute Frau nahm ihm den Hörer aus der Hand. »Was müssen wir da lesen? Es gab einen Einbruch?«

»Ja, aber es ist nicht weiter schlimm, die Schobers von nebenan haben rechtzeitig eingegriffen. Es entstand nichts weiter als … äh … kleinerer Sachschaden.«

Konny hatte nur geschrieben: *Keine Sorge, uns geht es gut, aber in die Pension wurde eingebrochen. Wir schließen das Haus jetzt für ein paar Tage und fahren weg. Noch eine schöne Zeit und genießt Eure Flitterwochen!*

So waren die beiden informiert, ohne dass sie in Panik ausbrachen, sollte es sich aus irgendeinem Grund bis zu ihnen durchsprechen. Hatte Konny gedacht. Da kannte sie aber Frau Klum schlecht.

»Wieso schließen Sie denn gleich die Pension?«, bellte die jetzt in die Sprechmuschel. Ihr innerer Lautstärkeregler kannte auch nur zwei Stufen: brüllen und flüstern, keine Zwischentöne. Insofern glich sie Kriemhild.

»Die Schäden sind zwar nur ... äh ... kleinerer Natur, aber es gab ja das eine oder andere, was nicht mehr ganz richtig funktionierte, und das reparieren wir jetzt alles in einem Aufwasch.« Konny flunkerte in Lichtgeschwindigkeit. Das hätte sie sich vorher besser überlegen sollen. Jetzt war es zu spät.

»Wie wollen Sie denn die Schäden reparieren, wenn Sie wegfahren?« Frau Klum arbeitete für die Mordkommission. Sie roch den Braten schon, wenn er noch als Lende am Schwein saß.

»Wir ... haben Handwerker beauftragt.« Als ob sie sich das leisten könnten.

Herr Hirsch hörte offenbar mit, denn er rief: »Zwiebelsoße!« Er roch den Braten also auch.

»Sie sind in den Flitterwochen, denken Sie doch bitte nicht an uns!«, lenkte Konny ab. »Genießen Sie Ihre Liebe, lassen Sie die Seele baumeln ... und die Beine auch.« Ihr Ablenkungsversuch scheiterte kläglich.

»Was genau haben die Einbrecher mitgehen lassen?«, verlangte Kommissarin Klum zu wissen.

Wenn Konny jetzt *nichts* sagte, wäre das superverdächtig, das war ihr klar. *Rasch, was hätten echte Einbrecher mitgehen lassen?*

»Ach ... nur Kleinigkeiten ... nichts wirklich Wichtiges, nur ...«, wich Konny aus, während sie fieberhaft überlegte.

Frau Klum unterbrach sie. »Ich rufe rasch das zuständige Revier an und verlange das beste Team für die Ermittlung. Und ein Streifenwagen soll regelmäßig bei Ihnen vorbeischauen, nur zur Sicherheit.«

»NEIN … ich meine, nicht doch … ehrlich, das ist wirklich keine große Sache. Sie müssen sich nicht kümmern. Kriemhild und ich wollten sowieso ein paar Tage ausspannen, und wir haben das jetzt einfach als Anlass genommen, ein bisschen über Land zu fahren. Die Schobers schauen solange nach dem Rechten.« Langsam kam Konny in Fahrt. Sie hatte immer schon exzellent flunkern können. Keine schlimmen Lügen wohlgemerkt. Nur so haarscharf an der Wahrheit vorbei.
»Dann sind Sie beide also in Ordnung?«
»Aber ja, völlig. Amenhotep geht es auch gut.« *Jetzt nur nicht zu entspannt tun!* »Natürlich ist es ein ungutes Gefühl, wenn man weiß, dass fremde Männer im Haus waren, aber …«
»Woher wissen Sie denn, dass es Männer waren?«
»Äh … das vermute ich. Sind es nicht meistens Männer?«
»Ich meinte nicht das Geschlecht, sondern die Anzahl. Statistisch gesehen, verüben mehrheitlich Einzeltäter solche Einbrüche. Wie kommen Sie auf mehrere Täter?«
Verdammt, die Frau war echt gut!
Kriemhild verlor die Geduld und riss ihrer Schwester den Hörer aus der Hand.
»Was ist das hier? Ein Telefonmarketingverkaufsgespräch? Wir brauchen jetzt die Leitung für unsere Reisevorkehrungen. Noch schöne Flitterwochen, Frau Klum. Es ist schon spät. Ich hoffe, das plumpe, unangebrachte Hochzeitsgeschenk meiner Schwester lässt Sie jetzt gleich an etwas anderes denken als an unsere Angelegenheiten. Gruß an Ihren Mann. Auf Wiederhören!«
Sie knallte den Hörer auf die Gabel. Was bei den alten Bakelit-Telefonen ja noch ging und in solchen Situationen enorm befriedigend war.
Brava.

Eine Klum konnte man eben nur mit einer Kriemhild außer Gefecht setzen.

Phase zweieinhalb: Nebelbömbchen-Nachschlag

Der Hörer hatte sich noch nicht ganz wieder an die Gabel geschmiegt, da klingelte es erneut.
Es war Frau Klum durchaus zuzutrauen, dass sie auf Wahlwiederholung gedrückt hatte, um ihr Recht auf das letzte Wort durchzusetzen.
Aber es war nicht Frau Klum, es war die Chefredakteurin von *Happy 50+*, dem Lifestylemagazin für aktive Best Agers, für das Konny täglich eine Online-Lebenshilfekolumne schrieb.
»Was soll das heißen, du fährst weg?«, verlangte Sissi von Schächer vorstellungslos zu wissen. »Oder präziser gefragt: Was soll das heißen, du kannst nächste Woche keine Texte liefern?«
Konny hatte sich natürlich auch in diesem Fall vor einer direkten Konfrontation gedrückt. Also, per Mail drücken wollen. Aber ihre Chefin ließ sie nicht.
»Sissi, es tut mir ehrlich leid, aber ich habe einen Notfall in der Familie!«
»Wer ist tot?« Sissis Tonfall implizierte, dass sie es drunter nicht tat.
Das war jetzt blöd. Sissi wusste, dass Konny nie verheiratet war, dass sie keine Kinder hatte und ihre Eltern schon lange verstorben waren. Den Tod von Gelegenheitslover Klaus (der sich im Übrigen immer noch nicht gemeldet hatte) würde sie ebensowenig als Ausrede gelten lassen wie irgendeine Cousine oder sonstige entfernte Verwandte.

»Es ist Kriemhild!«, improvisierte Konny panisch. »Meine Schwester ist überraschend verstorben!«
»WAS?«, gellte Kriemhild.
Um den Schrei zu übertönen, schluchzte Konny übertrieben laut auf.
»Ach herrje, das ist ja furchtbar.« Sissi von Schächer war so eine durchgestylte, schönheitsoperierte Vorzeige-Seniorin, die fünf Mal die Woche ins Fitnessstudio ging und ihren Job zwar ausgezeichnet machte, aber nur bekommen hatte, weil ihr Ehemann der Golfkumpel des Magazin-Verlegers war. Konny hatte sie eigentlich noch nie leiden können, aber jetzt quälten sie doch Gewissensbisse wegen ihrer Notlüge. Sissis »das ist ja furchtbar« klang ehrlich betroffen und mitfühlend. »Deine Zwillingsschwester ist tot?«
»Ich bin tot?«, brüllte Kriemhild.
Konny schluchzte erneut. »Ein Hirnschlag. Sagt unser Hausarzt. Es ging ganz schnell. Sie musste nicht leiden. Aber …«
»Ja, nein, kein Thema. Nimm dir so viel Zeit, wie du brauchst. Ich schüttele mir für die nächsten Ausgaben etwas aus dem Ärmel, und danach sehen wir weiter.«
»Danke, Sissi, vielen Dank. Ich habe noch drei Beiträge in der Schublade, die schicke ich dir.«
»Nur kein Stress. Wir schaffen das. Du schaffst das. Halt die Ohren steif.« Sissi von Schächer legte auf.
Als Konny sich umdrehte, hatte Kriemhild die Hände auf die hageren Hüften gestemmt und funkelte sie böse an. »Hirnschlag? Ich musste nicht leiden?«
»Mir ist so schnell nichts anderes eingefallen.«
»Und wie willst du ihr erklären, dass ich noch lebe, wenn das hier alles vorbei ist? Na?« Kriemhild klopfte mit dem rechten Fuß auf den Parkettboden.

Konny grinste schief. »Dann wird mir etwas Neues einfallen. Eine Wunderheilung oder so.«
»Von den Toten auferweckt wie Lazarus?«
»Genau. Oder ich erkläre dich zum Zombie. Irgendwas wird sich schon ergeben. Tut es ja immer.« Konny zuckte mit den Schultern. »Und vielleicht habe ich Glück, und wir überleben die Sache hier nicht.«

Phase drei: Vergiss den Saftsack nicht!

Kriemhild sorgte bis spät in die Nacht dafür, dass wenigstens ein paar Trampelpfade durch die Verwüstung verliefen.
Konny packte unterdessen ihren Rucksack und überlegte dabei, ob es tatsächlich plump und unangebracht gewesen war, dem Brautpaar als Überraschung eine Schachtel Viagra in den Koffer zu schmuggeln. Ob Herr Hirsch das als Beleidigung empfand? Ob Frau Klum es für geizig oder eine Anspielung auf altersbedingten Libido-Verlust hielt, dass es nur eine Achter-Packung war? Aber Konny hatte die eigentlich rezeptpflichtigen Pillen für mehr Stehvermögen rezeptfrei bei einem polnischen Anbieter gekauft und dafür satte hundert Euro zuzüglich Porto bezahlt. Mehr war für so ein Spaß-Geschenk nicht drin.
Die Pension lief leider Gottes schlecht. Sie hatten ja geglaubt, der Mord an dem bekannten Musiker Cordt direkt vor ihrer Haustür würde die Geschäfte ankurbeln. Hatten gehofft, die Fans des toten Bandleaders würden in Scharen zu ihrer Bed-&-Breakfast-Pension pilgern, um ihrem Idol noch ein letztes Mal nahe zu sein.
Aber diese Hoffnung hatte sich nicht erfüllt. Zwei pubertierende Mädchen waren vom Vater der einen zur Pension gefahren

worden, um vor dem Eingang einen kleinen Teddy und eine Rose sowie eine Karte mit dem vorgefertigten Aufdruck *Wir vergessen dich nie* abzulegen. Das war alles.
Halt, nein, einmal hatte ein junger Mann angerufen und gefragt, ob der Sänger in einem der Gästezimmer ermordet worden war, und falls ja, ob er genau dieses Zimmer haben könnte. Konny, die sich für nichts zu schade war, wenn damit die Pension über Wasser gehalten werden konnte, hatte ihn frech angelogen und gesagt, Cordt sei in der Fürstensuite zu Tode gekommen. Der junge Mann hatte dann aber doch nur »Boar, geil!« gerufen und keine Übernachtung gebucht.
Kriemhild äußerte den Verdacht, dass der vermeintliche Ruhm des Toten von seinem Agenten – Konnys Lover Klaus – viel zu übertrieben dargestellt worden war und es in der schnelllebigen Wirklichkeit niemanden interessierte, ob es den Bandleader noch gab oder nicht. Konny vermutete, dass die Pension einfach zu weit abseits lag.
Also dümpelte ihre Herberge wie zuvor weitgehend unbelegt vor sich hin. Konny musste folglich nur drei Anrufe tätigen, um Reservierungen zu stornieren. Und davon ging einer an das Garni-Hotel *Zur schönen Aussicht* im Nachbardorf, wo sie anfragte, ob man die Gäste, die bei ihnen gebucht hatten, zu ähnlichen Konditionen und zum selben Zeitraum aufnehmen konnte. Man konnte.
An Schlaf war in dieser Nacht nicht zu denken. Und nicht nur, weil die Schurken das Wasserbett von Kriemhild und dem Kommodore trockengelegt hatten und das Bett von Konny, das in ihrem Büro stand, wegen Signalraketenbrandschadens ebenfalls unbenutzbar war.
Die Schwestern bliesen zwei Luftmatratzen im Esszimmer auf und planten ihre Reise nach Hamburg.

Frauke Knudsen hatte den Nachtzug genommen und war – nachdem sie den Schwestern den Blutschwur abgenommen hatte, sie auf dem Laufenden zu halten – bereits auf dem Rückweg.
»Vergiss den Saftsack nicht!«, mahnte Kriemhild.
»Was für einen Saftsack?« Konny dachte im ersten Moment an die pyramidenförmigen Plastik-Tetraeder von *Sunkist* mit Orangensaftaroma, die sie in ihrer Jugend auf Klassenfahrten dabeihatten.
»Deinen Gespielen Klaus, diesen Saftsack, der statt richtiger Eier nur Wackelpuddinghoden besitzt und dich auf einer Hochzeit sitzen lässt!« Kriemhild suchte nicht erst lange nach diplomatischen Formulierungen, wenn sie etwas zu sagen hatte. »Willst du ihm nicht Bescheid geben?«
»Hm …« Klaus. Den hatte sie ganz vergessen. Konny sah auf ihre Armbanduhr. Ihre Luftmatratze quietschte. Es war nach Mitternacht. Wieso hatte er sich nicht bei ihr gemeldet? Um ihr entweder freudestrahlend zu verkünden, dass er von nun an Baker als Agent vertrat, oder ihr geknickt mitzuteilen, dass es leider nicht geklappt hatte und er sich jetzt ein paar Bier hinter die Binde kippte.
Das war die Krux in all ihren Männerbeziehungen: Konny wünschte sich stets mehr Kommunikation als ihre Toyboys zu geben bereit waren. Lag das daran, dass sie zu sehr klammerte? Dass sie von den Jungs einfach zu viel erwartete? Oder hatte sie einfach nur noch nicht den Richtigen gefunden?
Das war jetzt allerdings nicht der Abend, an dem sie auf diese Fragen eine Antwort finden würde. Sollten sie von ihrem Road Trip nicht lebend zurückkommen, würde Klaus schon mitkriegen, dass etwas nicht stimmte. Dann würde er sich hoffentlich grämen. Und falls ihr Abenteuer doch ein Happyend haben sollte?

Konny sah zur Decke. Sie war zu alt, um auf einen Kerl zu warten, der nicht verrückt nach ihr war. Klaus war Geschichte.

Kriemhild drehte ihrer Schwester den Rücken zu und sah zu dem Handstaubsauger mit ihrem Mann. *Ach, Kommodore*, dachte sie, beinahe wehmütig. *In was hast du dich da nur hineinziehen lassen? Und warum hast du dich mir nie anvertraut?*

Während die Schwestern ihren Gedanken nachhingen, war in einiger Entfernung, dort wo die Auffahrt der Pension auf die Landstraße traf, der dunkle Umriss eines Automobils auszumachen. Darin drei glühend rote Punkte.

Das Wiesel, Herr Schenk und Enterhaken-Herbert hielten Wache und rauchten dabei Kette. Die Ekelfotos von Zahnstummeln, Raucherbeinen und schwarzen Lungenflügeln auf ihren Zigarettenpackungen schreckten sie nicht. Es kümmerte sie keinen Deut, ob ihre Lebenserwartung durch das Rauchen um ein paar Jahre reduziert würde. Sie wollten nur pronto den ihnen zustehenden Anteil von der Beute und dann die verbleibende Restzeit möglichst ausschweifend verbringen. Hätten sie gewusst – oder auch nur geahnt –, wie exorbitant wenig Restzeit ihnen blieb, dann hätten sie sich zweifelsohne die ganze Packung Zigaretten auf einmal in den Mund gesteckt …

Die Konny, die Kriemhild, der Kater und die Urne

Hojotoho!
(Ruf der nordischen Schlachtjungfern auf ihrem Ritt durch Richard Wagners Oper *Die Walküre*)

Morgens um sieben ist die Welt noch in Ordnung.
Heißt es.
Ist natürlich Quatsch.
Erstens, weil es nur punktuell sieben Uhr morgens ist, anderswo ist es schon mittags. Oder noch gestern.
Und zweitens, weil an einem jener Punkte auf dem Globus, an denen es sieben Uhr morgens ist, finstere Gestalten das Wohl und Wehe zweier älterer Schwestern zu gefährden trachten und somit nichts, aber auch rein gar nichts in Ordnung ist.
Wer jedoch glaubt, dass sich Konny und Kriemhild wie Espenlaub zitternd auf den Weg zum Geheimfach und dessen möglichen Inhalt und somit der Lösung ihrer Probleme machten, der irrt.
Kriemhild war sauer und Konny cool.
Man muss, wenn man den Aufbruch ihrer Fahrt visualisiert, die Musik von Ennio Morricone auditiv imaginieren. Aus einem Italo-Western.
Nur dass es nicht Clint Eastwood war, der die Stufen der Pension heruntergeschritten kam, sondern Konny – in einer knarzenden Leder-Kombi mit Biker Boots und verspiegelter Sonnenbrille, ihren Totenkopfhelm unter den linken Arm geklemmt.

Lässig schlenderte sie auf ihr Motorrad zu – eine *Harley Davidson Fat Boy FLSTC Custom* mit Schaltgetriebe. *Yeah, Baby!*

»Wird das heute noch was?«, nölte Kriemhild aus dem Beiwagen.

Das auf Hochglanz polierte Motorrad wirkte normalerweise wie der wahrgewordene Männertraum besserverdienender Biederbürger in der Midlife Crisis oder wahlweise ganzkörpertätowierter Outlaws. Konny wusste nicht recht, in welche der beiden Gruppen sie sich als Frau einordnen sollte, aber sie hatte sich auf den ersten Blick in ihre Fat Boy verliebt. Weil die Harley für sie wilde, unbändige Lebenslust verkörperte.

Natürlich nur, wenn nicht – wie jetzt – ein Beiwagen daran montiert war, der auf ganz eklatante Weise einer Badewanne ähnelte und in dem ihre Schwester Kriemhild mit missbilligendem Blick saß.

Den Beiwagen, von HD autorisiert, nannten Insider auch *Das Boot*. Ursprünglich hatte Konny ihn auf eBay relativ günstig erstanden, weil sie dachte, wenn Kriemhilds klappriger Gebrauchtwagen mal wieder den Geist aufgab, könne sie damit die Einkäufe für die Pension tätigen. Aber sie hatte das nur ein einziges Mal ausprobiert und war nicht viel weiter gekommen als bis zur Landstraße, wo sie von Autofahrern mitleidig angeschaut wurde und wo ausgerechnet ein Kawasaki-Fahrer höhnisch grinste, als er sie sah. Danach verstaubte der Beiwagen im Schuppen. Jetzt aber erwies er sich als hilfreich, weil Kriemhilds alte Kiste den Weg nach Hamburg auf gar keinen Fall schaffen würde. Und wenn das eigene Leben in Gefahr war, dann war es einem eher egal, ob man sich zum Gespött aller Zweiradhengste auf bundesdeutschen Autobahnen machte.

»Ich komme ja schon.« Konny schwang sich auf den Sattel. Was

man so schwingen nennt. Sie hätte ihrer Leder-Kombi regelmäßig eine Ölbehandlung angedeihen lassen sollen. Oder sie öfter tragen sollen. Jetzt war sie bretthart.
Folglich glitt Konny nicht in einer geschmeidigen Bewegung auf den Sattel wie die verführerische Amazone, als die sie sich sah, sondern stieg steifbeinig wie Frankensteins Monster auf das Motorrad.
Kriemhild rollte mit den Augen. Im Gegensatz zu Konny, die lächerlicherweise immer noch versuchte, sich an ihre Jugend zu klammern und auf sexy zu machen, wie Kriemhild fand, trug sie einen anthrazitgrauen, sackartigen Staubmantel, der bequem war und sie vor Fahrtwind und Schmutz schützen würde. Der eisengraue Zopf, den sie sich immer um den Kopf wickelte und mit Haarnadeln befestigte, steckte unter einem übergroßen Kopftuch, das sie unter dem Kinn verknotet hatte. Dazu die altgediente Sonnenbrille im Schmetterlingsstil. Fertig. Schönheit wurde überbewertet, für sie ging Praktikabilität allzeit vor.
Amenhotep ruhte in seiner Transportbox im Fußraum zwischen Kriemhilds Beinen. Da er als unbefellter Sphinxkater enorm kälteempfindlich war, trug er einen umfunktionierten Babystrampler. Natürlich mit Harley-Davidson-Logo. Konny legte nicht nur bei ihrer eigenen Garderobe Wert auf Stil.
Aber Amenhotep war eher wie Kriemhild gestrickt: Er legte nur in einer einzigen Hinsicht Wert auf Äußerlichkeiten – nämlich darin, dass sie sich nicht änderten.
Amenhotep war ein Gewohnheitstier. Er lag am liebsten auf dem warmen Laptop im Büro oder oben auf dem Küchenschrank, wo sich die Hitze staute, oder eingemummelt in die noch restwarme Bettdecke auf Kriemhilds Wasserbett. Im Winter, wenn die Heizung der Pension zwar lautstark blubber-

te, aber nur unzureichend heizte, bevorzugte er zudem einen edlen, gefütterten Strickstrampler in British Racing Green.
Wenn es etwas auf dieser Welt gab, was Amenhotep abgrundtief hasste, dann war das seine Transportbox. Nicht nur, weil er darin zum Tierarzt verfrachtet wurde, der auf seiner Hassliste Platz zwei einnahm, sondern auch, weil er ein Geschöpf war, das seine Freiheit über alles liebte. Darin wiederum glich er Konny.
Es hatte eine halbe Stunde und diverse Kratzer erfordert, bevor sein Frauchen ihn in aller Herrgottsfrühe in die Box bekommen hatte. Jetzt starrte er mit glühenden Augen heraus. Über der Box lag noch eine Decke, die gleichermaßen Amenhotep wie Kriemhilds Knie vor Zugluft schützen sollte.
Weil in der Badewanne kein Platz für Gepäck war, trug Konny alles, was die Schwestern für ihren Road Trip brauchten, in ihrem Rucksack. Ein rosafarbener Rucksack mit Einhörnern, den irgendwann einmal ein Gast – bei aller Gender-Neutralität vermutlich doch eher eine Gästin – vergessen hatte und in dem sich nun Unterwäsche zum Wechseln, zwei Zahnbürsten und sechs Dosen Katzenfutter befanden. Es ließ sich nicht leugnen, dass der pinke Einhorn-Rucksack Konnys Coolness doch etwas minderte.
»Okay, dann geht's jetzt los.« Konny setzte ihren Totenkopfhelm auf. »Bereit?«
Kriemhild holte tief Luft. Sie streichelte mit den behandschuhten Händen zärtlich über den Akku-Staubsauger.
Konny hatte ja noch vorgeschlagen, den Kommodore – nur für die Reise! – in eine Tupperdose umzuschütten, aber da stieß sie bei Kriemhild auf taube Ohren. Kriemhild wollte unterwegs eine angemessene Urne kaufen, und bis dahin blieb ihr Mann, wo er war.

»Bereit!«, sagte Kriemhild.
Amenhotep maunzte etwas, das wie ein sehr ordinärer Fluch klang.
Und dann war er da: dieser Moment, in dem Konny immer eine Gänsehaut bekam – wenn ihre Fat Boy tief, laut und blubbernd aufröhrte.
Und auf ging die wilde Fahrt.
Der Mercedes der Schurken war nirgends zu sehen.
Bauer Schober stand auf der Schafwiese, umgeben von seinen vierbeinigen, wolligen Strickpullis in spe, und winkte ihnen nach. Die Schwestern hatten ihm angeboten, mit seinem Schlafsack in eins ihrer Gästezimmer zu ziehen, solange sie unterwegs waren, weil seine Frau ihn ja nicht mehr ins Haus, geschweige denn in ihr Schlafzimmer ließ.
Die Harley mit den Schwestern, dem Kommodore und dem Kater ratterte in Richtung Autobahn.
Konny war im Glück. Harley fahren, das war ein Lebensstil. Nicht nur für alternde Manager oder Mediziner in der Midlife Crisis, die in der Harley eine Jungbrunnenmaschine sahen.
Sie atmete tief durch. Es mochte um Leben und Tod gehen, aber meine Güte, das hier machte Spaß!
Bis – *zack!* – etwas Hartes schmerzhaft auf ihren Oberarm traf.
Es war Kriemhild, die mit ihrem Knirps zuschlug, um auf sich aufmerksam zu machen. Weil über den Sound der Harley keine verbale Kommunikation möglich war, hatte sie diese Form des Auf-sich-aufmerksam-Machens gewählt. Die Einstufung des Mini-Schirms als gefährliches, waffenscheinpflichtiges Schlaginstrument war nur deshalb noch nicht erfolgt, weil die deutschen Ordnungsämter Kriemhild nicht kannten.
Konny hielt an. »Was ist?«
»Mir geht's nicht gut. Hast du meine Reisetabletten dabei?«

»Im Rucksack.«
Kriemhild sagte nichts, sah sie nur auffordernd an.
Seufzend schälte Konny sich das Einhorn vom Rücken und fischte die Pillenschachtel aus dessen Innenraum. Sie wollte sie ihrer Schwester reichen, aber die schüttelte nur den Kopf. »Ich brauche nur eine einzige Tablette. Man weiß doch, dass dieses Zeug süchtig macht. Besser, ich werde gar nicht erst in Versuchung geführt.«
»Und wenn eine nicht reicht? Geh lieber auf Nummer sicher und nimm zwei.«
»Eine reicht vollauf. Tu bitte nicht so, als würde dir mein Wohlergehen am Herzen liegen. Ich weiß, dass du glaubst, meine Reisekrankheit beruhe auf Einbildung.« Kriemhild guckte ungnädig. »Du willst doch nur nicht, dass ich mich auf deinen kostbaren Amenhotep übergebe und es dann die ganze Fahrt über nach vollgekotzter Katze riecht!«
»Ich halte nicht nochmal an, falls du doch eine zweite Tablette brauchst«, warnte Konny.
Kriemhild zuckte nur mit den Schultern.
Sie wussten beide, dass Konny sich damit nicht würde durchsetzen können. Der Knirps war stärker.
Kriemhild schluckte die Tablette trocken. Eine Gabe, die auch nicht jedem gegeben war.
»Kann's jetzt weitergehen?« Konny klang so ungnädig wie Kriemhild dreinschaute. Sie glaubte tatsächlich nicht, dass von zwei eineiigen Zwillingen die eine das Reisen liebte und die andere reisekrank wurde. Das war die pure Schikane ihrer um wenige Minuten älteren Schwester.
»Von mir aus. Auf nach Norden!« Kriemhild zeigte mit dem Knirps nach vorn wie Moses mit seinem Hirtenstab, als er das Rote Meer teilte.

Wieder röhrte die Fat Boy auf.
Sie kamen exakt einhundertfünfzig Meter weit, als die Kotzgeräusche ertönten. Was die Schwestern nicht hören, aber nach weiteren einhundertzwölf Metern überdeutlich riechen konnten.
Amenhotep war ebenfalls reisekrank …

Auf einem Grabstein im Pariser Friedhof Père Lachaise:
Je m'ennuie déjà.
(Mir ist jetzt schon langweilig, und das soll bis zum jüngsten Tag so weitergehen?)

Die Fahrt zog sich in die Länge.
Und zog sich.
Und zog sich.
Weil Konny mit der an der Harley angeschnallten Badewanne natürlich nicht richtig Gas geben konnte. Nicht einmal auf der Autobahn. Meistens fuhren sie zwischen zwei Lastkraftwagen, die irgendwann alle ineinander verschwammen und sich nur noch farblich unterschieden: rot, blau, gelb, viele weiß, alle mit Schmutzspritzern. LKW vorn, LKW hinten – diese Sandwichkonstellation weckte in Konny Albtraumvisionen, irgendwann elend zerquetscht zu werden, wenn der Trucker vor oder hinter ihr am Steuer einschlief. Aber es passierte nichts. Rein gar nichts.
Sollte jemand bei diesem abwechslungslosen Einerlei des steten Dahintuckerns Gefahr laufen, in Sekundenschlaf zu gleiten, dann wäre das wohl Konny.

Unterbrochen wurde die Fahrt nur durch die Toilettenpausen. Von denen es viele gab, weil Kriemhilds Blase das Fassungsvermögen eines Fingerhuts besaß.
Beim ersten Stopp verbrachten die Schwestern zudem eine halbe Stunde damit, das Erbrochene von Amenhotep aus dem Fußraum des Bootes zu wischen. Denn natürlich hatte er zwischen den Gitterstäben seiner Box hinausgereihert. Der Kater war ja nicht dumm und wollte nicht in seiner eigenen Brühe liegen. Olfaktorisch war die Fahrt trotz Putzaktion kein Vergnügen mehr. Und wer sagt, die Nase gewöhne sich an Gerüche, hat es noch nie mit dem herausgewürgten Mageninhalt von Amenhotep zu tun bekommen.
Konny, die Kriemhild noch ein paar Mal vergeblich aufforderte, eine weitere Reisetablette zu schlucken, weil ihre Schwester erschreckend grün um die Nase war und sie nicht wollte, dass sie als düsender Stinkbomber durch Deutschland bretterten, ging dazu über, jedes Mal, wenn ihre Schwester eine Autobahnraststättentoilette aufsuchte, eine Tablette zu zerbröseln und in Kriemhilds Kaffee zu rühren. Das zählte nicht als Giftanschlag, wenn es nur alle eineinhalb Stunden passierte.
Immer spürten sie auch den eisigen Hauch des Todes im Nacken. Sie hatten den beigen Mercedes mit den drei Insassen im Rückspiegel bemerkt, als sie auf die Autobahn bogen. Und auch, wenn sie meistens nur LKWs sahen, wussten sie: Der Mercedes ist da irgendwo.
Am späten Nachmittag bemerkte Konny erste Ermüdungserscheinungen. Sie wünschte sich dringend etwas Abwechslung.
Und wie heißt es so schön: Sei vorsichtig mit dem, was du dir wünschst, es könnte in Erfüllung gehen …
Es fing damit an, dass Kriemhild wieder mit dem Knirps nach

ihr schlug. Mittlerweile schon das siebte Mal an exakt dieselbe Stelle. Konny hatte bestimmt schon einen dunkellila Bluterguss unter ihrer Lederpelle.
»Musst du etwa schon wieder pieseln?«, fragte Konny, was Kriemhild natürlich nicht hören konnte. Es war auch nur eine rhetorische Frage.
Kriemhild zeigte auf das Ankündigungsschild der nächsten Autobahnraststätte. Wie ein Dobermann an keinem Laternenpfahl vorbeikam, ohne sein Bein zu heben, kam Kriemhild an keiner Autobahnraststätte vorbei.
Konny hatte seit dem ersten Stopp extrem wenig getrunken, weil sie nicht pinkeln wollte. Jedes Mal, wenn sie sich aus ihrer Lederumhüllung schälte, quälte sie die Vorstellung, dass sie irgendwann nicht wieder hineinkommen würde. Aber erstaunlicherweise musste auch ein dehydrierter Körper Wasser lassen, wie Konny in diesem Moment bewusst wurde.
Sie bog also ab. Seufzend. Das konnte ja heiter werden.
»Hol mir schon mal einen Kaffee! Und ein Wasser!«, rief Kriemhild, drückte Konny den Handsauger mit dem Kommodore in den Arm und lief zu der Treppe, die zur Fliesenabteilung führte.
Es war nicht viel los. Senioren, die offenbar zu einer Busreisegruppe gehörten, verließen gerade die Raststätte. Nur ein paar Trucker und eine lärmige Großfamilie blieben übrig.
Konny stellte die Transportbox mit Amenhotep an einen Tisch neben der Theke, wo sie ihn im Blick hatte, falls ihn sich ein perfider Catnapper schnappen wollte. Den Handsauger mit dem Kommodore legte sie daneben.
Dann besorgte sie einen Kaffee sowie Wasser mit Prickel für Kriemhild, ein stilles Wasser für Amenhotep und für sich selbst noch einen Becher rote Grütze mit Schlagsahne – die darin

enthaltene Feuchtigkeit musste bis Hamburg reichen – sowie drei Schokoladenriegel für das innere Wohlgefühl.
In den Kaffee von Kriemhild bröselte sie eine weitere Reisetablette. Mithin die vierte oder fünfte, das hatte Konny nicht so genau im Blick, weil sie an ein paar Raststätten ausgesetzt hatte. Das Zeug wirkte ganz famos, Kriemhild hatte sich noch kein einziges Mal übergeben.
In die Untertasse von Kriemhilds Kaffee goss sie etwas stilles Wasser und löste ein paar Brösel von der Reisetablette darin auf, dann öffnete sie die Transportbox und stellte die Untertasse hinein.
Amenhotep hatte sich griesgrämig in die hinterste Ecke gedrückt und würdigte sie keines Blickes. »Nimm es oder lass es, mein Liebling«, flötete Konny.
Sie nahm einen Löffel von der Grütze. Draußen näherten sich ein Bus und ein weiteres Motorrad. Vom beigefarbenen Mercedes war weit und breit nichts zu sehen.
»So, bin wieder da. Musst du etwa immer noch nicht?« Kriemhild nahm den Kommodore-Sauger in den Arm und pflanzte sich auf die Sitzbank. Dann nippte sie temperatur-checkend an ihrem Kaffee und trank ihn, da lauwarm, in großen Schlucken.
»Doch, ich fürchte, ich muss jetzt wirklich.« Konny stand auf. »Kann einen Moment dauern.«
Kriemhild nickte nur.
Die Damentoilette war leer, als Konny sie betrat. Es wäre sicher bequemer, sich im geräumigen Vorraum mit den Waschbecken auszuziehen, aber dafür war Konny zu prüde, also versuchte sie in einem der Kuben das eigentlich Unmögliche. Mit obszönen Quietschgeräuschen löste sich das Leder von ihrer Haut. Sie hätte wenigstens etwas drunterziehen sollen, das war

ihr jetzt auch klar. Glücklicherweise war das Schlimmste vorüber, als sie draußen die Tür hörte.
Konny plätscherte vor sich hin und beschloss, mit dem Anziehen zu warten, bis die andere Toilettenbesucherin gegangen war. Es war nämlich zu erwarten, dass sie beim Wiedereintritt in die Lederpelle nicht jugendfreie Geräusche von sich geben würde. Sie erhob sich von der Keramikschüssel, blieb reglos stehen und lauschte.
»Sie wollen doch wohl nicht vor uns davonlaufen, oder?«, zischelte es plötzlich über die Kubentrennwand. »Das ist aber gar nicht nett.«
Konny wäre beinahe infarktet.
Es war noch eine Trennwand alter Manier, die nach oben – zur Decke hin – nicht bündig abschloss. Jetzt lugte ein Männerkopf darüber.
»Und es wird Ihnen auch nichts bringen!«, brummte es von der anderen Seite. Ein fülliges Gesicht, das von drei tiefen Kratzern böse entstellt worden war. Nicht ganz in Z-Form, also konnte es Zorro nicht gewesen sein. Konny tippte auf Amenhotep. Jede Wette, das Blut unter den Krallen ihres vierbeinigen Lieblings stammte von diesen gut gepolsterten Männerwangen.
Konny sah etwas über der Trennwand aufblitzen.
Ein Messer!
Ihr ohnehin dehydrierter Mund wurde auf einen Schlag wüstenknochentrocken. Sie konnte kaum atmen. »Wir haben das Geld nicht«, sagte sie.
»O doch, Sie haben es. Sie müssen nur danach suchen.« Das Wiesel klang in seiner Milde viel bedrohlicher als Herr Schenk.
»Wir sind ja dabei!« Konny wurde jetzt erst klar, dass sie mit

heruntergeklappter Lederkluft nur in Höschen und BH vor diesen beiden Schurken stand. Sie wurde rot.
Das Wiesel kicherte. »Das wissen wir doch. Wir wissen, dass Sie sich bemühen. Wir wollten Ihnen nur in Erinnerung rufen, dass Sie vielleicht morgen schon tot aufwachen könnten, wenn Sie nicht ganz genau das tun, was wir Ihnen sagen. Wenn Sie, um nur mal ein Beispiel zu nennen, die Polizei verständigen. Oder wenn Sie mit dem Geld die Biege machen wollen. Kapiert?«
Hans Schenk stocherte mit dem Messer in der Luft, haarscharf an Konnys Scheitel vorbei. Sie duckte sich.
»Wir machen keinen Spaß«, dröhnte Schenk. »Sie beschaffen uns das Geld oder wir machen nicht nur keinen Spaß, wir machen Ernst!«
»Hören Sie auf!«, gellte Konny und stürmte aus ihrem Kubus – so wie sie war.
»Was ist denn hier los?«
Eine zierliche Frau betrat die Toilette, sah erst die panische Konny in ihrem halbnackten Zustand und dann zwei Kerle, die über die Trennwände lugten. Das Messer hatte Hans Schenk rasch weggesteckt. Folglich hielt sie die beiden für perverse Spanner, die Frauen beim Pinkeln zusahen und sie womöglich mit ihren Handykameras filmten.
»Gehen Sie weg, das hat nichts mit Ihnen zu tun«, brummte Hans Schenk.
»Ick hör ja wohl nicht richtig? Drohst du mir gerade, Alter?«, fragte die Kleine.
Schenk und das Wiesel waren mittlerweile von den Toilettensitzen heruntergekraxelt und traten in den Vorraum. Schmächtig und schmerbäuchig, wie sie waren, wirkten sie nur bedingt bedrohlich, aber ihre Blicke ließen darauf schließen, dass sie sich für Bruce Lee und Arnold Schwarzenegger hielten.

Die Kleine bekam schmale Augen, öffnete die Toilettentür und brüllte für so ein zierliches Geschöpf erstaunlich laut: »Mädels!! Alarmstufe rot!«
Konny schlüpfte in die Ärmel ihres Lederoveralls, was erstaunlich gut funktionierte. Dank des üppig fließenden Angstschweißes flutschte sie gewissermaßen von allein in ihre Kluft. Sie zog gerade den Reißverschluss hoch, als man die Schritte hörte.
Eine Büffelherde, die über die Prärie stürmte, konnte nicht lauter donnern. Der Boden bebte förmlich. Wer immer diese Mädels waren, sie konnten keine ätherischen Elfen sein.
Was sich gleich darauf auch bestätigte. Durch die Tür quetschten sich fünf Frauen. Die fünf hätten unterschiedlicher nicht sein können, wobei die Kleine, die gewissermaßen die Vorhut bildete, definitiv die zierlichste von allen war. Drei waren enorm kräftig gebaut, eine war riesengroß, dafür etwas schmaler, und die letzte schluckte definitiv Steroide, anders ließ sich ihr Körperbau nicht erklären. Alle fünf trugen T-Shirts mit dem Aufdruck *Female Fight Club Berlin Prenzlberg.*
Konny hatte noch nie von einem Fight Club für Frauen gehört, aber das lag wohl an dessen erster Regel: »Sprich niemals über den Fight Club.« Was gleichzeitig auch die zweite Regel war.
»Was ist, Sophie?«, fragte das Steroidpaket.
Die Kleine zeigte mit dem Kopf auf das Wiesel und Hans Schenk. »Die beiden Schweinerüssel hier schauen gern Frauen beim Pinkeln zu. Was meint ihr? Sollen wir sie in den Genuss einer goldenen Dusche bringen?«
Alle lachten böse auf.
Bis auf Konny, die sich unmerklich, Zentimeter für Zentimeter, in Richtung Tür schmuggelte.

Und natürlich bis auf das Wiesel und Hans Schenk.
»Aber meine Damen«, flötete das Wiesel mit dem öligen Charme eines Eintänzers, »das ist alles ein großes Missverständnis. Bitte entschuldigen Sie uns jetzt.«
Er klang so aufrichtig und schaute so treuherzig – jede andere hätte ihn vermutlich damit durchkommen lassen.
Nicht so die Kleine. Sie hielt ihm die flache Hand an die Brust, als er an ihr vorbeiwollte. »Warum denn so schnell, Schätzchen? Mama möchte mit dir Tango tanzen.«
»Macht uns keinen Ärger«, drohte Hans Schenk. Seine Hand glitt in sein Jackett.
»Vorsicht, er hat ein Messer!«, rief Konny warnend.
»Ach, die Liebeskugel ist bewaffnet?« Die muskulöse Riesin lachte auf. »Lass sehen, Burschi. Komm schon, zeig uns, was du zu bieten hast. Hol doch mal raus.«
Die Fight Cluberinnen lachten hämisch.
Zum ersten Mal zeigte sich ein Riss in der Lächelmaske des Wiesels. »Bitte, wir wollen doch nicht unnötig Aufmerksamkeit auf uns ziehen«, säuselte er.
»Ach nein? Wollen wir nicht?« Die Kleine grinste.
Das Wiesel trat einen Schritt zurück.
Hans Schenk zog sein Messer und stocherte damit in der Luft herum.
Das war ein Fehler.
Der Aufdruck *Fight Club* auf den Shirts der Frauen war keine Anspielung auf ihre Vorliebe fürs Herumzicken und Verbal-Bitchen. Sie betrieben tatsächlich Kampfsport.
Konny konnte gar nicht so schnell schauen, wie die Kleine dem Schmerbäuchigen das Messer aus der Hand trat. Und nachdem beide Männer nunmehr unbewaffnet waren, ging irgendwie alles ganz schnell.

Schon Sekundenbruchteile später konnte man sie unter den weiblichen Fleischbergen, die auf ihnen lagen, nicht mehr ausmachen.
»Ich ...« Schnauf. »... kriege ...« Schnauf. »... keine Luft mehr!«, hörte Konny das Wiesel röcheln.
Dann knirschte etwas unschön auf. Es war wohl ein Knochen, der da gerade in zwei Hälften geteilt wurde. Hans Schenk brüllte wie am Spieß.
Konny trat auf den Flur und schloss rasch die Tür zur Damentoilette.
»Hat da gerade wer geschrien?«, fragte ein junger Mann im Hausmeisterkittel mit dem Logo der Autobahnraststätte.
Konny nickte. »Akute Menstruationsschmerzen«, sagte sie.
Zügig ging er weiter.
Konny hastete die Treppe nach oben zu Kriemhild und Amenhotep.
»Wir müssen los, zack, zack«, rief sie, noch im Laufen.
Sie erstarrte, als sie am Tisch ankam.
Kriemhild lag längsseits auf der Sitzbank. Ihr Gesicht war blutverschmiert.
Konny stockte der Atem. Eine Sekunde lang fürchtete sie, der dritte Schurke – der mit der Eisenklaue als Hand – hätte Kriemhild in aller Öffentlichkeit abgeschlachtet.
»Kriemhild.« Sie flüsterte es lautlos.
»Besoffen?«, fragte ein Schnauzbartträger mit Pferdeschwanz vom Nachbartisch. Er fragte es ungerührt.
Konny ignorierte ihn und beugte sich ängstlich über ihre Schwester.
Jemand schnarchte.
Es war Kriemhild.
Bei näherem Hinsehen stellte Konny fest, dass Kriemhilds

Gesicht nicht blutverschmiert war, sondern rotegrützeverschmiert.

Danke, ihr himmlischen Mächte!

»Sitzen Sie schon länger hier?«, fragte Konny den Schnauzbartträger, der immer noch interessiert zu ihr schaute. »Haben Sie einen Mann an den Tisch meiner Schwester treten sehen? Einen Mann mit einer Stahlklaue als Hand?«

»Einer Stahlklaue?« Er grinste. »Nee, so einer war hier nicht. Als ich kam, so vor zehn Minuten, lag ihre Schwester mit dem Gesicht im Teller auf dem Tisch. Ich hab sie auf die Sitzbank gelegt, damit sie's bequemer hat. Und keine rote Grütze einatmet.«

»Vielen Dank, das war wirklich sehr nett von Ihnen!« Konny sah rasch in die Transportbox.

Amenhotep erwiderte ihren Blick blasiert, aber immerhin hatte er den Unterteller leer geschleckt.

Okay, es war nichts passiert, alle lebten noch. Konny atmete endlich wieder frei durch.

»Ich verstehe das nicht, Kriemhild wird auf Reisen sonst nie müde. Ihr wird immer nur schlecht.« Konny wollte das eigentlich nur denken, sprach es aber unwillkürlich laut aus.

Der Schnauzbartträger, ein kräftiger Kerl undefinierbaren Alters mit Ohrring und Cowboystiefeln, musterte kurz mit anerkennendem Blick Konnys üppige Rundungen in der Lederkluft. Er stand auf. »Sind Sie sicher, dass Ihre Schwester nicht heimlich gebechert hat?«

»Kriemhild? Alkohol?« Konny lachte auf. Ihr war die Anerkennung in seinem Blick natürlich nicht entgangen. Sie strich sich eine vom Helm platt gedrückte Locke aus dem Gesicht. »Nein, sicher nicht. Und wenn sie Tabletten nimmt, trinkt sie schon gleich gar nichts.«

»Tabletten?«
»Reisetabletten gegen Übelkeit.«
»Aha.« Er nickte. »Vielleicht hat sie davon eine zu viel genommen. Reisetabletten können zu Schläfrigkeit führen.«
Hm. Konny rechnete nach, wie viele Tabletten Kriemhild mittlerweile intus hatte. Dann fiel ihr ein, dass sie dringlichere Probleme hatte. Das wäre jetzt der Moment gewesen, in der Klaus an ihrer Seite hätte sein sollen. Aber es gab ja Ersatz.
»Können Sie mir helfen, meine Schwester zum Beiwagen meiner Harley zu bringen?«, fragte sie den Schnauzbartträger und sah ihn mit schräg gelegtem Kopf süß flehend an.
Er zwirbelte das linke Bartende. »Kein Problem.«
Konny schnappte sich den Rucksack und die Transportbox, der Schnauzbart schulterte Kriemhild.
Er tat es routiniert – vielleicht war er Feuerwehrmann?
Konny schritt hinter ihm her und betrachtete seine maskuline Gestalt.
Wenn man an Männern etwas bewundern konnte, dann deren pure körperliche Kraft. Fand Konny. »Toll, wie Sie das machen!«, hauchte sie in ehrlicher Bewunderung, als er Kriemhild scheinbar mühelos in den Beiwagen wuchtete.
War das jetzt geflirtet? Verbales Flirten fiel Konny normalerweise nicht leicht. Wenn sie flirtete, dann mit Blicken und Gesten. Eine aus dem Gesicht gestrichene Locke, eine einladend nach vorn geschobene Hüfte, ein Lächeln, so in der Art. Im Grunde brauchte sie Untertitel.
»Ach, kein Ding, ich mach das gern für Sie. Ihre Schwester ist ja ein Hänfling.« Er grinste. »Ich heiße übrigens Hauke.«
Für eine Frau, die aus dem Land der Gotthelfs und Traugotts kam, klang *Hauke* exotisch und viril und nicht lusthemmend, weil mit Allmächtigenbezug.

»Ich bin Konny.« Sie schenkte ihm und seinen gletscherblauen Augen ihr unwiderstehlichstes Lächeln, dann nahm sie plötzlich eine verdächtige Bewegung wahr.

Hinter Hauke, drüben an der Tankstelle, entdeckte sie den beigen Mercedes, aus dem in diesem Moment der dritte Schurke ausstieg. Enterhaken-Herbert!

»Sie fahren nicht zufällig auch Richtung Hamburg?«, rief Konny rasch.

Angst trieb nicht nur zu Verzweiflungstaten, sie ließ einen auch Dinge tun, die man sonst nie tun würde. Einen Fremden schonungslos anzumachen beispielsweise.

Der Schnauzbartträger lächelte wissend. Er ließ seinen Blick erneut über ihre nicht mehr ganz taufrische, aber feminingerundete und aufregend in Leder gehüllte Gestalt wandern. Frauen *entre deux âges* besaßen reichlich Erfahrung, und es gab haufenweise Männer, die das zu schätzen wussten. Der Schnauzbartträger gehörte offenbar dazu. »Zufällig ist Hamburg auch mein Ziel.« Er hob und senkte in rascher Folge die Augenbrauen. »Brauchen Sie ein Dach über den Kopf für die Nacht?«

»Das wäre wunderbar«, juchzte Konny und meinte, über seinen graumelierten Haaren einen Heiligenschein aufleuchten zu sehen.

Was für ein Geschenk des Himmels, dass sie nicht nur einen Beschützer gefunden hatten, sondern auch noch die Hotelkosten sparen konnten!

»Ich bin der rote Transporter da drüben.« Mit dem Daumen zeigte er zu einem rot lackierten Sprinter, auf den in blumigen Lettern *Swingerclub Elbchaussee* stand. Darunter glücklich lächelnde Gesichter von vier blonden Menschen beiderlei Geschlechts.

Der Heiligenschein platzte, und das Lächeln des Schnauzbartträgers erschien ihr schlagartig schmierig.
Konny zwang sich zu einem Pokerface.
Er zwinkerte ihr zu.
Konny sah aus den Augenwinkeln, wie die Eisenklaue langsam auf sie zukam. Sie hatte die Wahl: ermordet werden oder Ringelpiez mit Anfassen. Sprach es moralisch für sie, dass sie für den Bruchteil einer Sekunde zögerte?
»Perfekt, Hauke. Dann folge ich Ihnen einfach!«
Er zwirbelte beide Schnauzbartenden und zwinkerte ihr zu. »Sag du zu mir, Konnyspätzchen.«

Wenn ich ein Vöglein wär, flög ich zu dir. Da ich kein Vöglein bin, trink ich ein Bier.

Hamburg – selbst der kleinste Pömpel hier ist nicht ganz kurz.
(frei nach Jan Delay und Beginner)

Vor jeder Ampel nach dem Elbtunnel wurde Konny langsamer, stets hoffend – ach was, betend! –, durch eine Rot-Schaltung von Schnauzbartswinger Hauke getrennt zu werden. Aber nein. Erst an der fünften Ampel war es endlich so weit, doch prompt fuhr der rote Transporter jenseits der Kreuzung rechts ran und wartete auf sie.

Neben ihr im Boot schnarchte ihre Schwester. Wie lange es wohl dauern würde, bis Kriemhild das Bewusstsein zurückerlangte?

Den Handstaubsauger mit dem Kommodore konnten Kriemhilds komatöse Arme natürlich nicht festhalten, darum hatte Konny ihn zwischen Bootswand und Katzentransportbox geklemmt – selbstredend mit der Saugöffnung nach oben, damit nichts von Kriemhilds Verblichenem heraussuppte.

In der Transportbox glühten zwei türkisfarbene Augen. Der Kater aus der Hölle plante seine Rache. Aber darum würde Konny sich später kümmern. Erst einmal musste sie den Swinger loswerden.

Warum nur war sie das Licht, das immer die falschen Motten umschwirrten? Kerle, die sich wie Idioten oder Arschlöcher benahmen und vermutlich auch dachten, die Erde sei eine Scheibe?

Konny war todmüde, sie wollte nur noch ins Bett. Vorzugsweise

in ein Bett, das sie für sich allein hatte. Vom Regen in die Traufe – die Mörderbande war sie los, dafür hatte sie einen Rudelrammler an der Backe. In ihrem Zustand fortgeschrittener Müdigkeit war sie sich nicht sicher, was schlimmer war ...
Sie gab Klaus die Schuld. Hätte er auf der Hochzeit nicht den Abflug gemacht, wäre alles anders gekommen. Was Quatsch war, und der mikroskopisch kleine Bereich ihres Hirns, der für die Logik zuständig war, wusste das auch, dennoch murmelte sie wilde Klaus-Beschimpfungen vor sich hin.
Die Ampel schaltete auf grün.
Konny fuhr los.
Hauke winkte ihr aus dem Transporter zu und scherte vor ihr ein.
Dunkel meinte Konny sich von ihren Hamburgbesuchen bei Kriemhild und dem Kommodore daran zu erinnern, dass es zur Elbchaussee und somit zum Swingerclub nicht mehr weit sein konnte.
Aber immer wenn es ganz finster scheint, kommt von irgendwoher ein Lichtlein her. Oder ein Cabrio mit Lichthupe. Die Schicksalsgöttinnen waren Konny hold – vermutlich hatten die auch so ihre Erfahrungen mit swingenden Männern gemacht und wollten einer Schwester in Not die helfende Hand reichen.
Ein Cabrio, das mit offenem Verdeck und besonders laut aufgedrehtem Radio an Konny vorbeigebraust war, musste sich nun zwischen Transporter und Harley einfädeln, weil der nahende Gegenverkehr in Form eines *Holsten*-Getränkelasters keine Anstalten machte, ihm auszuweichen.
Jetzt oder nie!
Konny setzte den Blinker und bog rechts ab – in eine verlassen wirkende Seitenstraße mit hohen Geschäftshäusern, dann gleich

wieder rechts in eine noch verlassener wirkende Bürohausstraße und anschließend flugs in eine dunkle Hauseinfahrt, erfreulicherweise ohne Bewegungsmelder, darum ging kein Licht an. Sie schaltete den Motor aus. Und hielt instinktiv sogar den Atem an. Der Urmenschenanteil im Gehirn sorgte auch nach Zehntausenden von Jahren für gleichbleibendes Fluchtverhalten – sei es vor Säbelzahntigern oder Swingern: bei Gefahr reglos verharren und Luft anhalten.

Aber die Gefahr in Form eines roten Transporters kam nicht vorbei.

Die Evolution hatte inzwischen natürlich auch andere Humanoiden hervorgebracht – Frauen, die Hauke sofort gesagt hätten, dass sie für eine sinnbefreite Sexualität in Bonobo-Manier nicht zu haben waren, oder knallharte Amazonen, die ihm wortlos einen rechten Haken versetzt hätten –, aber Konny gehörte noch zu der Sorte Urmensch, die lieber stumm die Flucht ergriff. Was, sollte es denn je herauskommen, ihrer dümpelnden Karriere als Lebenshilferatgeberkolumnistin zweifellos den Todesstoß versetzen würde.

Erschöpft, wie Konny war, vergaß sie auf die Uhr zu sehen. Bestimmt eine halbe Stunde lang verharrte sie unbeweglich im Dunkeln. Nur das Atmen nahm sie nach zehn Sekunden wieder auf. Neben ihr schnarchte Kriemhild, die mittlerweile so tief in den Fußraum gerutscht war, wie es der Gurt gerade noch zuließ.

Irgendwann sah Konny auf ihrem Smartphone nach, wo sich das nächste Hotel befand.

Hamburg war natürlich voll von Hotels. Konnys einziges Kriterium war die Nähe. In Kombination mit Bezahlbarkeit. Sie wurde fündig: *Zum Flottillenadmiral.*

Das 3-Sterne-Hotel *Zum Flottillenadmiral* befindet sich in unmittelbarer Nähe zur Hamburger City. Die 40 individuellen Zimmer haben ein Badezimmer mit WC und Dusche oder Wanne. Die sich in einem historischen Gebäude befindenden Räume verfügen unter anderem über Telefon, Schreibtisch, kostenpflichtiges WLAN, Minibar, Kabel-TV, und haben teilweise einen Balkon. Neben dem Frühstücksraum mit Buffet stehen den Gästen die durchgehend geöffnete Rezeption, eine Bar mit 24-Stunden-Service, zwei Fahrstühle sowie kostenpflichtige Parkplätze hinter dem Hotel zur Verfügung.

»Schwesterherz, das wirst du lieben! Und der Kommodore auch«, flüsterte Konny begeistert.

Zum Flottillenadmiral – maritimer ging's ja wohl kaum.

Als sie sich sicher wähnte, dass Hauke seine Suche aufgegeben und mit seinem roten Lovemobil Richtung Swingerhauptquartier weitergefahren war, machte sie sich auf den Weg zum Hotel.

Optisch hielt die Unterkunft, was ihr Name versprach: ein lebensgroßer Flottillenkapitän, aus Holz geschnitzt und bunt bemalt, eine Meerschaumpfeife im Mundwinkel, saß auf einer Bank neben dem Eingang zu einem schmucken, weißen Fin-de-Siècle-Gebäude.

Konny ließ Kriemhild und Amenhotep erst mal im Boot zurück – die würde schon keiner klauen – und lief in die schmucke, kleine Lobby, in der alles, was nicht aus Marmor war, blau und golden schimmerte.

Aber natürlich warteten hier neue Probleme. Das war nichts Ungewöhnliches für sie. Konny hatte sich in ihrem Leben mit mehr Problemen herumschlagen müssen als gewöhnliche Leu-

te in zehn Reinkarnationen. Ungewöhnlich war nur, dass das Problem nicht von ihr verursacht worden war.
»Wir sind ein katzen- und rauchfreies Hotel«, erklärte der Nachtportier am Empfang, nachdem Konny das letzte freie Doppelzimmer für sich und ihre Schwester gebucht hatte. Er erklärte es mit einer Finalität, die keinen Widerspruch duldete.
Konny hatte ihn nach dem Einchecken gefragt, ob er ihr beim Gepäck helfen könnte. Dabei war auch das Wort *Katzentransportbox* gefallen. Ein Fehler, wie sich nun zeigte.
Auf seinem Namensschild stand *Buddenschön.*
Dank Kriemhild war Konny im Umgang mit Finalitäten geübt.
»Herr Buddenschön, mein Amenhotep ist ein Nacktkater. Er ruft nachweislich keine Allergieschübe hervor. Ich habe ein ärztliches Attest.« Hatte sie wirklich, wenn auch nicht dabei, aber es konnte ja nicht schaden, das trotzdem als Verhandlungsbasis in den Raum zu stellen.
Ein solches Attest gab es, weil in ihrer eigenen Bed-&-Breakfast-Pension hin und wieder Gäste schreiend davonlaufen wollten, sobald sie Amenhotep sahen. Dem eigenen Körper, der weder zuschwoll noch juckte, noch sonst welche Allergiemätzchen machte, glaubten sie nie, einem offiziellen Schrieb dagegen schon. Begreife einer die Menschen.
»Es geht ums Prinzip, gnädige Frau. Katzen sind in unserem Haus nicht gestattet.« Der Nachtportier zuckte mit keiner Wimper.
»Aber …«
»Nein, bedaure!« Er klang nicht bedauernd.
Ein Hauch von *Zwölf Uhr mittags* lag plötzlich in der Luft. Duellstimmung.
Konny wusste als Pensionswirtin, wer am längeren Hebel saß.

Wenn es um's Prinzip ging, war er Gary Cooper und sie war … wer immer in *Zwölf Uhr mittags* den Bösewicht gab.
»Bitte, es wird bestimmt kein Gast mitbekommen. Amenhotep ist sehr ruhig und sehr gut erzogen«, flötete Konny, die es mit der Taktik Maid-in-Not versuchte.
Früher hatte das in neun von zehn Fällen funktioniert. Ihre großen Augen, ihre vollen Lippen, ihre noch volleren Brüste, die meist mehrheitlich frei lagen, weil sie tiefe Dekolletees liebte: Manch eine Männerfestung war da geschmolzen.
Jetzt lagen diese Augen in einem faltigen Gesicht, und der Busen unter der Lederjacke war sichtlich tiefergelegt. Das mochte den sexsüchtigen Schnauzbartträger nicht weiter angefochten haben, aber diesen jungen Schnösel hier, der aussah, als sei Nachtportier für ihn nicht nur ein Job zum Geldverdienen, sondern seine Berufung, ließen Konnys Flirtversuche kalt. Konny realisierte, dass sie sich in einem üblen Dilemma befand: nicht mehr jung genug, um sexy auf ihn zu wirken, noch nicht alt genug, um wohlige Erinnerungen an seine Oma zu wecken.
Weil aber ihr seelisches Gleichgewicht nicht ins Wanken geraten sollte, redete sie sich ein, dass der schnöselige Nachtportier zweifellos schwul sein musste.
Sie kramte in der Lederhosentasche nach einem Geldschein und schob ihn diskret über die Rezeptionstheke.
»Sie wollen mich mit einem zerknitterten Zehner bestechen?«
Man merkte dem Nachtportier keine Emotion an. War er womöglich schon die Testversion eines lebensechten Androiden?
»Vielleicht? Funktioniert es denn?«
»Nein!«
»Ich bitte Sie, ich kann das Tier über Nacht doch nicht draußen im Beiwagen lassen!« Konny flehte.

»Das ist allein Ihre Entscheidung. Sie können selbstverständlich gern ein anderes Hotel aufsuchen.«
Nein, das konnte sie nicht. Konny tat alles weh, und sie war hundemüde. Dann würde es eben anders gehen müssen.
»Also schön«, flötete sie und legte den Hauch des Bedauerns in ihre Stimme. »Ich bringe nur rasch meine Schwester aufs Zimmer und ... äh ... suche dann nach einer alternativen Unterkunft für das Tier. Vielleicht bei Freunden. Leicht wird das natürlich nicht. Es ist ja auch schon so spät ... Oder ich lasse den Kater doch draußen. Obwohl es im Wetterbericht hieß, es solle heute Nacht stark abkühlen ...« Sie seufzte.
Letzte Chance für den Nachtportier, doch noch einzuknicken. Aber da knickte nichts.
»Hier ist Ihre Zimmerkarte. Die 202 im zweiten Stock. Mit der Zimmerkarte öffnen Sie auch die Schranke zum Hotelparkplatz hinter dem Haus. Die Aufzüge befinden sich dort drüben rechts. Frühstück von sieben bis zehn, gleich hier gegenüber vom Empfang. Ich wünsche einen angenehmen Aufenthalt.«
Bei jemand anderem hätte man womöglich Ironie herausgehört, nicht so bei ihm. Er war genauso marmorn wie die Lobby.
»Danke«, sagte Konny, die diesem herzlosen Tierhasser am liebsten eine gesemmelt hätte.
Konny ging nach draußen. Breitbeinig. Jeder ihrer Schritte schien ein schmatzendes Geräusch von sich zu geben. Es war mittlerweile fast unerträglich heiß in der Lederkluft. Es hatte sich quasi schon ein eigenes Bioklima darin entwickelt. Konny schwitzte wie ein Schwein. Wäre sie ein Mann, würden ihr die Klöten an den Innenschenkeln kleben. Sie, als Frau, litt unter Unter-Busen-Schweiß. Gut, dass sie dank ihrer Wechsel-

jahre geübt war im Umgang mit Hitzewallungen, sonst wäre sie vermutlich schon längst ohnmächtig geworden.

»Kriemhild, wach auf. Wir sind da.« Konny stieß ihre Schwester grob an der Schulter.

Nichts.

Nur ein Schnorcheln.

Jeder andere hätte es als das größere Problem angesehen, ihre im Tiefschlaf befindliche Schwester aufs Zimmer zu bringen. Nicht so Konny. Sie meditierte über eine Lösung für das Amenhotep-Problem.

Es war eine milde Sommernacht – das mit dem Wetterbericht hatte sie nur geflunkert –, die Sterne funkelten, der Mond auch. Es zirpten zwar keine Grillen, dafür erklang von irgendwoher leiser Smooth Jazz … aber das Tier über Nacht draußen zu lassen, kam für ihr liebend Katzenmutterherz natürlich keine Sekunde lang in Frage.

Eine Lösung musste her. Wie gut, dass Konny in einem Alter war, wo der Körper zwar langsam auseinanderfiel, dafür aber die kleinen grauen Zellen aufgrund jahrzehntelangen Trainings zur Höchstform aufliefen – gerade in Notsituationen. Wäre doch gelacht, wenn dieser Blockwart von der Rezeption die Oberhand behalten sollte.

Einschmuggeln, lautete folglich die Devise.

Konny lugte durch ein Seitenfenster. Es war ein kleines Hotel, und es war spät. Viel war nicht los. Irgendwann würde sich der Nachtportier zweifellos in das kleine Kabuff hinter der Rezeption zurückziehen, das ihm als Büro diente.

Sie musste nicht lange warten.

Den Rucksack so vor die Transportbox haltend, dass das Kameraauge über der Rezeptionstheke Letztere nicht sehen konnte, betrat Konny die Lobby und ging zügig auf den Fahrstuhl zu.

»Entschuldigung, gnädige Frau, ich meine, erwähnt zu haben, dass Katzen in unserem Haus nicht geduldet werden.«
Der Nachtportier materialisierte sich in der Kabufftür.
Verdammt, wie zum Teufel …?
Er las in ihr wie in einem Buch und zeigte auf eine zweite Kamera auf der anderen Seite der Lobby. Aus deren Perspektive landete die Transportbox natürlich problemlos auf seinem Überwachungsbildschirm.
Mist!
»Ach, das ist mir doch glatt entfallen«, säuselte Konny.
Er wusste, dass sie log. Sie wusste, dass er es wusste.
»Nun wissen Sie es wieder«, sagte er. »Bitte entfernen Sie das Tier.«
Konny stiefelte hinaus.
Das war ein herber Rückschlag, aber noch war Preußen nicht verloren. Sie baute sich vor der Einfahrt zum Parkplatz auf und wartete. Wenn man in schwierigen Situationen die Ruhe bewahrte und erst mal tief durchatmete, ergab sich immer etwas Lösungsorientiertes.
Nachts in der Hamburger Innenstadt gewissermaßen wie Lili Marleen unter einer Laterne zu stehen, noch dazu in einer Ganzkörperlederpelle, barg natürlich das Risiko von Fehlinterpretationen. Wie sich gleich darauf zeigte.
»Was krieg ich für ’nen Fuffi?«, wollte ein pickeliger Jüngling wissen.
Kleinstadtmädel Konny brauchte einen Moment, bis sie den Zusammenhang herstellte.
»Ich könnt’ bis auf siebzig gehen, aber dafür erwarte ich dann auch was«, meinte das Jüngelchen.
Konny lachte prustend. »Kleiner, für das, was ich drauf habe, musst du mindestens fünfhundert rüberwachsen lassen.«

Er schaute beeindruckt und zog weiter. Konny lächelte. Gleich darauf lächelte sie nicht mehr. Was, wenn der Knabe sein Sparschwein knackte und wiederkam und Unaussprechliches von ihr verlangte?
Meine Güte, wimmelte es in Hamburg nur so von Perversen? Sie kam sich plötzlich wie ein sehr naives Landei vor. Nicht nur wie ein Landei, wie eine ganze Legebatterie.
Zum Glück fuhr in diesem Moment ein Taxi vor, und ein Ehepaar stieg aus. Die beiden wirkten beseelt – vermutlich kamen sie gerade von einem erbaulichen Musicalbesuch.
»Verzeihen Sie, darf ich Sie um einen Gefallen bitten?«
Natürlich durfte sie. Und natürlich war die Frau, ebenfalls Katzenmutter, sofort bereit, Konny zu helfen, auch wenn der Mann zögerte, weil er nichts Verbotenes tun wollte und Repressalien, vielleicht sogar den Rauswurf befürchtete.
»Ach, Werner, jetzt öffne dich doch mal dem Abenteuer!« Seine Frau nahm die Transportbox und betrat selbstsicher die Lobby.
In der mittig bereits der Nachtportier stand. Mit verschränkten Armen.
»Ihnen ist offenbar entgangen, dass wir auch über dem Eingang eine Kamera installiert haben?«, rief er Konny zu, die verstohlen durch die Tür lugte, als das Ehepaar so abrupt stehen blieb.
»Wie in einem Überwachungsstaat!«, monierte Konny.
»Es dient Ihrer eigenen Sicherheit.« Der Nachtportier lächelte, eindeutig süffisant. Seine professionelle Schale war geknackt.
»Komm, Gisela!«, sagte der männliche Teil des Ehepaares, nahm seiner Frau die Transportbox ab, drückte sie Konny in die Hand und verschwand im Aufzug.
»Netter Versuch, aber die Katze bleibt draußen.« Jetzt grinste der Nachtportier unverhohlen breit.

Konny stiefelte zum Hotelparkplatz und stellte die Transportbox der immer noch schnarchenden Kriemhild auf den Schoß. Sie holte die letzte, mittlerweile mehr als warme Bierdose aus ihrem Rucksack und setzte sich auf den Sattel ihrer Fat Boy.
Denk nach, Konny, denk nach.
Also gut. Verzweifelte Situationen erfordern verzweifelte Maßnahmen. Sie sah sich nach einer Überwachungskamera um, aber die einzige Kamera des Parkplatzes wies in Richtung Zugangsschranke.
»Mami hat dich lieb«, sagte sie zu Amenhotep, als sie ihn aus der Transportbox nahm und in den Rucksack setzte, dessen Inhalt sie zuvor in den Fußraum des Bootes entleert hatte. Bis auf ihren Angorapulli. Auf den durfte sich Amenhotep nun betten. »Es dauert nur einen Moment, mein Schatz«, gurrte Konny, als sie die Klappe des Rucksacks schloss.
Der Nachtportier stand an der Rezeption und musterte sie kritisch, als sie auf den Aufzug zuging. Der, nachdem sie auf den Knopf gedrückt hatte, bedauerlicherweise nur sehr langsam heruntergezuckelt kam.
Nur eine Winzigkeit schneller, und alles wäre womöglich anders gekommen.
Mit der Katzen eigenen Empathie spürte Amenhotep, wie wichtig es war, dass er sich ruhig verhielt. Und mit der Katzen eigenen Rachsucht wusste er haargenau, was er tun musste, um Konny die lange Reise in der Transportbox heimzuzahlen und ihr möglichst viel Ärger zu bereiten.
Ergo rastete er aus.
Und wie!
Er vollführte im Rucksack einen wahren Veitstanz. Und kreischte dabei wie am Spieß. Konny hatte Mühe, das Gleichgewicht zu wahren.

Der Nachtportier kam gemessenen Schrittes auf sie zu, sah sie nur kopfschüttelnd an und schlug dann die Klappe des Rucksacks auf.
Schlagartig herrschte Ruhe. Amenhotep streckte sein Köpfchen würdevoll aus dem Rucksack, wie ein ägyptischer Pharao, der sich seinem Volk zeigt. Hatte man eben noch den Eindruck, der Rucksack sei von einem Dämon besessen, der nur durch Exorzismus zu vertreiben war, legte sich nun die Aura eines Staatsbesuchs über die Lobby.
Konny rollte mit den Augen und zog wieder ins Freie ab. Sie stellte den Rucksack, aus dem Amenhotep immer noch pharaonenhaft herausschaute, Kriemhild auf den Schoß.
Dann aktivierte sie ihr Handy, suchte in den Kontakten nach einer Telefonnummer und klickte sie an.
»Ja … hallo, ich bin's, Konny … sind Sie noch unterwegs oder schon zu Hause? Ah, gut. Ich bräuchte nämlich Ihre Hilfe …«

Un wenn dat utsüht noch so slecht:
dat löppt sik allens wedder trecht!

Schon eine halbe Stunde später rollte Frauke Knudsen ein. Erstaunlich flott wechselte sie aus ihrem VW in ihren Rollstuhl – als lebender Beweis, dass man nicht behindert *ist*, sondern behindert *wird*. Weshalb sowohl auf ihrem Auto als auch auf ihrem Rollstuhl der Sticker klebte: *Für mehr Barrierefreiheit!*
Wie vereinbart, hatte sie eine riesige, geblümte Tasche im Gobelinstil dabei und trug einen unförmigen Schlapphut, der farblich nicht mit ihrer Kleidung harmonierte. Im Grunde har-

monierte er mit rein gar nichts, auch nicht mit dem menschlichen Körper, und wer immer ihn entworfen hatte, gehörte von der Modepolizei standrechtlich erschossen.
»Moin«, begrüßte sie Konny. »Sie haben aber lange gebraucht mit Ihrem Motorrad. Wurden Sie aufgehalten?«
»Fragen Sie nicht …« Konny musterte Fraukes Aufmachung. »Perfekt. Und danke, dass Sie helfen.«
»Kein Thema. Ich wohne mit zwei anderen Leuten zusammen, und wir haben leider zwei Hunde, die keine Katzen mögen, sonst hätte ich ja gesagt, Ihr Kater kann bei mir unterkommen.« Sie zuckte entschuldigend mit den Schultern.
»Es wird auch so gehen.« Konny nickte dankbar. »Also gut, packen wir's an.«
Wenige Handgriffe später waren sie so weit: Konny legte die Beine ihrer Schwester auf den Schoß von Frauke, dann fasste sie ihre schnarchende Schwester unter den Armen. Damit Kriemhilds Arme nicht seitwärts herunterbaumelten, hatte Konny sie mit dem Schal über ihrem Bauch zusammengebunden. Die Enden von Kriemhilds Staubmantel schleiften über den Boden, aber das war nun eben so.
Gemeinsam transportierten die beiden Frauen sie in die Lobby – etwas holperig, aber erfolgreich. Sie ächzten, der Rollstuhl quietschte.
»Einen Moment bitte.« Der Nachtportier kam aus seinem Kabuff geeilt. Er empfand die Verunmöglichung von Konnys Vorhaben offenbar als sportliche Herausforderung, die er zu gewinnen trachtete. »Sie versuchen doch gerade wieder, die Katze einzuschmuggeln.«
Konny und Frauke warfen sich einen Blick zu. Kriemhild gab leise blubbernde Geräusche von sich, wachte aber immer noch nicht auf.

»Ich kann Ihnen versichern, dass sich in meinem Rucksack nur Kleidung und Hygieneartikel befinden.« Konny guckte treuherzig.
»Sie gestatten doch wohl?« Er trat hinter sie und schlug die Klappe des Rucksacks auf. Unterwäsche, Kosmetikbeutel, leere Bierdosen – Konny hatte alles wild durcheinander hineingestopft. Amenhotep war aber nicht darin.
Die Augen des Nachtportiers verwandelten sich in schmale Schlitze, aus denen es skeptisch herausblitzte.
Er musterte den Schlapphut und die Frau darunter. »Sie halten mich offenbar für minderbemittelt.« Er trat vor Frauke Knudsen. Jetzt, wo es persönlich wurde, verlor er seine berufsbedingte Zurückhaltung. »Sie wollen mich austricksen, meine Damen. Aber das wird Ihnen nicht gelingen.« Mit einem Ruck riss er Frauke den unförmigen Schlapphut vom Kopf.
Es rieselten ein paar Schuppen sowie ein zusammengeknülltes Zellstofftuch heraus, das irgendwie seinen Weg in die Innenkrempe gefunden hatte. Aber ein Kater kam nicht zum Vorschein.
Der Nachtportier schaute enttäuscht.
»Es tut mir leid, dass ich bisher so widerborstig war«, meinte Konny zerknirscht. »Das werden Sie einer Tierliebhaberin doch sicher nachsehen, nicht wahr? Aber ich kann Ihnen versichern, dass mein Kater in seiner Transportbox sitzt. Meine Freundin hilft mir nur schnell, meine Schwester nach oben zu tragen – für mich allein ist sie leider zu schwer –, dann nimmt sie das Tier mit nach Hause.«
»Hm.« Der Nachtportier glaubte Konny keine Sekunde. Kein Wunder – mangels schauspielerischen Talents war sie schon in der Grundschule als Hirte im Weihnachtskrippenspiel umbesetzt worden und hatte eins der Schäfchen spielen müssen. »Ich werde Sie im Auge behalten.«

»Nur zu.« Konny lächelte mild. Zusammen mit Frauke transportierte sie Kriemhild in die Aufzugskabine, die für die drei Frauen – eine davon im Rollstuhl – etwas zu klein war.
Konny musste Kriemhild näher an Frauke heranschieben.
Kriemhilds Beine knickten ein, und sie schnorchelte.
Mit dem Ellbogen drückte Konny rasch auf den Knopf für den zweiten Stock.
»Puh, das war knapp!«
Richtig durchatmen konnte Konny erst wieder, als sie die Tür von Zimmer 202 hinter sich geschlossen hatten. Sie hievten Kriemhild aufs Bett und öffneten den Staubmantel. Auf Kriemhilds Bauch lag eingerollt, weil überfressen, Amenhotep. Konny hatte ihm auf dem Hotelparkplatz den kompletten Reiseproviant angeboten, und er hatte haltlos zugeschlagen. Was, wie nicht anders zu erwarten, zu einem epischen Verdauungsschlaf geführt hatte.
»Vergessen Sie nicht, die Transportbox vom Parkplatz mitzunehmen, Frauke. Ich wette, der Portier klebt an seinem Bildschirm und verfolgt alles per Überwachungskamera.«
Frauke nickte. »Mach ich. Und viel Erfolg morgen früh!«
Verschwörerisch nickten sich die Frauen zu.
Dann fuhr die Knudsen mit dem Aufzug in die Lobby, lächelte ins Kabuff des Nachtportiers, rollte auf den Parkplatz, nahm die Transportbox von der Plane, mit der Konny den Beiwagen abgedeckt hatte, und hielt die Box auf der Fahrt zu ihrem VW vor dem Hoteleingang noch einmal gut sichtbar in die Kamera.
Was sie dabei nicht mitbekam, war der Mercedes auf der anderen Straßenseite.
In dem drei Zigarettenenden glühten.
Das Wiesel und Hans Schenk sahen ziemlich zerfleddert aus.
Die Wrestlerinnen hatten kurzen Prozess mit ihnen gemacht.

Hätte die Eisenklaue sie nicht gerettet, indem er den manuellen Feueralarm im Toilettengang der Autobahnraststätte betätigte, würden sie jetzt vermutlich als menschliche Matschhaufen in der Damentoilette liegen. So hatten sie nur je ein Veilchen, zerrissene Klamotten und einen gebrochenen Daumen (das Wiesel) sowie eine angeknackste Rippe (Herr Schenk).
Dennoch waren sie guter Dinge. Die beiden alten Trullas hatten den Sender, den das Wiesel während der Pensionszerstörungsorgie an der Harley angebracht hatte, nicht entdeckt. Wohin immer die Mädels auch fuhren, die drei würden ihnen folgen …

Liebe Kummerkasten-Konny,
wozu das alles? Wenn ich in Frauenzeitschriften (wie der Ihren) übers Altwerden lese, dann werden mir immer superfitte Frauen vor die Nase gehalten – wie man einem Esel eine Möhre vor die Nase hält: Frauen, die mit 80 noch Marathon laufen oder den Everest besteigen oder bei der Rallye Paris–Dakar mitfahren. Nur dass dieser spezielle Esel, also ich, mit meiner Kniescheibenarthrose nicht mehr joggen kann und mein Augenlicht so stark nachgelassen hat, dass ich nicht mehr Auto fahren darf. Was hat mir das Leben noch zu bieten? Die Möhren, die man da schwenkt, sind doch allesamt nur für ein paar ausgewählte Wenige. Alte Frauen wie ich, bei denen es überall zwackt, schauen in die Röhre. In meinem Leben ist alles grau in grau. Ich sitze im Grunde nur noch meine Zeit ab.
Die Zipperlein-Geplagte

Liebe nicht-fitte Mitschwester,
Sie können Ihre Tage damit verbringen, all die Probleme aufzulisten, die Ihnen Ihr Körper bereitet – was alles nicht mehr geht und wo es weh tut. Oder Sie können morgens aufstehen und dankbar sein für alles, was noch funktioniert. Sie sitzen keine Strafe ab, sondern bekommen ein Geschenk – jeder zusätzliche Tag bietet eine neue Chance, sich glückliche Erinnerungen zu schaffen. Lesen Sie keine Frauenzeitschriften mehr (auch diese nicht), sondern definieren Sie selbst, was für Sie ein schönes Alter darstellt. Funktionieren Ihre Stimmbänder noch? Treten Sie einem Chor bei. Erinnern Sie sich noch an die Märchen Ihrer Jugend? Erzählen Sie sie den Kindern von heute beim Vorlesenachmittag in der Stadtbücherei. Lernen Sie Ihre Nachbarn kennen. Nehmen Sie an einem gemütlichen Kaffeefahrt-Tagesausflug für Senioren teil. Wenn Sie sich fest vornehmen, all das

Gute abzuschöpfen, das es noch zu genießen gibt, dann werden Sie auch immer mehr Gutes entdecken. Leben Sie Ihr Leben, und vergessen Sie Ihr Alter!
Echte Möhren schwenkend, Ihre Konny

Tag drei

Abramakabra: Sesambrötchen!

Roarrrrrrnnnggg ....
So oder so ähnlich klingen sie – die Brunftschreie der Blauwale, die quer durch den Atlantik zu hören sind. Konny und Kriemhild hatten natürlich keinen Blauwal dabei, als sie – beide ungefrühstückt, Kriemhild reisetablettenverkatert – an der Tür der ehemaligen Kommodorewohnung klingelten. Die Aufgabe des Brunftschreiens übernahm daher Konnys Magen. Wenn der Hunger hatte, kannte er kein Halten und knurrte im dreistelligen Dezibelbereich. Zudem musste sie niesen. Konny musste immer niesen, wenn sie aufgeregt war.
»Gesundheit!« Der junge Mann mit den verwuschelten Haaren, der die Tür öffnete, war in eine weißlich wabernde Wolke gehüllt, die unverkennbar nach Marihuana roch. Er trug weiter nichts als Boxershorts. Blaue Boxershorts mit weißen Farbklecksen. Weiße Farbkleckse fanden sich auch an seinen Händen und in seinem Gesicht.
Sein verklärtes Lächeln vermittelte die übliche Kiffer-Aura: *Weltfrieden für alle und Joints for free!*
»Danke«, sagte Konny und war augenblicklich erleichtert. Dieser Kiffer würde sicher mit sich reden lassen.
Kriemhild schaute noch missbilligender als sonst. Das war die Nachwirkung der Überdosierung. Selbstverständlich hatte Konny ihr nicht gebeichtet, sie zusätzlich unter Drogen gesetzt zu haben. Kriemhild würde von nun an davon ausgehen, dass schon eine Reisetablette eine zu viel war.
Bevor die Schwestern ihr Hotelzimmer verlassen hatten, hatte Konny das *Bitte nicht stören*-Schild an die Tür gehängt, damit das Zimmermädchen den tierischen Regelverstoß nicht be-

merkte. Es blieb natürlich trotzdem riskant, Amenhotep allein im Hotelzimmer zurückzulassen, aber es war ja nicht für lange, und es ging einfach nicht anders.

Dann hatten sie sich aus dem *Flottillenadmiral* geschlichen, nur für den Fall, dass der Nachtportier noch irgendwo herumlungerte und sich in ihrer Abwesenheit nicht um das *Bitte nicht stören*-Schild scherte und das Zimmer kontrollierte.

»Bitte entschuldigen Sie die Störung«, sagte Konny jetzt zu dem Kiffer. »Wir sind Konny und Kriemhild.«

»Konny und Kriemhild. Boar.« Er nickte beeindruckt, als hätte sie ihm gerade mal eben so den Sinn der Welt erklärt.

»Und Sie sind …?«

Er stockte. »Ich bin der … äh …« Eine Pause trat ein. Die sich hinzog. Dann strahlte er auf. »Matzau … Wolfgang … Wolfgang Matzau.«

Typische Nebenwirkung des Drogendauerkonsums: Abbau der kleinen grauen Zellen. Immerhin war ihm sein Name schlussendlich noch eingefallen. Den Wochentag oder wer gerade Kanzlerin war, das würde man ihm wohl nicht entlocken können.

»Ihr könnt mich Wolli nennen.«

»Hallo Wolli«, sagte Konny und schenkte ihm ihr betörendstes Lächeln. Er erwiderte ihr Lächeln mit einer Strahlkraft, die sie rührte.

Wolli sah zu Kriemhild.

»Guten Tag, Herr Matzau«, brummte Kriemhild, nachdem Konny ihr verstohlen ein *Sei gefälligst nett* zugewispert hatte. Dennoch mit Betonung auf *Herr*. Duzen war nicht so ihres. Als Kind hatte sie gelernt, dass es früher in besseren Kreisen üblich war, seine Eltern zu siezen – was sie eine Zeitlang auch so gehalten hatte. Kriemhild war und blieb eben eigen, da biss die Maus keinen Faden ab.

»Ich grüße euch, Konny und Kriemhild.« Matzau hob die rechte Hand mit gespreizten Fingern zum Vulkanier-Gruß. »Welchem Anlass habe ich dieses Krampfadergeschwader zu verdanken?«

»Wie bitte?«, donnerte Kriemhild.

Konny schlug ihr mit der flachen Hand gegen den Hinterkopf.

»Nee, sagt nichts«, bat Wolli, »lasst mich raten: Zeuginnen Jehovas auf Missionierungstour? Oder seid ihr die Nachbarschaftsblockwartinnen auf Kontrollrunde?« Er wedelte die Rauchschwaden beiseite. »Oder …?« Er schaute grübelnd zur Decke, als ob dort oben nicht nur ein Wasserfleck, sondern auch die Antwort zu finden sei. Die Frage hatte er in der Zwischenzeit allerdings schon wieder vergessen.

»Nein, nein, keine Panik«, unterbrach ihn Konny. »Sie kennen uns nicht, aber wir … das heißt, eigentlich meine Schwester und ihr Mann … sind die Vormieter Ihrer Wohnung.«

»Geilomat.«

»Wie bitte?« Kriemhilds Stirnfalten wurden immer tiefer und machten allmählich dem Grand Canyon Konkurrenz.

»Geilogrande … äh … geil … krass … stark … dope … voll der Hammer …« Matzau kratzte sich hinter dem Ohr und bemühte sich sichtlich, in den verhaschten Windungen seines Gehirns nach Wörtern zu suchen, die man im vorigen Jahrhundert verwendet hatte, damit er mit den Greisinnen kommunizieren konnte. Deswegen glaubte er auch nicht an Zeitreisen: Das würde doch voll daran scheitern, dass die Leute sich untereinander nicht verständigen konnten.

»Dürften wir wohl einen Augenblick hereinkommen?« Konny drehte seinen Gedankenfluss ab wie einen Wasserhahn. Von allein hörte der nämlich nicht wieder auf, so viel war ihr auf-

grund ihrer eigenen Kiffererfahrung aus Jugendtagen klar. »Wir hätten eine Bitte an Sie, Herr Matzau ... Wolli.«
Das *Wolli* setzte sie noch dazu, um ihn gewogen zu stimmen. Außerdem imitierte sie sein Kratzen hinter dem Ohr. Das nannte sich *Spiegelung* und schaffte unbewusst Nähe. Sie hatte nicht umsonst vor Urzeiten einen – von ihrer damaligen Redaktion bezahlten – NLP-Kurs besucht, um zu lernen, wie man Interviewpartner möglichst schnell und möglichst intensiv aus der Reserve lockte.
»Ja klar, kommt rein, Mädels. Meine *Casa* ist eure *Casa*. Kann ich euch was anbieten?« Er schlurfte voran und kratzte sich dabei zwischen den Pobacken.
Kriemhild wollte etwas sagen, aber Konny versetzte ihr rechtzeitig einen weiteren leichten Klaps gegen den Hinterkopf.
Matzaus Wohnung war puristisch eingerichtet. Nur hier und da ein Möbelstück. Designermöbelstücke, um genau zu sein. Konny vermutete, dass es sich bei Matzau um einen reichen Erben handelte. Bestimmt war er Wolfgang Matzau der Soundsovielte, wie schon sein Vater und sein Großvater, und seine Eltern führten in der sauerländischen Provinz ein Möbelhaus, das sich seit Generationen in Familienbesitz befand. Mama und Papa Matzau gingen zweifelsohne davon aus, dass Wolli hier in Hamburg studierte. Anzunehmenderweise Betriebswirtschaft. Oder Medien-Design. Im zweiunddreißigsten Semester, denn ganz so jung war Wolli nicht mehr. Aber sein Hauptfach war eindeutig das Kiffen.
Wolli legte eine Ehrenrunde durch die Nebelwand ein, hinter der sich das Wohnzimmer befand, machte einen Schlenker in das Badezimmer und dann zurück in den Flur, bis er in der Küche landete. Dort öffnete er die Kühlschranktür. »Ich habe Wasser ... mit Prickel ... und noch mehr Wasser ... auch

mit Prickel ... und H-Milch.« Er klang selbst ein wenig erstaunt.

»Ich würde sehr gern ein Glas Milch trinken«, sagte Konny. Mit leerem Magen funktionierte sie nicht gut. Sie hätte ja unterwegs beim Bäcker ein Rundstück und einen Coffee-to-go einwerfen können, aber sie wollte das hier so schnell wie möglich hinter sich bringen.

»Du traust dich was«, staunte Matzau. Er schnupperte an der geschlossenen Packung. »Die Milch ist bestimmt von vor zwei Jahren und längst gekippt.« Er gehörte zu der Fraktion all jener, für die ›mindestens haltbar bis‹ so viel bedeutete wie ›ganz sicher tödlich ab‹.

»H-Milch kippt nicht. H-Milch überlebt uns alle«, erklärte Konny mit einer Sicherheit, die sie so eigentlich nicht empfand.

»Um *über*leben zu können, muss man erst einmal *leben*. H-Milch lebt nicht. Das ist tote Chemie.« Manchmal merkte man Kriemhild an, dass sie einst auf Lehramt studiert hatte.

Wolli drückte Konny den Milchkarton in die Hand. Ein Glas war im Room Service nicht eingeschlossen.

Aber damit kam Konny zurecht. Zu Hause trank sie auch direkt aus dem Karton. Natürlich nur, wenn Kriemhild nicht da war.

»Wollt ihr einen Joint?«, bot Wolli an und ließ sich schwer auf die Corbusier-Liege fallen. Seinen Gästen einen Platz anzubieten, dieser Gedanke kam ihm offenbar nicht. Es gab aber sonst auch nichts zum Hinsetzen. Im Wohnzimmer stand außer der Liege und einem Nierentisch mit einem Aschenbecher nur noch eine merkwürdig schiefe Nussbaumkommode.

»Danke, nein.« Gierig und mit großen Schlucken leerte Konny den Milchkarton zur Hälfte.

Kriemhild ließ unterdessen ihre Blicke wandern. Das war einmal ihr Zuhause gewesen. Man erkannte es nicht wieder. Nicht nur, weil das Biedermeiermobiliar fehlte und die Wände in einem pastelligen Lila-Ton gestrichen waren, der vermutlich *Mauve* oder *Flieder* oder *Violet* hieß. Nein, die ganze Atmosphäre war eine andere. Sie seufzte. Wie gut, dass der Kommodore das nicht miterleben musste.
Der lag in seinem Handsauger unter einem Handtuch auf Kriemhilds Hotelzimmerbett. Und wartete darauf, dass sie seinen Namen reinwusch. Ihr Mann war kein Juwelenräuber, der seine Kumpane verraten und daraufhin von ihnen ermordet worden war. Nicht in tausend kalten Wintern würde Kriemhild das glauben.
Wolli zündete sich einen Joint an. Die Missbilligungsblicke von Kriemhild bezog er auf sich.
»Ich kiff nicht nur rum«, verteidigte er sich und versuchte, einen weißen Farbfleck an seinem Knie wegzurubbeln, »ich hab gerade im Keller 'ne Wand hochgezogen. Und gestrichen!«
So, wie er es sagte, war der Bau der Chinesischen Mauer ein Klacks dagegen. Und die war zudem ja auch gar nicht gestrichen worden.
»Das war echt Arbeit!« Er schob die Unterlippe vor. Wie ein Welpe, der gelobt werden wollte, wenn er sein Häufchen nicht auf dem sündhaft teuren Perserteppich, sondern auf dem Küchenfliesenboden machte.
»Das sieht man«, sagte Konny und betrachtete seinen hageren Körper.
Sie sagte es nur feststellend, nicht anerkennend, aber er lächelte dennoch voller Stolz. »Jau. Muskeln!«, freute er sich und spannte seinen kümmerlichen Bizeps an.
Konny hatte nur die Farbkleckse auf seinen Boxershorts und

an diversen Körperstellen gemeint, aber egal. »Wenn Sie handwerklich so begabt sind, dann können Sie bestimmt auch Löcher in der Wand stopfen.«

»Äh ... was?« Er sah sich um. Die Wände waren nicht löchrig. Noch nicht ...

»Ich will nicht lange drum herumreden. Wir suchen etwas«, klärte Konny ihn auf. »Etwas hier in Ihrer Wohnung. Hinter einer Ihrer Wände.«

»Mindfuck!«, rief er und strahlte. Vermutlich über alle vier Backen, auch wenn nur zwei davon zu sehen waren.

»Was?«, fragte Kriemhild.

»Ja, richtig, da schwirrt einem der Kopf«, übersetzte Konny schnell, weil Wolli schon wieder aussah, als wolle er in den Tiefen seiner Gehirnwindungen stundenlang nach einem prähistorischen Äquivalent für *mindfuck* suchen. Sie brauchte ihn mit seiner Aufmerksamkeit im Hier und Jetzt. »Wir bitten Sie nicht einfach nur so darum. Es ist wirklich unglaublich wichtig, das müssen Sie uns glauben«, sagte sie. »Dürfen wir ein Loch in Ihre Wand schlagen?«

»Ein Loch? In meine Wand?« Er wirkte nicht so, als würde er sich um das Wohl und Wehe seiner Wände sorgen. Er klang eher fasziniert. »Cool.« Und mehr so als Nachgedanke fragte er: »Wieso?«

»Weil sich hier irgendwo – in einer Ihrer Wände – ein Geheimfach befindet. Und das wollen wir öffnen.«

»Hammer!« Er strahlte wieder. »Ein Geheimfach. Wie in einem James-Bond-Film! Sind da geheime Dokumente drin? Beweise für die Existenz von Area 51 und Aliens? Nein, ich weiß, die Mondlandung war nur getürkt!« In ihm arbeitete es. »Oder Marshall-Pläne? Wollt ihr beide die Regierung stürzen? Eine neue Weltordnung errichten?« Matzau wirkte begeistert.

Bestimmt war er in seinen wenigen klaren Momenten ein Verschwörungstheoretiker und Fantasy-Fan.
»Aber nein, junger Mann. Reden Sie nicht so einen Unsinn!« Kriemhild verschränkte die Arme. »Es geht um ein völlig unspektakuläres Wandfach mit diversen Memorabilia meines Mannes.«
Matzau bekam einen glasigen Blick, man konnte förmlich zusehen, wie sich sein Interesse am Geheimfach in Luft auflöste. Und damit womöglich auch seine Zustimmung.
Konny musste retten, was noch zu retten war. »Meine Schwester ist zu bescheiden. Es soll sich ein Hinweis auf eine Art Schatz darin befinden, den ihr Mann hinterlassen hat.«
»Eine Schatzsuche? Echt jetzt?« Matzau strahlte wieder auf. Wie eine Glühbirne mit Wackelkontakt. An, aus, an, aus, an. »Wie abgefahren ist das denn? Krieg ich was ab?« Wahrscheinlich tauchte er im Geiste schon wie Dagobert Duck vom Drei-Meter-Brett in einen Tresorraum voller Joints hinein. Er bekam keine Dollarzeichen in den Augen, sondern Hanfblätter.
Kriemhild machte »Pft!«. Es war ein *So-weit-kommt's-noch*-Pft.
Konny zuckte mit den Schultern. »Es ist nicht unser Schatz.«
»Ein illegaler Schatz? An der Steuer vorbei? Bin dabei!« Wolli hob die rechte Hand, zur Faust geballt, und intonierte: »Hoch die anti-nationale Solidarität!«
Kriemhild machte erneut »Pft!«. Diesmal war es ein *Lächerlicher-linker-Lauselümmel*-Pft!
Konny beugte sich vor und sah Wolli tief in die Augen. »Bitte, es geht um Leben und Tod. Wir werden bedroht. Drei Männer sind scharf auf den Schatz. Drei böse, böse Männer!«
»Die drei da draußen?« Wolli zeigte mit dem Kopf zum Panoramafenster, vor dem die Corbusier-Liege stand.

Konny und Kriemhild traten neben die Liege und spechteten hinaus. Tatsächlich ... auf der anderen Straßenseite sah man einen Mercedes und dahinter den Schmächtigen, den Kugelbäuchigen und die Eisenklaue.
»Wie ...?«, entfuhr es Konny. *Wie konnten die uns finden?*, wollte sie sagen, ließ es aber. Das waren drei Berufskriminelle. Die fanden Mittel und Wege, ihnen auf den Fersen zu bleiben.
»Abschaum!« Kriemhild spuckte es fast aus.
»Die sehen echt übel aus.« Wolli spitzte die Lippen. »Ich weiß nicht ... wenn das so eine gefährliche Kiste ist ...«
»Ihnen wird nichts passieren, das verspreche ich«, sagte Konny vollmundig. Was natürlich fahrlässig war. Aus dem Zustand ihrer Pension zu schließen, kannten die drei da draußen kein Pardon und würden gegebenenfalls auch einen unschuldigen Kiffer umnieten. Aber verzweifelte Situationen erforderten verzweifelte Notlügen.
»Ich denke dabei ja auch mehr so an euch«, sagte Matzau.
Bestimmt erinnern wir ihn an seine Oma, dachte Konny, aber da spürte sie, wie er ihre Hand tätschelte. Weniger die Hand, mehr so die empfindliche Stelle an der Innenseite des Handgelenks. Hm, war das ein Enkel-Tätscheln?
»Ihr solltet echt die Bullen einschalten«, riet Matzau, was ihn sichtlich Überwindung kostete.
»Ha!«, rief Kriemhild. »Die Polizei hält meinen Mann für einen Verbrecher. Es gibt sogar eine Akte über ihn! Ich muss erst den Namen meines Mannes reinwaschen, dann – erst dann! – werden wir die offiziellen Stellen informieren.«
»Versteh ich jetzt nicht ... wem gehört denn jetzt der Schatz? Denen da draußen oder deinem Alten? Oder hat er die Kerle dabei beobachtet, wie sie den Schatz versteckt haben, und sie haben ihn gekillt, bevor er das weitergeben konnte? Aber wie

kommt er dann an die Schatzkarte? Dann hätten sie doch den Schatz und müssten euch nicht killen? Oder gibt's noch mehr Player, und es ist ein Rennen auf Zeit um den Schatz, und wer am Ende lebend übrig bleibt, kriegt ihn? Oder …«
Kriemhild rollte mit den Augen.
Konny zersäbelte verbal die Endlosschleife seiner kruden Gedankengänge und erklärte kurz die Sachlage. »Angeblich soll der Mann meiner Schwester bei einer seiner Fahrten einen alten Schatz entdeckt und gehoben haben. Zusammen mit diesen drei … Schurken da draußen! Aber er hat Kriemhild nie etwas davon erzählt. Wir waren völlig überrumpelt, als die drei vorgestern bei uns aufgetaucht sind und unser Heim zerlegt haben.« Konny seufzte. »Sie wollen uns umbringen, wenn wir sie nicht zu dem Schatz führen. Dabei wissen wir von gar nichts. Wenn wir im Geheimfach nichts finden, sind wir erledigt.« Sie schluckte schwer.
Kriemhild schnaubte. »Bestimmt haben die drei den Schatz gehoben und das Ganze dem Kommodore nur untergeschoben! Er war zweifelsohne gerade dabei, das Geschehen den Behörden zu melden, als sie ihn …«
Ihr brach die Stimme. Sie verstand immer noch nicht, wie es möglich sein sollte, dass er am Frühstückstisch – in ihrem Beisein! – ermordet werden konnte.
Konny dachte, dass jemand, der ein Vierteljahrhundert wartete, bis er ein Verbrechen der Polizei meldete, keine gänzlich weiße Weste besaß.
»Verstehe«, sagte Wolli, der aber nicht den Anschein erweckte, als ob er irgendetwas verstand. »Und warum hilft der Mann deiner Schwester euch nicht?«
Konny legte den Kopf schräg. »Weil er *tot* ist«, flüsterte sie aus dem linken Mundwinkel heraus. Das t-Wort war tabu.

»O … okay … also, wenn der alte Knabe den Löffel abgegeben hat, dann … helfe ich euch!«
»Ja wirklich?«, quietschte Konny verzückt.
»Klar, zwei so reizende alte Damen – das gibt gutes Karma!«, verkündete Wolli mit Superheldenstimme, blieb aber relaxt auf der Liege liegen und nahm noch einen Zug von seinem Joint.
Er würde ihnen keine große Hilfe sein, aber es reichte ja schon, wenn er ihnen nicht im Weg war.
»Na, dann los«, sagte Konny und sah zu ihrer Schwester. »Wo, sagtest du, ist das Geheimfach?«
»Ich sagte gar nichts«, erwiderte Kriemhild. »Aber es ist im Schlafzimmer.«
»Die Tür hier?«, fragte Konny, die den Grundriss der Wohnung nur schemenhaft in Erinnerung hatte, sie war ja in all den Ehejahren ihrer Schwester höchstens drei-, viermal zu Besuch gewesen. Aber hinter der Tür befand sich nur ein kleines Kabuff, in dem ein übervoller Schreibtisch stand.
»Nein, hier entlang.« Kriemhild ging voraus. »Das Geheimfach ist rechts neben dem Bett«, sagte sie, quietschte auf und blieb abrupt im Türrahmen stehen.
Matzau kam angesichts des Quietschens neugierig angeschlurft.
Konny quetschte sich an ihrer Schwester vorbei.
Der Raum war immer noch ein Schlafzimmer, was man an dem nichtgemachten Queensize-Bett erkannte. Und daran, dass die zahlreichen Plakate an den Wänden keine politische oder dekorative Funktion hatten, sondern eine erregungsinduzierende. Es waren ausnahmslos unbekleidete, schwarze Frauen mit üppigen Brüsten darauf abgebildet, die sich in unterschiedlichen Räkelpositionen mit lasziven Blicken dem Betrachter präsentierten.

»Äh …«, sagte Matzau.
»Sie müssen sich nicht schämen«, meinte Konny beschwichtigend. »Wir haben alle unsere … unsere …«
Vorlieben, wollte sie sagen, aber ihre Schwester kam ihr zuvor.
»Perversen Phantasien«, ergänzte Kriemhild. Ihr brach die Stimme. Der hirnlose Kiffer hatte diesen heiligen Ort, an dem der Kommodore und sie ihre Liebe zelebriert hatten, in ein pornöses Gruselkabinett verwandelt.
Sie schüttelte sich und marschierte, den Scheuklappenblick fest nach vorn gerichtet, ans Kopfende des Bettes. »Es war hier rechts.«
»Du musst an der Wand klopfen, dann hörst du, wenn du auf einen Hohlraum triffst«, meinte Konny hilfreich.
»Ich klopf' da nicht dran.« Kriemhild guckte angewidert. »Ich fasse hier nichts an.«
An der Wand hing nämlich ebenfalls ein Plakat. Und es war fleckig.
Matzau kam angetrottet und riss es herunter. »Ich wollte mich innenarchitektonisch sowieso verändern.«
Konny, die es nicht länger aushielt, klopfte in konzentrischen Kreisen über die Raufasertapete. Für ihre Ohren hörte sich alles gleich an. »Vielleicht braucht man ein Hilfsmittel.«
»Einen Hammer?«, rief Matzau und lief los. Auch zugedröhnt steckte noch Initiative in ihm.
Er kam allerdings ewig nicht zurück.
Konny klopfte mit bloßen Händen weiter.
»Vielleicht war es auch auf der anderen Seite«, sinnierte Kriemhild, ging aber nicht hinüber, weil dort noch ein Plakat klebte.
»Da bin ich wieder«, jodelte Matzau. »Hab meinen Hammer nicht gefunden, aber dafür hab ich das hier.« Er hielt ein gefährlich aussehendes Messer mit gezackter Klinge hoch. »Ich

glaube, das hat der Benni hier liegen lassen. Der bringt mir immer meine Tütchen vorbei …«

»Reden Sie nicht so viel, schauen Sie auf der anderen Bettseite nach«, verlangte Kriemhild.

Matzau, an dessen permanent guter Laune nichts und niemand kratzen konnte, riss das Plakat von der anderen Wandseite und schlitzte mit dem Messer die Tapete auf.

Nichts.

»Bist du sicher, dass es diese Wand war?«, verlangte Konny ungehalten zu wissen.

»Ich bin mir sicher!«

»Kein Stress, Mädels.« Matzau sprang auf das Bett, nahm das Plakat ab, das direkt über dem Kopfende hing – eine besonders rassige Karibikschönheit – und ratschte mit dem Messer quer über die Tapete.

Nichts. Nur Wand.

Matzau und Konny sahen zu Kriemhild. Die guckte unzufrieden. Was ja bei ihr nichts Ungewöhnliches war. Sie hätte die Welt, wenn man sie denn gefragt hätte, ganz anders gemacht – strukturierter, effizienter, weniger gefühlsduselig, nicht so strohdumm und gewalttätig –, aber in diesem Augenblick durfte man mit neunundneunzigprozentiger Sicherheit davon ausgehen, dass sie in erster Linie mit sich selbst unzufrieden war. Genauer gesagt: mit ihrem Gedächtnis.

»Alzheimer?«, flüsterte Wolli in Richtung Konny. Aber der Lautstärkeregler seiner Stimme war wohl defekt, deswegen hallte die Frage im ganzen Schlafzimmer wider und drang somit auch an Kriemhilds Ohren.

Im Leben eines jeden … äh … *gereiften* Menschen kommt irgendwann der Moment, in dem er sich fragt, ob die eigene Vergesslichkeit noch normal oder schon altersbedingt ist. Darauf gibt es natürlich nur eine angemessene Reaktion: in die Defensive gehen.

»Werden Sie nicht albern, Sie Wicht!«, donnerte Kriemhild. »Als es noch das Schlafzimmer vom Kommodore und mir war, sah es hier ganz anders aus. Es war keine solche … Pornohölle!«

Unter einer Pornohölle hätte sich Konny zwar etwas anderes vorgestellt – mehr Plüsch, mehr Troddeln, mehr Toys –, aber sie nickte ihrer Schwester beschwichtigend zu. »Lass dich nicht ablenken. Nimm dir einen Moment und konzentriere dich.«

Kriemhild schloss die Augen.

Matzau, der nicht mit der Gabe der Geduld gesegnet war, ratschte mit dem Messer wahllos an der linken Seitenwand entlang. »Vielleicht ist das Geheimfach ja doch in einem anderen Zimmer?«

Die Wohnung bestand nur aus Bad und Miniküche sowie Wohn- und Schlafzimmer und Bürokabuff. Die Wahrscheinlichkeit, sich da im Zimmer zu irren, war eher gering.

Dachte Kriemhild, sagte aber nichts. Was gut war, denn weil sie nicht redete, konnte sie den Geistesblitz hören, der im hintersten Stübchen ihres Gedächtnispalastes einschlug. »Unterdeck!«, rief sie und ging in die Knie. »Da muss es sein.«

»In Kniehöhe?« Konny war skeptisch.

»Ich war nie dabei, wenn er das Fach geöffnet hat«, räumte Kriemhild jetzt ein. »Ich wollte ihm seine Privatsphäre lassen. Aber es *ist* hier!«

»Kniehöhe! Genial!«, fand Matzau fröhlich und kam mit ausgestrecktem Messer angerannt.

»Nicht mit dem Messer in der Hand rennen«, riefen Konny und Kriemhild gleichzeitig, genau in dem Moment, als Matzau stolperte.

Eine endlose Sekunde lang quälte die Schwestern die Vision, wie Matzau vor ihren Augen vom Messer aufgepfählt wurde und alles vollblutete, aber er fing sich wieder.
Besoffene und Bekiffte hatten eigene Schutzengel. Total überarbeitete Schutzengel, dafür aber Profis, die ihre Arbeit erledigen.
Gleich darauf kniete Matzau auch schon neben Kriemhild und bearbeitete die Tapete.
Es knirschte metallisch.
»*Heureka!*«, jubelte er altgriechisch auf. Irgendwann in seiner Vergangenheit musste er während seiner höheren Schulbildung versehentlich doch einmal aufgepasst haben.
Mit dem Messer legte er das Geheimfach frei. Es war ein eingemauerter Wandtresor mit innenliegenden Scharnieren und elektronischem Tastenschloss.
»Ich fasse es nicht!«, hauchte Konny. »Ihr hattet einen richtigen Tresor?«
»Was dachtest du denn? Ein Loch im Putz mit einem geklöppelten Sichtschutz davor, in dem wir unsere Wertsachen deponierten, in der Hoffnung, dass Einbrecher und Feuerbrünste da nicht rangehen würden?« Kriemhild rollte mit den Augen.
»Den kriegen wir doch nie und nimmer geöffnet.« Konny war kurz davor, die Zuversicht zu verlieren.
»Einen Versuch ist es wert«, meinte Matzau und wollte wahllos eine Tastenkombination eingeben.
»Finger weg!«, herrschte Kriemhild.
Sie holte tief Luft und tippte gleich darauf eine Zahlenfolge ein. Und weil sie, trotz gegenteiliger Ansicht von circa neunzig Prozent aller Menschen, die sie kannten, nicht gänzlich humorfrei war, rief sie: »Sesam, öffne dich.«
Die Tresortür sprang auf.

»Woher kennst du die Kombination?« Konny war verblüfft. »Ich denke, du warst nie dabei, wenn er den Tresor geöffnet hat.«
»Ich bitte dich, ich war seine Frau!« Kriemhild schaute stolz. »Und außerdem hat er die Zahlen immer laut vor sich hingemurmelt, und mein Gehör ist exzellent.«
»Du schaust ihm nicht über die Schulter, aber du belauschst ihn?«, staunte Matzau.
»Sie sind nicht verheiratet, Sie können nicht mitreden.«
Und dann war er gekommen, der Moment der Schatzhebung.
Kriemhild und Konny spechteten in den Tresorschlund. Zwischen ihren Köpfen versuchte Matzau, einen Blick zu erhaschen.
Sie hatten Goldbarren, Dublonen, Geldbündel, Diamantensäckchen oder – zumindest einer von ihnen – lupenreines Marihuana erwartet, aber in dem Tresor lagen nur ein Schlüssel und ein längliches Objekt, das im Schatten nicht gleich auszumachen war.
»Hossa, ein Datenzäpfchen«, freute sich Matzau und wollte hineinlagen.
Kriemhild stieß ihn weg. »Ein was?«
»Ein USB-Stick«, erklärte Konny.
»Mit Geheiminformationen. Bestimmt von der Marine. Oder vom Verteidigungsministerium. Oder so. Also doch was Politisches, hab ich doch gleich gesagt.« Matzau nickte wissend.
»Haben Sie einen Computer?«, fragte Konny über ihre Schulter.
»Äh … klaro … ich bin doch kein unzivilisierter Waldschrat.«
Matzau ging in das Bürokabuff, prozessionsartig verfolgt von den Schwestern.

Unter dem Papierberg auf dem Schreibtisch, den Matzau einfach beiseitefegte, befand sich ein megaflacher Laptop, den Matzau aufklappte und einschaltete. Der Laptop wollte von ihm das Passwort wissen. Matzau stutzte und sah zur Decke.
Konny und Kriemhild tauschten einen bedeutungsschwangeren Blick.
»Wissen Sie, wenn Sie ohnehin nicht besonders helle sind, sollten Sie die wenigen Hirnzellen, die Sie haben, nicht auch noch wegkiffen«, erklärte Kriemhild, die viele Vorzüge hatte, aber Diplomatie gehörte nicht dazu.
»Lassen Sie mich mal.« Konny schob Matzau zur Seite und versuchte ihr Glück am Laptop. Vergeblich tippte sie *Wolli* und *Wolfgang1* und *Passwort* ein, hatte aber im vierten Versuch mit *1-2-3-4-5-6* einen durchschlagenden Erfolg.
Das war kein Glück. Sie kannte die Menschen. Die überwiegende Mehrheit aller Computer auf der Welt musste man nicht mühsam hacken, man musste nur das Geburtsdatum des Besitzers kennen.
Konny schob den USB-Stick in den Port des Laptops und öffnete die einzige Datei auf dem Stick.
Matzau pfiff durch die Zähne.
»Eine Namensliste«, konstatierte Kriemhild das Offensichtliche.
Es war eine kurze Liste. Nur drei Namen befanden sich darauf:

Dirk Dierksen
Ole Hansen
Waldemar Stickelhoven

»Sind das die drei von draußen?«, fragte Matzau.

Konny schüttelte den Kopf. »Nein, die drei Ganoven heißen anders. Sagen dir die Namen etwas?« Sie sah zu Kriemhild. Die kratzte sich zögernd am Kinn.
»Waldemar kommt mir irgendwie bekannt vor. Ich habe das Lied *Er heißt Waldemar* von Zarah Leander immer so gern gehört … er kennt so einen, hat der Kommodore mir einmal gesagt.«
Kriemhild nannte ihren Mann grundsätzlich nie beim Namen, sondern sprach immer nur vom *Kommodore*. Auch damals, als er noch lebte.
Konny stutzte. Irgendetwas war seltsam. Aber sie kam nicht drauf, was.
Matzau befingerte unterdessen den Schlüssel, den er Konny aus der Hand genommen hatte. »Der könnte zu einem Schließfach gehören. Oder zu einer Wertaufbewahrungsbox in einem Bankfach. Bestimmt so eine Box, weil Schließfächer ja nach einer Weile geleert werden, Bankfächer aber nicht.«
»Geben Sie her.« Konny nahm ihm den Schlüssel wieder ab und steckte ihn in das sicherste Geheimfach, das sie kannte: ihren BH.
»Dein Mann hatte keine Freunde, nur Kameraden. Die drei Namen beziehen sich ganz bestimmt auf Leute, mit denen er zur See gefahren ist.«
»Dann finden wir sie. Das Marinearchiv hat alle Besatzungslisten gespeichert, auch die der *Amante*.«
Die *Amante* war das letzte Schiff des Kommodore. Ein Frachter, der unter panamaischer Flagge gefahren war.
»Wir machen diese Männer ausfindig. Die wissen bestimmt etwas!« Konny schaute entschlossen. Sie ging ins Wohnzimmer. »Immerhin sind wir einen Schritt weiter. Hoffentlich haben diese Unholde da draußen noch etwas Geduld.« Sie spähte

nach draußen, wo Wiesel, Kugelbauch und Eisenklaue noch immer rauchend Wache hielten.
»Am besten, ihr schleicht euch hinten raus, was?« Matzau kratzte sich im Schritt seiner Boxershorts und zündete sich gleich darauf wieder einen Joint an. »An den Mülltonnen vorbei, links durch den Torgang. Dann kommt ihr in die Parallelstraße und könnt euch unbemerkt absetzen.«
»Danke.« Konny wollte ihm die Hand geben, aber er überraschte sie, in dem er sich den Joint zwischen die Lippen klemmte und sie dann mit beiden Armen fest umschlang.
Kriemhild schnalzte genervt mit der Zunge. »Lass das Kind los«, herrschte sie Konny an. Obwohl doch andersrum ein Schuh draus wurde: Matzau hielt sie fest. So fest, dass ihr hungriger Magen wieder anfing zu knurren.
»Wenn ihr Hilfe braucht mit diesen Kerlen, ruft mich an, okay? Ich geb' euch meine Nummer.« Matzau ließ Konny los und sog an seinem Joint. Er sah sich um. »Äh … habt ihr was zum Schreiben dabei?«
Kriemhild gab *tststs*-Laute von sich und reichte ihm aus ihrer Handtasche einen Stift und einen Notizblock. »Der Fall wird ja wohl nicht eintreten, aber man weiß nie.«
Matzau kritzelte seine Handynummer in das Notizbuch und gab es ihr zurück. »Soll ich euch zum Hotel begleiten? Nur um auf Nummer sicher zu gehen?«
»Nein, danke, der *Flottillenadmiral* ist ja von hier aus leicht mit dem Bus zu erreichen. Man muss nicht mal umsteigen.«
»Na schön. Aber vergesst nicht, etwas zu essen. Ihr braucht eure Kraft im Kampf gegen das Böse! Und die Hilferufe deines Magens sind herzzerreißend!«
»Eher trommelfellzerreißend«, fand Kriemhild.
Matzau brachte sie zur Wohnungstür und sah ihnen nach, wie sie das Treppenhaus hinabstiegen.

»Bleibt cremig«, rief er.
»Wie bitte?«, donnerte Kriemhild, aber da war er schon wieder in der Wohnung verschwunden.

Von Nacktkatern, Nacktmullen und anderen Nackedeis

Nacktmull *[Heterocephalus glaber]*

Die Rückkehr von Konny und Kriemhild in den *Flottillenadmiral* glich einem römischen Triumphzug.
Nicht optisch, aber vom Gefühl her.
Sie hatten einen vielversprechenden Schlüssel gefunden und besaßen nun – dank des online verfügbaren Marinearchivs, in dem die telefonisch verständigte Frauke Knudsen effizient gestöbert hatte – die Adressen der drei Kameraden des Kommodore, die ihnen bestimmt Hinweise auf den ominösen Schatz beziehungsweise dessen Versteck geben konnten.
Den drei Schurken waren sie – dank der Hintertür, auf die Matzau sie aufmerksam gemacht hatte – ungesehen entkommen. Darüber hinaus waren die Fischbrötchen am Imbissstand vorzüglich gewesen. Für Amenhotep hatten sie im *Budni* um die Ecke noch lecker Katzenfutter besorgt, und als sie am Empfang des Hotels vorbeisegelten, stand nicht der humorbefreite Nachtportier am Tresen, sondern eine junge Frau, die ihnen ein fröhliches »Moin!« zurief.
Zur Komplettierung eines richtigen Triumphzuges fehlte nur noch die jubelnde Menge, die ihnen Blütenblätter oder wahlweise Konfetti zuwarf. Und natürlich auch – das kannte man ja aus *Asterix und Obelix* – noch der Sklave, der ihnen einen Lorbeerkranz über die Köpfe hielt und ihnen ein *Bedenke, dass du sterblich bist* zumurmelte.

Aber kaum traten sie aus dem wackeligen Aufzug in den Flur des zweiten Stocks, fand das imaginäre Freudenfest ein jähes Ende.
»Hast du nicht abgeschlossen?«, fragte Kriemhild, weil die Tür zu ihrem Zimmer nur angelehnt war.
»Doch natürlich. Das muss das Zimmermädchen gewesen sein.«
Allerdings hing immer noch das *Bitte nicht stören*-Schild am Türknauf. Und es war weit und breit kein Wägelchen mit frischen Handtüchern und Mini-Seifen zu sehen.
Ein kalte Hand klammerte sich um Konnys Herz.
Hatten die drei Schurken gemerkt, dass ihnen die Schwestern entwischt waren? Natürlich hatten sie das! Und waren sie deshalb hier ins Hotel gekommen, um sich zu rächen?
»Amenhotep!«, entfuhr es Konny.
»Kommodore!«, rief Kriemhild.
Sie stürmten los, stießen Seite an Seite die Zimmertür auf und blieben abrupt stehen.
Kurzer Einschub zur visuellen Präzisierung: Die Zimmer im *Flottillenadmiral* zeichneten sich durch ihre Schlichtheit aus: ein kleiner Vorraum mit Garderobe und Gepäckablage, von dem aus man – vorbei am Badezimmer – in den Hauptteil des Zimmers gelangte, mit einem Schiebetürschrank, einem breiten Bett mit zwei Matratzen und einem winzigen Tisch mit zwei Stühlen. Alles in dem gleichen undefinierbaren Graubraunfarbton wie der Teppichboden.
Konny und Kriemhild starrten ungläubig durch den kleinen Vorraum in den dahinterliegenden Hauptraum, genauer gesagt, auf das darin befindliche Doppelbett.
Amenhotep ging es gut. Er lag am Kopfende des Bettes, in seinem warmen Strickmäntelchen, das er schon auf der Reise ge-

tragen hatte. Sein langer Schwanz klopfte rhythmisch auf eins der Kopfkissen.

Konny hätte ja gern erleichtert ausgeatmet. Aber das gehörte sich jetzt nicht. Amenhotep befand sich nämlich nicht allein im Bett.

Dort, wo sie den Staubsauger mit dem Kommodore, eingewickelt in ein Badetuch, zurückgelassen hatten, lag jetzt ein anderer Mann, nämlich das Wiesel – der Schmächtige der drei Schurken.

Er ruhte mittig auf der Matratzenritze, genau an der Stelle, an die sie den Handstaubsauger gebettet hatten: auf dem Rücken, die Hände über der Brust gefaltet, wie eine ägyptische Mumie.

Er war – aus dem Loch in seiner Stirn zu schließen sowie aus dem Umstand, dass sich sein Brustkorb nicht atmend hob und senkte – auch genauso tot wie eine ägyptische Mumie.

Nur trug er keinen Ganzkörpermumienwickelanzug.

Er war splitterfasernackt.

Und weil zum einen seine Haut im Tod eine gräuliche Färbung angenommen hatte, passend zum beigegrauen Ambiente des Zimmers, und zum anderen sein Mund leicht geöffnet war und seine Hasenzähne hervorlugten, sah er alles in allem einem ganz bestimmten Tier aus der Familie der Nager verblüffend ähnlich, dem *Heterocephalus glaber.*

Will heißen, einem sehr großen, sehr toten Nacktmull.

Nacktkater *[felis nudus]*

»So nah am Meer schmeckt Leitungswasser immer irgendwie nach Qualle.« Kriemhild stellte das Glas ab, das ihr die nette Rezeptionistin zur Beruhigung gegeben hatte.

»Wir sind hier nicht nah am Meer«, erklärte Kommissar Tröndle spitz. »Hamburg ist keine Küstenstadt.«
»Das ist ja wohl relativ«, widersprach Kriemhild. »Von da, wo wir herkommen, steht es quasi mit einem Zeh im Salzwasser.«
Konny zuckte entschuldigend mit den Schultern.
»Sie kannten den Toten also nicht?«, fragte Tröndle, was er die Schwestern schon einmal gefragt hatte, aber zur Sicherheit fragte er grundsätzlich immer alles zweimal.
»Halten Sie mich etwa für eine Frau, die einen nackten Mann in ihr Bett lässt?«, antwortete Kriemhild spitz mit einer Gegenfrage.
Tröndle kannte Kriemhild gerade mal sieben Minuten, was bei jedem anderen Menschen nicht für eine Einschätzung der Bettgewohnheiten gereicht hätte, bei Kriemhild aber schon.
»Das. War. Nicht. Die. Frage«, erklärte Tröndle dezidiert.
Konny, die insgeheim überzeugt davon war, dass sich Kriemhild und der Kommodore immer im Dunkeln geliebt hatten, beide in knöchellangen, weißen Nachthemden, die sie nur zum Akt selbst etwas nach oben schoben, schritt wogenglättend ein. »Nein, wir kannten ihn nicht«, log sie. »Weder angezogen noch nackt.«
Keine Silbe zur Polizei oder Sie sind tot war ihr noch überdeutlich im Ohr. Und man musste der Polizei ja nur die Wahrheit sagen, wenn man wollte, dass der oder die Täter gefunden wurden und dem Opfer posthum Gerechtigkeit widerfuhr. Konny glaubte, sehr genau zu wissen, wer den Schmächtigen erschossen hatte – seine beiden Kumpane. Weil sie den Schatz nicht mit ihm teilen wollten. Und zur Warnung hatten sie ihn dann in ihr Bett gelegt.
Sie saßen im Frühstücksraum des Hotels, der zu einem nachmittäglichen Befragungsraum umfunktioniert worden war. Zur allergrößten Konsternierung des Nachtportiers, der gar kein

Nachtportier war, sondern der Besitzer des Hotels. Die fröhliche Rezeptionistin war seine Tochter, und hinter den Kulissen gab es noch die Ehefrau, eine weitere Tochter und zwei polnische Zimmermädchen. Die Frauen hatten ihn aus tiefem Schlummer geweckt – sichtlich nicht, weil sie ängstlich nach dem starken Mann im Haus verlangten, sondern weil sie schon genug um die Ohren hatten und diesen lästigen ›kalten Auszug‹ auf ihn abschieben wollten.

Der Kommissar steckte die Hände in die Taschen seines abgewetzten Trenchcoats, den er auch im Haus nicht ausgezogen hatte. »Ich frage nur, weil ich es merkwürdig finde. Sie stecken es ziemlich gelassen weg, dass da ein fremder Toter in Ihrem Bett liegt«, fand Tröndle. Sein Tonfall war norddeutsch. Aus seinem Nachnamen konnte man aber schließen, dass er entweder einer Familie mit schwäbischem Migrationshintergrund entstammte oder es sich bei ihm um einen bestens integrierten, nachgerade assimilierten Zugezogenen handelte.

»Mit dem Alter kommt auch eine gewisse Gelassenheit. Das lernen Sie schon noch«, dozierte Kriemhild mit einer Prise Herablassung, wie sie sich im Umgang mit sehr jungen, sehr naiven Menschen bisweilen einschleicht. Bei Kriemhild war es allerdings Absicht.

»Bei einem Mord dermaßen unemotional zu bleiben, würde ich nicht gelassen nennen, sondern abgebrüht. Mir scheint, Sie haben etwas zu verbergen!« Der Geduldsfaden von Tröndle wurde im Umgang mit Kriemhild zusehends rissanfälliger. Menschen, ey. Die Welt wäre so viel besser ohne. Fand er. Nach über zwanzig Dienstjahren gründete seine Meinung auch nicht auf Vorurteilen, sondern auf Fakten. Wobei es in diesem speziellen Fall weniger um die Menschen im Allgemeinen als mehr um eine Frau im Besonderen ging. Groß, hager, mit einem

eisengrauen Zopf. Er wusste nicht genau, warum, aber sie schien ein magisches Händchen dafür zu haben, all seine Knöpfe zu drücken. Er würde sich zusammenreißen müssen, um nicht demnächst wie ein Schnellkochtopf zu explodieren. Nicht hier vor seinem Team.
Kriemhild kratzte die aufkeimende Explosionsgefahr nicht, die deutlich spürbar in der Luft lag. Im Gegenteil, sie legte noch nach. »Diese Unsicherheit im Umgang mit der richtigen Wortwahl schreibe ich Ihrer Jugend zu. Wir sind weder unemotional noch abgebrüht, sondern einfach nur gefasst.«
So viel jünger war Tröndle gar nicht. Bei ihm stand vorn bestimmt auch schon eine Fünf. Konny musterte ihn interessiert – das machte sie bei Männern, die in ihr Beuteschema passten, ganz automatisch. Und wo sie demnächst wieder Single sein würde, umso automatischer. Tröndle sah, wenn er nicht gerade Luft pumpte wie ein Maikäfer, um seine Contenance zu wahren, eigentlich sehr gut aus. Nicht klein, gedrungen, schwäbisch, wie man es bei dem Namen vermuten würde, sondern groß, sehnig, markig, blond – wie der junge Kirk Douglas in *Spartacus*. Nur eben nicht in jung, sondern in älter. Konny visualisierte Tröndle mit nichts weiter als einem Lendenschurz und Sandalen.
Ein »Hallo? Alles in Ordnung?« riss sie aus ihren Breitbildtagträumen.
»Was?« Sie sah auf.
Tröndle stand direkt vor ihr, mit kritisch zusammengeschobenen Augenbrauen.
Hatte er sie etwas gefragt? Konny bekam rote Bäckchen, woraufhin Kriemhild – die in ihrer Schwester las wie in einem offenen Buch – rief: »Großer Gott, nicht das schon wieder!«
»Was schon wieder?«, wollte Tröndle wissen, der sicher war, dass ihm hier etwas entging.

»Nichts«, warf Konny rasch ein. »Wir sind selbstverständlich erschüttert, aber in der Großstadt muss man ja mit allem rechnen, das war uns klar, deshalb können wir mit der Situation umgehen …« Konny sah zu dem Nachtportier-Schrägstrich-Hotelier. »… auch wenn wir geglaubt haben, hier in einem respektablen Haus untergekommen zu sein.«
»Wie bitte?«, echauffierte sich der Nachtportier. »Wir SIND ein respektables Haus. Es hat hier noch nie einen … Zwischenfall gegeben! Nicht bis zur Anreise dieser beiden … *Damen*. Und außerdem …«, er wandte sich mit hochrotem Kopf an Kommissar Tröndle, »… habe ich diese Damen mehrfach darauf hingewiesen, dass in unserem Hotel keine Tiere erlaubt sind. Wie im Kleinen so im Großen: Wer Hausregeln bricht, dem ist auch ein Mord zuzutrauen.«
Amenhotep, der auf Konnys Schoß lag und von ihr beruhigend durchgekrault wurde, obwohl er das gar nicht brauchte, weil er als erfahrener Pensionskater Tohuwabohu gewohnt war, fixierte den Schreihals mit seinem gefürchteten Todesblick. *Das ist die erste Warnung*, sagte der Blick.
»Lächerlich«, zischte Kriemhild.
»Wir besitzen auch gar keine Schusswaffe«, ergänzte Konny.
»Die könnten Sie aus dem Fenster geworfen haben«, ätzte der Hotelier, der tatsächlich der Nachfahre eines Flottillenadmirals war, der unter Bismarck gedient hatte. Oder unter Richard Löwenherz. Konny hatte nicht so genau zugehört.
»Ach ja?«, mischte sich jetzt auch Kriemhild ein. »Und die Kleidung des Mannes? Die haben wir auch aus dem Fenster geworfen? Und das hat da draußen keiner bemerkt?«
»Sie könnten einen Komplizen haben, der die Sachen eingesammelt hat. Sie waren es! Sie haben aus dem *Flottillenadmiral* eine Mörderkaschemme gemacht!« Anklagend streckte der

Hotelier den Zeigefinger aus. Weil Konny und Kriemhild so weit auseinandersaßen, hielt er seinen Finger mittig zwischen die beiden, wodurch es aber so wirkte, als würde er auf den Kommissar zeigen. Der schüttelte nur den Kopf.

»Miau«, maunzte Amenhotep in Richtung Buddenschön, weil ihn dessen Gekreische nervte. Es war ein *Das ist meine letzte Warnung*-Miau.

»Herr Buddenschön, ich brauche Sie im Moment nicht mehr. Sie haben ja sicher zu tun«, sagte Tröndle. Er nickte der Uniformierten zu, die an der Tür Aufstellung genommen hatte.

»Ich muss Sie nochmals um größtmögliche Diskretion bitten!«, verlangte Buddenschön. »Unsere Gäste dürfen nicht verschreckt werden!«

Der *Flottillenadmiral* war ein kleines Hotel mit nur vierzig Zimmern. Längst hatte sich unter den Gästen herumgesprochen, warum die Polizei im Haus war. Und die Allermeisten filmten das Geschehen mit ihren Handykameras und machten Selfies von sich und der Trage, auf der der Tote hinaustransportiert wurde. Nur eine Frau stand lärmend an der Rezeption und verlangte die sofortige Erstattung ihrer Übernachtungskosten, weil sie eine Katze im Hotel gesehen und sie bei der Zimmerbuchung explizit auf eine tierfreie Unterkunft bestanden hatte.

»Mit Ihnen bin ich noch nicht fertig«, drohte Buddenschön in Richtung Konny und Kriemhild, während er mit dem ausgestreckten Zeigefinger der anderen Hand auf die Beschwerdeführerin an der Rezeption zeigte. »Sie werden für meine finanziellen Ausfälle aufkommen, meine Damen. Ich verklage Sie auf Schadenersatz!« Da er nun beide Arme mitsamt Zeigefingern ausgefahren hatte, wirkte er ein bisschen wie ein Schupo, der auf einer Kreuzung den Verkehr regelt.

Amenhotep gab nie mehr als nur zwei Warnungen. Der Warnungen waren nun genug gewechselt, fand der Kater mit Blick auf Buddenschön, jetzt lasst ihn endlich Taten sehen.
Es war nicht so, dass er seine Frauchen verteidigen wollte. Er mochte nur keine Menschen. Mehrheitlich männliche. Auf negative *vibrations* von männlichen Menschen – noch dazu in Kombination mit hochfrequenten Lautäußerungen – reagierte er immer ganz automatisch: erste Warnung, letzte Warnung, Krallen ausfahren. Amenhoteps Tierarzt, der eigentlich Psychologie hatte studieren wollen, dann aber die Praxis seines Vaters übernehmen musste, hatte eine therapie-resistente Stressstörung diagnostiziert und Konny geraten, eine zusätzliche Haftpflichtversicherung abzuschließen.
Die würde auch für das Hosenbein von Herrn Buddenschön aufkommen, in das sich Amenhotep nach einem zirkusreifen Sprung von Konnys Schoß in kühner Präzision verkrallt hatte.
Buddenschön schrie prompt wie am Spieß. Weil Amenhoteps Krallen offenbar nicht nur Stoff, sondern auch Männerfleisch durchtrennt hatten.
Sämtliche Polizisten im Frühstücksraum und in der Lobby gingen in Habt-Acht-Stellung, die Hand an der Waffe im Holster, sämtliche Gäste hielten ihre Handys in Richtung des Panoramafensters, das die Lobby vom Frühstücksraum trennte. Sogar die Beschwerdeführerin an der Rezeption verstummte und drehte sich um.
Buddenschön hüpfte auf und ab, was ein großer Fehler war, denn um nicht herunterzufallen, verkrallte sich Amenhotep nur umso fester in die Buddenschön'sche Wade.
»Erschießen Sie doch endlich dieses Vieh!«, brüllte Buddenschön.
Konny, die bis dahin seelenruhig zugesehen hatte, sprang auf.

»Unterstehen Sie sich!« Sie wollte nach Amenhotep greifen, aber Buddenschön veitstanzte wie vom Teufel besessen durch den Frühstücksraum, wirbelwindartig, als ob er eine dämonische Tarantella tanzen würde.

In aller Seelenruhe wandte sich Kommissar Tröndle an Kriemhild. Obwohl sie ihn mit ihrer abfälligen Kratzbürstigkeit nervte, schien sie ihm in diesem Haufen Verrückter noch die Normalste zu sein. »Wie erklären Sie sich die Anwesenheit des Toten in Ihrem Zimmer?«

Er fuhr genau dort fort, wo er aufgehört hatte. Kriemhild wusste diese Konsequenz zu schätzen. Dennoch wollte sie »gar nicht« brummen.

Tröndle hob die Hand, weil er ihre Abfuhr antizipierte. »Ganz spontan, aus dem Bauch heraus. Was war Ihr erster Gedanke, als Sie den Toten in Ihrem Bett entdeckten? Hatten Sie hier in Hamburg irgendwelche Termine vereinbart?«

»Sehe ich aus wie jemand, die Bekannte in Nudistenkreisen hat und sich mit ihnen treffen will?«, herrschte Kriemhild ungehalten. »Vielleicht kam er einfach zum Sterben herein und hat sich das erstbeste Zimmer ausgesucht, das nicht abgeschlossen war. Wie ein Elefant, der sich zum Elefantenfriedhof begibt, wenn er das Ende nahen fühlt. Wer weiß schon, wie Nudisten ticken?«

Tröndle merkte, dass er mit der Einschätzung, sie sei normal, danebengelegen hatte. Auch versierten Ermittlern wie ihm passierten gelegentlich solche Lapsi.

Buddenschön, der wildes Hüpfen nicht gewohnt war, kam außer Atem. Keuchend blieb er vor der Theke mit den Cerealien stehen. Was es Konny ermöglichte, Amenhotep an der Leibesmitte zu packen und von der Männerwade loszureißen. Mit einem Ruck, wie ein Pflaster.

Buddenschön schrie.
Großen Widerstand leistete der Nacktkater aber nicht. Dieses Spiel war auf Dauer ohnehin nur bedingt unterhaltsam.
Konny presste ihn an ihren wogenden Busen und setzte sich wieder.
»Na schön, versuchen wir es anders. Vielleicht ist das ja ein Raubzug gewesen, der schiefging«, spekulierte Tröndle. »Was hat der Täter mitgehen lassen? Was fehlt?«
»Was sollte denn fehlen? Die Kronjuwelen der Königin? Das Zaren-Geschmeide?« Kriemhild hob eine Augenbraue. »Wir haben nichts, darum fehlt auch nichts.«
»Wie? Es fehlt nichts? Es waren doch keine Koffer mehr auf Ihrem Zimmer!«
»Wir hatten keine dabei.« Obwohl Kriemhild saß, sah sie von oben auf ihn herab. Auf jemanden herabzusehen ist ja mehr so eine innere Angelegenheit, die mit Körpergröße und der Positionierung im Raum nichts zu tun hat.
Konny sah zu Kriemhild. Dass sie der Polizei nichts erzählen wollten, darin waren sie sich einig. Aber sie hätten möglicherweise die Details absprechen sollen. Die telepathische Kommunikation zwischen Zwillingen funktionierte bei ihnen nämlich nicht. Jedenfalls war es dumm, den Kommissar zu unterschätzen. »Wir pflegen stets mit leichtem Gepäck zu reisen«, warf sie ein. »Da sind wir eigen.«
Sie warf ihrer Schwester einen vielsagenden Blick zu.
»Mit leichtem Gepäck, jawohl. Bis auf den … Handstaubsauger.« Kriemhild sah stoisch geradeaus. Konny hatte ihr nicht erlaubt, ihren toten Mann unter der Leiche hervorzuholen, bevor sie die Polizei verständigten. Keine Fingerabdrücke oder Faserspuren an der Leiche, hatte sie gesagt.
Jetzt nickte Konny. »Richtig, bis auf den Staubsauger.«

»Sie reisen ohne Gepäck, dafür aber mit einem Handstaubsauger?« Kommissar Tröndle spürte, wie ihm sein Verhörpokerface zu entgleiten drohte. Er zwang es sich wieder ins Gesicht, was ihm aber nur bedingt gelang.
»Wir ... äh ... legen Wert auf Sauberkeit. Das ist da, wo wir herkommen, so üblich.« Konny nickte. Mehrmals rasch hintereinander.
»Das ist eine Unverschämtheit!«, echauffierte sich Buddenschön, der auf einem Beistellhocker kauerte und sich die schmerzende Wade hielt. »In unserem Hotel ist es porentief sauber. Da muss man als Gast nicht nachsaugen!«
Der Uniformierte neben der Tür räusperte sich. »Ich war als Erster am Tatort. Da war kein Staubsauger.«
Kriemhild wurde bleich. »Wie bitte?«
Konny hob die Augenbrauen. »Sind Sie sicher? Haben Sie auch unter der Leiche nachgesehen?«
Der Polizist sah sie nur an.
Wie von der Tarantel gestochen lief Kriemhild los.
»He«, rief Tröndle noch, und »He!«, rief auch der Uniformierte, aber da hatte Kriemhild Letzteren schon beiseitegestoßen und hechtete die Treppe nach oben.
Konny seufzte.
»Könnten Sie mir das mal bitte erklären?«, verlangte Tröndle zu wissen.
In diesem Moment hörte man den gellenden Schrei aus dem zweiten Stock. Einen unmenschlichen Schrei. Einen Schrei, wie ihn nur eine Witwe ausstoßen konnte, der man gerade die Asche ihres toten Gatten geraubt hatte.
In einem Handstaubsauger.

Es geht eine Nudel auf Reisen

»Wir haben Ihren Gatten, Gnädigste. Und wenn Sie sich weiter so unkooperativ verhalten und eigenmächtig die Sause machen, dann spüle ich ihn im Klo hinunter.«
Kriemhild presste sich unwillkürlich die Hand auf den Mund. Die Stimme würde Konny überall und jederzeit wiedererkennen. Sie gehörte der Eisenklaue.
»Das wagen Sie nicht!« Konny legte Kriemhild beruhigend die Hand auf die Schulter. Sie hatten auf *Mithören* geschaltet. Das Mithören gestaltete sich dennoch schwierig, weil sie auf dem Parkplatz hinter dem Hotel standen. Buddenschön hatte erklärt, er habe kein freies Zimmer mehr, und Zimmer 202 war ja nun ein Tatort und mithin nicht bewohnbar. Sie mussten sich also eine neue Bleibe suchen.
»Hören Sie mal, Gnädigste, wir hatten einen Deal. Sie liefern uns die Millionen, wir lassen Sie am Leben. Und jetzt drehen Sie den Spieß einfach um und knallen einen von uns ab? Das ist nicht nett. Das ist gar nicht nett.«
»Ich höre wohl nicht recht«, brüllte Kriemhild. »Wir haben niemanden umgebracht.«
Am anderen Ende der Funkverbindung kicherte es. »Umgebracht und an der Leiche vergangen, wie man hört.«
»Das ist eine bodenlose …« Solange der Kommodore nicht in Sicherheit war, durfte Kriemhild sich nicht wie eine Furie gebärden. Konny musste eingreifen.
»Wir haben niemanden umgebracht. Ich glaube eher, Sie haben sich untereinander um den Schatz gestritten und uns dann die Leiche Ihres Freundes untergejubelt.«
Im Hintergrund hörte man den Kugelbauch rufen: »Ich hab

doch gleich gesagt, dass die alten Schachteln es nicht waren!«
»Wer denn dann?«
»Keine Ahnung. Aber die sollen sich jetzt mit dem Geld beeilen! Ich will nicht auch noch draufgehen!«
»Haben Sie das gehört, Gnädigste?«
»Ja, jedes Wort. Da Sie uns überwachen, wissen Sie ja bestimmt, dass wir uns alle Mühe geben.« Konny sah über ihre Schultern, aber Kugelbauch und Eisenklaue waren nirgends auszumachen.
»Mühe allein reicht nicht, wir wollen Ergebnisse sehen, sonst …«
Die Eisenklaue ließ die Drohung offen.
»Wenn Sie die Asche entweihen, vergesse ich mich«, brüllte Kriemhild. »Ich scherze nicht. Ich werde Sie jagen und finden und dann werde ich Ihnen zeigen, wie ich in der Pensionsküche einen Suppenhahn rupfe und zerteile und ausweide! Und zwar nicht an einem Hahn …«
»Huch, die Dürre regt sich auf.« Die Eisenklaue schien zu lächeln. »Drohen Sie mir ruhig, Gnädigste, mir haben schon ganz andere gedroht. Aber wenn ich Ende der Woche nicht endlich meinen Anteil bekomme, dann werden wir ja sehen, wer besser killt – Sie mit Ihrem Küchenmesser oder ich mit meiner Klaue!«
Die Verbindung wurde getrennt.
Konny und Kriemhild sahen sich an.
Eine Windböe erfasste sie und spielte lustig mit Konnys Locken. Mit Kriemhilds Zopf konnte die Böe nicht spielen, der saß zu fest, war förmlich an ihrem Schädel festgetackert.
»Na gut, dann suchen wir jetzt die ehemaligen Seemänner des Kommodore auf und fragen sie, ob sie etwas über den Schlüssel wissen«, erklärte Kriemhild.

»Es ist zu kalt für Amenhotep, wir brauchen erst eine Unterkunft, wo er es schön mollig warm hat.« Konny presste den Nacktkater an ihre Brust. Er trug sein Strickmäntelchen und sie hatte die Lederjacke über ihn eingeschlagen, aber es war dennoch nur eine Frage der Zeit, bis er unterkühlte.
Die Auswahl an Menschen, die sie in Hamburg kannten, war gering. Hätten Kriemhild und der Kommodore sich nur etwas mehr darin geübt, Freundschaften zu schließen.
»Ich gehe ganz bestimmt nicht zu diesem Swinger!« Kriemhild verschränkte die Arme.
»Das steht doch überhaupt nicht im Raum!« Konny überlegte. »Wir könnten Frauke Knudsen fragen.« Noch im Reden gab sie deren Nummer ein.
»Die Knudsen?«
»Hallo, Frau Knudsen«, flötete Konny da schon. Frauke Knudsen musste wie ein Geier über ihrem Telefon gekreist sein. »Wir sollten Sie doch auf dem Laufenden halten.«
»Ja? Und? Haben Sie etwas gefunden?« Man konnte hören, wie am anderen Ende der Leitung die Luft angehalten wurde.
»Wir würden Ihnen das gern persönlich erzählen. Am besten bei Ihnen zu Hause. Und wo wir schon auf dem Weg zu Ihnen sind: Könnten wir bei Ihnen übernachten?« Konny glaubte sehr an die Methode Vorschlaghammer.
»Bei mir …?« Die angehaltene Luft entwich wieder. Ebenfalls hörbar. »Oh, das geht leider nicht. Ganz unmöglich. Weil … ich …«
»Ja, Sie sagten schon, dass Sie in einer WG wohnen. Aber wo für drei Platz ist, passen doch auch fünf rein, oder?«
Man hörte Frauke Knudsen schlucken. »Wissen Sie, es ist eigentlich keine Wohngemeinschaft im engeren Sinne. Eher im weiteren. Also, ich wohne noch bei meinen Eltern, müssen Sie

wissen. Das ist alles sehr beengt. Wir haben kein Gästezimmer. Ich fürchte, das geht wirklich nicht.«
»Es geht uns ja nur um ein Dach über dem Kopf. Wir können gern auf einer Luftmatratze im Flur schlafen«, schlug Konny vor.
Kriemhild schüttelte energisch den Kopf. Eine Luftmatratze ging wirklich nicht schon wieder. Nicht bei ihrem Rücken.
Aber Konny hatte nur eine Theorie testen wollen. Die sie gleich darauf bestätigt sah.
»Nein, wirklich, meine Eltern sind sehr alt, das kann ich ihnen nicht zumuten. Und dann sind da noch die Hunde, die habe ich doch erwähnt. Aber ich helfe Ihnen gern bei der Suche nach einem neuen Hotel. Sobald ich etwas habe, rufe ich Sie zurück. Und dann treffen wir uns, und Sie erzählen mir alles.«
»Ha!«, sagte Konny, nachdem die Verbindung getrennt war.
»Ha?«
»Ist es nicht merkwürdig, wie sehr sich die Knudsen in die Sache reinhängt und uns gleichzeitig auf Distanz hält?« Konny musste an die Serie *Adelheid und ihre Mörder* denken, in der Evelyn Hamann als Sekretärin der Mordkommission weit über die Aufgabenliste ihrer Stellenbeschreibung hinaus tätig wurde. So etwas gab's im Fernsehen, aber doch nicht in Wirklichkeit. Das hätte ihr natürlich schon früher einfallen können, aber besser spät als nie. Und in Todesgefahr denkt man ja ohnehin erst mal nur panisch. »Soll ich dir was sagen? Ich glaube, die ist nicht echt. Die arbeitet gar nicht bei der Mordkommission. Die hat nur wie ich einen Namen gegoogelt und sich dann die Identität der echten Frauke Knudsen angeeignet.«
»Aha. Na, das lässt sich ja klären. Wir fragen einfach diesen Tröndle, ob seine Sekretärin Frauke Knudsen heißt.«
Manchmal fragte sich Konny, ob der Intelligenzquotient ihrer

Schwester im unteren zweistelligen Bereich lag. »Hamburg ist riesig, da besteht die Kriminalpolizei nicht nur aus einem einzigen Mann und seiner Sekretärin.«

Sie wählte die Nummer der Auskunft und ließ sich mit der Mordkommission verbinden.

»Ja, hallo, ich würde gern mit Frauke Knudsen sprechen.« Konny hob und senkte die Augenbrauen. Gleich würden sie mehr wissen. »Nein, ich habe keine Durchwahlnummer. Es ist privat. Aber sehr wichtig. Sie kennt mich und kann das bestätigen. Ja, danke.«

Sie wartete.

Kriemhild wurde ungeduldig. »Was jetzt?«

»Belegt. Warteschleife.«

»Das ist der Beweis. Sie telefoniert gerade nach einem Zimmer für uns.« Kriemhild fand das alles harmlos.

Manchmal hätte Konny ihre Schwester am liebsten ungespitzt in den Boden gerammt.

»Es kann doch kein Zufall sein, dass sie uns ausgerechnet dann besucht, wenn die drei Schurken beschließen, uns unter Druck zu setzen und unsere Pension zu zerlegen. Denk doch mal nach, fünfzehn Jahre nach dem Tod des Kommodore!« Konny schien, als könne sie nach turbulenten 48 Stunden jetzt erst wieder klar denken. Natürlich war das alles eine abgekartete Sache!

»Oder aber die drei saßen im Knast beziehungsweise in einem thailändischen Klinikum und wurden jetzt erst entlassen, und ich habe das zum Anlass genommen, möglichst rasch aktiv zu werden, damit nicht noch mehr Morde passieren«, sagte Frauke Knudsen am anderen Ende der Leitung. Konny hatte vor lauter heraussprudelnder Kombinationsgabe gar nicht mitbekommen, dass die dezenten Mozart-Warteschleifenklänge verstummt waren und man sie durchgestellt hatte.

»Äh …«, sagte Konny.
»Ich verstehe Ihre Besorgnis, an Ihrer Stelle würde ich mich auch wundern, aber ich kann Ihnen versichern, dass ich zu den Guten gehöre. Wir müssen diese Sache so schnell wie möglich aufklären, bevor noch ein weiterer Mord geschieht.«
»Ach, dann haben Sie schon davon gehört?«, entfuhr es Konny. War ja eigentlich klar, Frauke arbeitete in der Mordkommission.
»Was gehört?«
»Dass einer der drei Schurken ermordet wurde.«
»Wie bitte?« Die Überraschung klang echt.
»Ja, das erzählen wir Ihnen dann alles, wenn wir uns treffen. Jetzt muss Amenhotep ins Warme. Haben Sie ein Zimmer für uns gefunden?«
»Ein Zimmer? Jetzt sofort? Das wollte ich heute Abend nach Dienstschluss in meiner Freizeit angehen.«
Konny war fassungslos. Darüber, dass jemand das Geld der Steuerzahler derart schonte, aber mehr noch darüber, dass Frauke Knudsen ihren kleinen Amenhotep schändlich erfrieren lassen wollte.
Kalter Nieselregen setzte nämlich gerade ein.
Konny klappte ihr Handy zu. »Komm, Kriemhild, wir müssen das selber regeln.«
Konny, Kriemhild und Amenhotep düsten mit der Harley und dem Boot zu einer Adresse, die ihnen vertraut war. Konny konnte den Mercedes nicht sehen, aber sie war sicher, dass der Kugelbauch und die Eisenklaue sie von nun an nicht mehr aus den Augen ließen.
»Ich weiß nicht recht …«, wandte Kriemhild ein, als sie ankamen und Konny wegen des Nieselregens die Plane aus dem Boot holte und Harley und Beiwagen damit abdeckte.

Konny stieg mit Amenhotep in der Transportbox und Kriemhild im Schlepptau die Treppe hoch und drückte auf den Klingelknopf.
Die Tür wurde geöffnet, und aus weißen Marihuanaschwaden strahlte ihnen Wolli Matzau entgegen.
»Sie sind wieder da!«, freute er sich, besonders in Richtung Konny.
»Können wir drei ein paar Tage bei Ihnen schlafen?«, fragte sie.
»Ja klar«, sagte er und stutzte. »Wieso drei?«
Aber da war Konny mit der Transportbox schon an ihm vorbeigegangen. *Fakten schaffen,* lautete ihre Devise.
»Können wir jetzt endlich den Schatz suchen, damit der Kommodore freikommt?«, verlangte Kriemhild, die in der Wohnungstür stehen geblieben war.
Matzau war zur Abwechslung angezogen. Er trug Jeans und ein übergroßes, überbuntes Hawaiihemd. »Der Kommodore wurde entführt?« Er sah von einer Schwester zur anderen. »Ist der nicht … äh … tot? Haben die ihn ausgebuddelt?«
»So ähnlich.« Konny wollte sich jetzt nicht in langen Erklärungen ergehen. Sie stellte die Transportbox auf dem Wohnzimmerboden ab. »Und einer der drei Verbrecher wurde ermordet. In unserem Hotelzimmer.«
»Nein!« Matzaus Gesicht verzog sich zuckend. Als ob er eigentlich gern begeistert aus der Wäsche geschaut hätte, dann aber auf betroffen machen wollte.
»Doch.« Konny nickte. »Wir müssen so schnell wie möglich den Schatz finden. Wir klappern jetzt die Adressen von den drei ehemaligen Kameraden des Kommodore ab. Aber zuerst brauchen wir eine Bleibe für Amenhotep.«
»Für wen?« Matzau hob die Augenbrauen.

Konny ließ ihren Nacktkater aus der Transportbox. Anders als andere Katzen kannte Amenhotep keine Angst vor ungewohnten Umgebungen. Er stolzierte mit der Aura eines Regenten heraus, der wusste, dass er herrschen würde, ganz egal, wo.
Matzau zuckte bei seinem Anblick zusammen, trat einen Schritt zurück, stieß gegen die Corbusier-Liege und ließ sich darauf fallen. »Was … ist *das*?«
Konny wollte »Vorsicht!« rufen, weil Amenhotep zielstrebig auf Matzau zuging und sie fürchtete, dass das Hawaiihemd binnen weniger Sekunden nur noch in Fetzen an dem Kifferkörper hängen würde, aber da geschah das Unfassbare.
Amenhotep sprang auf die Liege, stieg auf Matzaus Bauch, schnupperte einmal, noch einmal, rollte sich in Matzaus Schoß zusammen und schnurrte.
»He, was für ein witziges Tier. Grottenhässlich, aber verschmust.« Matzau streichelte Amenhotep.
Ein noch nie dagewesenes Ereignis. Jeder andere hätte dabei die Hand verlieren und somit zum Klon der Eisenklaue werden können. Aber bei Matzau schnurrte Amenhotep einfach nur weiter.
Das sind die Hasch-Dämpfe, dachte Kriemhild.
Ob Matzau mal eine Frau war?, dachte Konny, weil Amenhotep Männer erwiesenermaßen nicht ausstehen konnte.
»Können wir jetzt endlich los?«, verlangte Kriemhild. »Bis Wedel sind wir bei dem Schietwetter doch sicher eine Weile unterwegs.«
Draußen regnete es zunehmend stärker. Wie in Hamburg üblich, kam der Regen nicht nur von oben, sondern von vorn. Wenn es richtig schüttete, hatte man als Süddeutscher hier im Norden das Gefühl, sich unter Wasser zu bewegen.
»Ihr müsst nach Wedel?«, fragte Matzau. »Boar, das ist echt 'ne

Strecke. Ich könnte euch hinfahren. Im Auto ist es trocken. Aber es ist Feierabendverkehr. Da steht man immer im Stau.«
»Nein, wir machen Ihnen schon genug Umstände …«, fing Konny an. Halbherzig. Weil es natürlich wunderbar wäre, im Auto gefahren zu werden. Sie würde es nie zugeben, aber da sie ihre Harley sonst allenfalls zu Halbtagestouren nutzte, hatte sie von der langen Fahrt nach Hamburg immer noch Muskelkater in den Pobacken.
»Mach ich doch gern, echt jetzt!« Matzau hob Amenhotep von seinem Schoß, stand auf und legte ihn auf der Liege ab.
Konny wurde ganz warm ums Herz.
»Dann wollen wir mal«, rief Matzau, zog eine Strickmütze aus der Jeanstasche, die er sich aufsetzte, ebenso wie eine alte Fliegerbrille mit runden, getönten Gläsern. Er nahm den Autoschlüssel vom Haken neben der Tür, den er draußen auf der Straße in alle Richtungen hielt, bis von schräg gegenüber das Piepen seines Autos ertönte.
»Kiffer«, murmelte Kriemhild. »Weiß nicht mal, wo er geparkt hat.«
Konny stieß sie in die Seite.
Zu dritt überquerten sie die Straße.
»Das ist Ihr Auto?«, fragte Kriemhild entgeistert.
Pimp my car. Das hatte er wörtlich genommen. Der Kombi, dessen Fabrikat man nur noch dumpf erahnen konnte, war fröhlich umlackiert worden, so dass er jetzt einer Nudel glich. Einer Fusilli-Nudel. An den Seitentüren stand *Matzau – hausgemacht und lecker.* Die Matzaus waren also keine Möbeldynastie, sondern ein Nudelimperium.
»Was ist?«, rief Matzau und stieg ein. Konny setzte sich auf den Beifahrersitz, Kriemhild nahm hinten Platz.
Hätten sie noch einen Blick hoch zum Panoramafenster im

ersten Stock geworfen, hätten sie Amenhotep auf dem Fensterbrett gesehen. Und den Blick, den er ihnen zuwarf. Dieser Blick verhieß nichts Gutes.
Aber da war es schon zu spät:
Die Nudel ging auf Reisen!

Über Faultürme – oder: Das dynamische Verhalten der mesophilen anaeroben Schlammstabilisierung in Hinblick auf die Verbesserung der Abwassersituation durch organische Reduktionsmittel

»Die Steigerung von *in der Scheiße sitzen* ist dann ja wohl *in der Gülle tauchen.*«

Konny und Kriemhild standen vor einem imposanten Faulturm westlich von Wedel, der allerdings gar nicht wie ein Turm aussah, sondern mehr wie ein Ei. Die Ehefrau von Dirk Dierksen, dem ersten Namen auf der Liste aus dem Geheimfach des Kommodore, hatte sie hierher geschickt.

Matzau parkte mit der Nudel vor dem Eingang zur Anlage, während Konny und Kriemhild sich Zutritt verschafften.

»Wir wollen zu Herrn Dierksen, bitte.« Konny musste gar nicht flehentlich tun, es kam tief aus ihrem Innersten. »Es handelt sich um einen familiären Notfall. Das hier ist meine Schwester. Wir müssen ihn unbedingt sofort sprechen.«

»Er sollte sowieso in einer halben Stunde oder so fertig sein.«

»Es ist unglaublich dringend. Bitte, dürfen wir zu ihm? Nur kurz.«

Normalerweise war Konny keine ausgebuffte Lügnerin – sie beherrschte nur kleine Notlügen aus dem Effeff –, aber da sie sich wirklich in einer Notlage befanden, klang sie absolut überzeugend.

Der Mann am Empfang sah die Schwestern an. *Ach, was soll's,* schien er zu denken.

Sie bekamen zwei Besucherausweise und ein zweiter, verwitterter Kläranlagenmitarbeiter führte sie zum Faulturm. »Da drin.«

»Wie? Da drin?« Konny starrte den Faulturm an.

»Er taucht.«
»Im Faulturm?«
Der Mann nickte. Er zeigte auf eine Leiter außen am Turm und ging.
Konny und Kriemhild sahen sich an.
»Ich klettere da nicht hoch. Mach du das.« Konny war nicht wirklich höhentauglich. Unter ihrer Lederkluft geriet sie allein schon beim Gedanken an eine Faulturmbesteigung ins Schwitzen. »Du hast den Mann am Eingang doch gehört – Dierksen ist sowieso gleich fertig.«
»Ja, lass uns hier warten.« Kriemhild breitete die Arme aus. »Hier ist es ja auch so schön. Und duftet so lieblich. Und in dem Mercedes da drüben hinter dem Zaun sitzen ganz bestimmt keine zwei mordlüsternen Kerle, die den Kommodore in ihrer Gewalt haben und uns zweifelsohne umbringen werden, wenn sie das Gefühl bekommen, dass wir sie hinhalten.«
Konny sah zum Zaun.
Der Mercedes stand illegal auf einer Wiese. Man konnte zwei Gestalten darin ausmachen. Yep, kein Zweifel möglich: Das waren der Kugelbauch und die Eisenklaue. Und der Kommodore. Falls sie den nicht längst ausgeschüttet hatten, um mit dem Handsauger den Innenraum des Mercedes zu saugen.
»Für den Kommodore!«, rief Kriemhild und kraxelte die Sprossen nach oben.
»Für …« Konny stockte. Wieso machte sie das hier eigentlich? Ach ja, für ihr eigenes Überleben.
Konny seufzte. Manchmal musste man seinen Ängsten die Stirn bieten, um über sie hinauszuwachsen. Nein, nicht manchmal – immer! Aber meistens genoss man den Luxus, mit dem Stirnbieten warten zu können, bis man psychisch so weit war. Diesen Luxus hatte sie jetzt nicht.

Sie pustete sich eine Locke aus dem Gesicht, holte tief Luft und stieg die Leiter hoch.
Auf dem Faulturm herrschte emsiges Treiben. Das hatte Konny von unten gar nicht mitgekriegt. Falls die Arbeiter sich wunderten, dass es hier oben plötzlich vor Fremdfrauen wimmelte, so ließen sie sich das nicht anmerken.
Ein Mann bediente eine Hydraulikanlage und zog gerade einen Taucher aus dem blickdichten Schlamm. Erst sah man nur den Taucherhelm – exakt derselbe, wie ihn Kapitän Nemo trug –, dann einen offensichtlich mit Luft gefüllten, orangeroten Taucheranzug, der den Taucher wie ein Michelin-Männchen aussehen ließ.
Ein weiterer Mann in einem *Dierksen-Umwelttauchservice*-T-Shirt spritzte den Taucher mit Wasser ab.
Und ein dritter Mann lehnte mit einer nicht brennenden Zigarre im Mund und einem Klemmbrett in der Hand am Geländer.
»Ist das dort Herr Dierksen?«, fragte Konny und zeigte mit dem Kopf auf den Taucher. Sie hielt sich mit beiden Händen am Geländer fest und sah über ihre Schulter in den Einstieg zum Faulschlamm. *Nur nicht nach unten sehen.*
»Nee«, sagte der Klemmbrettmann, ohne die Zigarre aus dem Mund zu nehmen.
Auf dem Faulturm wurde nicht viel geredet. Wer nach seinem »Moin« noch ein »schöner Tag heute« dazusetzte, galt schon als Schwätzer. Kriemhild fühlte sich an ihren maulfaulen Kommodore erinnert, und das machte sie wehmütig. Aber nicht weich.
»Wir müssen mit Dirk Dierksen sprechen«, rief sie.
Der Klemmbrettmann kritzelte auf das Klemmbrett.
Hier oben roch es gar nicht faul, mehr nach nasser Erde. Eigent-

lich ganz okay. Dachte Konny, die an alles Mögliche denken wollte, nur nicht daran, wie tief es direkt neben ihr nach unten ging. Da half es, dass der Mann mit Klemmbrett und Zigarre sich so unkooperativ zeigte. Das machte sie nämlich wütend. Und man kann nicht gleichzeitig ängstlich und wütend sein.
Konny löste eine Hand vom Geländer und strich sich die Locken aus dem Gesicht, die ihr der Wind immer in die Augen blies.
»Wir suchen Herrn Dierksen. Es ist wichtig.«
Er kritzelte weiter auf die Formblätter im Klemmbrett. »Sie haben ihn gefunden.« Wenn er redete, wackelte die Zigarre.
Na toll, das hätte er ja auch gleich sagen können.
»Wir müssen mit Ihnen reden«, verlangte Kriemhild.
»Ich habe hier zu arbeiten.« Er sah zu seinen Leuten. Der Mann, der gerade noch den Wasserschlauch bedient hatte, half nun dem Taucher, die Taucherglocke abzusetzen.
Konny, die grundsätzlich Nägel mit Köpfen machte und der hier zwischen Himmel und Erde mehr denn je daran gelegen war, rasch auf den Punkt zu kommen, sagte: »Ich bin die Schwägerin des Kommodore, das ist seine Witwe. Uns wurde gesagt, dass er keines natürlichen Todes gestorben ist. Jemand soll ihn umgebracht haben, weil er illegal einen Schatz gehoben hat. Was wissen Sie darüber?«
Jetzt sah Dirk Dierksen sie an.
Konny hielt seinem Blick stand.
»Manni, mach mal für mich weiter. Ich bin gleich wieder da.« Er reichte dem Mann an der Hydraulikanlage sein Klemmbrett und trat an die Leiter. Mit einer Handbewegung wollte er Konny den Vortritt lassen.
»O nein, Sie zuerst. Dann falle ich wenigstens weich.«
Er grinste. »Vertrauen Sie mir, wenn wir aus der Höhe fallen,

landen wir bretthart, und in unserem Körper wird alles zu Matsch, den nur noch die Haut zusammenhält. Und da, wo die Haut aufplatzt, suppt der Brei heraus.« Er schenkte ihr ein Lächeln.

»Meine Güte, dann gehe ich eben zuerst.« Kriemhild kletterte nach unten.

Dierksen folgte ihr.

Nur Konny krallte sich panisch ins Geländer, weil es eine Sache war, bei Höhenangst nach oben zu klettern, aber eine ganz andere, weitaus Schlimmere, von oben wieder nach unten zu gelangen.

Was Kriemhild und Dierksen längst geglückt war.

»Frau Kapitän, ich hab Sie gar nicht erkannt.« Unten auf dem Boden schien Dierksen gleich viel zugänglicher und gesprächiger. »Sehr lange habe ich ja nicht unter Ihrem Mann gedient, aber es war eine tolle Zeit.«

»Ihr Gesicht kommt mir bekannt vor«, sagte Kriemhild. »Wo haben wir uns gesehen?«

»Bei der Trauerfeier für Ihren Gatten. Sehr ergreifend.« Dierksen schürzte die Lippen. »Ich habe geheult wie ein Schlosshund.«

»Hm.« Kriemhild musterte ihn. »Sie arbeiten jetzt als Gülletaucher?«

Er zuckte mit den Schultern. »Man muss Geld verdienen. Jobs auf See sind selten, seit alles durchtechnisiert ist. Aber ich tauche selbst nicht mehr, hab die Tauchtauglichkeitsuntersuchung nicht mehr bestanden und lasse jetzt tauchen. Bin Chef meiner eigenen Firma.«

»Ich gratuliere. Der Kommodore wäre stolz auf Sie.« Kriemhild nickte ihm zu.

»Danke, Frau Kapitän. Echt nett, dass Sie das sagen.« Dierksen sah aus, als würde er gleich losheulen, so sehr freute ihn ihr Lob.

Weil Kriemhild mit Emotionen nicht umgehen konnte, lenkte sie rasch ab: »Wonach taucht man denn in so einem Faulturm?«

»Wir mussten heute einen Zopf entfernen.« Er merkte, wie sie in Richtung ihres eisengrauen Zopfes sah. »Nein, keine Haare. Man spricht bei uns von Zopf, wenn sich im Laufe der Zeit immer mehr Toilettenpapier aneinanderfügt, bis das Zeug mehrere Meter lang und über fünfzig Kilo schwer ist. Das passiert, wenn's keine Vorreinigungsanlage gibt. Anstrengende Arbeit für meine Jungs, das kann ich Ihnen sagen. Da drin ist es zappenduster und tierisch heiß, und es dauert im Schnitt eine Stunde, bis so ein Zopf raus ist.«

»Aha«, sagte Kriemhild, die gar nicht zugehört hatte, weil sie die Frage ohnehin nur gestellt hatte, um nicht einem ausgewachsenen Mann beim Weinen zuzusehen. »Weshalb wir aber hier sind …«

»Ja, hab's gehört. Der Kommodore soll keines natürlichen Todes gestorben sein? Und was war das mit dem Schatz?«

Kriemhild atmete tief durch. Über die unsäglichen Anschuldigungen gegen ihren Mann zu sprechen war ihre Form der Höhenangst. »Meine Schwester und ich werden von drei Männern bedroht …« Eigentlich waren es nur noch zwei, aber dieses Detail war für den Kern der Geschichte nicht wesentlich. »Diese Männer behaupten, der Kommodore habe … bei einem Tauchgang Diamanten auf einer gesunkenen Jacht gefunden und nicht den Behörden gemeldet, sondern … für sich behalten. Sie verlangen ihren Anteil.«

Dierksen pfiff durch die Zähne. »Das ist ja ein Ding.« Er schüttelte den Kopf. »Ich würde Ihnen wirklich gern helfen, Frau

Kapitän, aber ich habe keinen blassen Dunst. Und ich hätte es doch mitbekommen, wenn wir irgendwo einen Schatz gehoben hätten. Außerdem war ich der einzige ausgebildete Taucher an Bord. Er hätte mich zum Heben des Schatzes gebraucht.« Sein Blick wanderte in die Ferne. »Kann ich irgendwie auch gar nicht glauben. Der Kommodore war ein aufrechter, anständiger Kerl. Andererseits …« Er sah kurz zu Kriemhild und wandte den Blick dann rasch wieder ab. »… ich kannte ihn gerade mal ein halbes Jahr. Vielleicht hat sich das ja vor meiner Zeit abgespielt, als er noch jünger und nicht so gefestigt war.«
»Dann wissen Sie auch nicht, wofür der hier ist?« Kriemhild zeigte ihm den Schlüssel.
Dierksen beugte sich vor. »Da wurde ja alles abgefeilt, was hilfreich sein könnte. Nee, keine Ahnung.« Er richtete sich wieder auf. »Von der Form her würde ich auf ein Schließfach tippen. Oder auf eine große Schiffskassette, in der früher die Heuer für die Seeleute aufbewahrt wurde.«
»Hm.« Kriemhild musste sich eingestehen, dass Dirk Dierksen keine Hilfe war. »Schade, wir hatten große Hoffnungen auf Sie gesetzt.«
»Tut mir leid, ich hätte Ihnen und Ihrer Schwester wirklich gern geholfen.« Dierksen sah sich um. »Wo ist eigentlich …?«
Kriemhild zeigte nach oben auf den Faulturm.
Konny hatte sich mit beiden Händen ans Geländer gekrallt und ließ nicht los. Die Mitarbeiter von Dierksen standen um sie herum und schienen ihr gut zuzureden.
Dierksen zog ein Sprechgerät aus seiner Hosentasche. »Was ist denn da oben los?«
»Sie hat einen Panikanfall«, tönte es, stark rauschend, aus dem Gerät.
»Typisch«, sagte Kriemhild und verschränkte die Arme. »Sie

ist zu schwer, als dass man sie huckepack nehmen könnte. Wir werden sie wohl da oben lassen müssen.«
Dierksen lachte, dabei hatte Kriemhild das nicht im Scherz gemeint. Sie war überzeugt davon, dass ihre Schwester früher oder später von allein herunterkraxelte. Spätestens, wenn sie Hunger bekam.
»Wie gut, dass unser Hydraulikarm schwenkbar ist und das Seil bis unten reicht …«

Rumtopf auf der Reeperbahn

»Auf ex!«, rief Konny und kippte den Rum. Es war nicht ihr Erster.

Sie saßen im *Goldsack*, einer Kneipe auf der Hamburger Reeperbahn, die das hatte, was man Atmosphäre nannte. Außer man war Kriemhild, die hätte ein anderes, weniger schmeichelhaftes Wort gewählt, um die Kneipe zu beschreiben. Mit verschränkten Armen und zusammengepressten Lippen saß sie auf der Holzbank in der Ecke.

Konny, die tatsächlich mit dem Hydraulikseil vom Wedeler Faulturm nach unten geschwebt war wie eine Dea ex Machina – nachdem Dierksen und seine drei Männer eine halbe Stunde gebraucht hatten, um ihre Finger vom Geländer zu lösen –, war wieder gut drauf. Ein alkoholinduziertes Wohlgefühl, aber das giltet ja auch.

»Noch ein Bier!«, rief sie dem Bartträger hinter der Theke zu.

Wie sich herausgestellt hatte, war Dirk Dierksen nicht nur Kläranlagentaucher, sondern auch Mitglied einer Gruppe von … äh … Motorradliebhabern. Die meisten von ihnen fuhren ebenfalls eine Harley, waren tätowiert und trugen Leder. Was sie quasi zu Konnys Seelenverwandten machte. Und sie trafen sich seit Anbeginn der Zeit jeden Abend hier in der Kneipe. Die sie sich, seit der *Goldsack* Kultstatus erlangt hatte, mit Touristenhorden teilen mussten und an Donnerstagabenden mit der Gesellschaft der Elvis-Freunde e.V.

Die Jukebox spielte gerade Bob Dylan, weil Dierksen schneller gewesen war als der Elvis-Imitator im feschen Ganzkörperstrampler mit Paillettenbesatz. Da Konny Mitleid mit Elvis

hatte und diesen Imitator besonders süß fand, rief sie: »Und noch ein Bier für meinen Freund hier!«
Zudem fand Konny, dass auch Dierksen im Verlauf des Abends immer besser aussah. Er war der erste Maat des Kommodore gewesen, das war doch so etwas wie der Erste Offizier auf einem großen Kreuzfahrtdampfer, oder? Also war er gewissermaßen der Sascha Hehn vom *Traumschiff*, nur in echt!
Konny sah ihm nach, wie er zur Tür ging und jemanden begrüßte.
»Der Mann ist verheiratet!«, zischte Kriemhild neben ihr.
»Ich will ja nicht essen, nur das Büfett bewundern«, zischte Konny zurück.
Matzau saß am anderen Ende des Tisches, die Strickmütze tief ins Gesicht gezogen, die Fliegerbrille immer noch auf der Nase. Offenbar hatte er in der Vergangenheit ungute Erfahrungen mit Rockern gemacht, die halbe Portionen wie ihn zum Frühstück verspeisten. Er war so verschreckt, dass er nicht mal einen Joint rauchte.
»Können wir jetzt bitte gehen? Dierksen weiß doch eh nichts!«, pampte Kriemhild und guckte ungnädig. Sie musste nicht leise sprechen, der Lärmpegel stieg mit dem Bierkonsum.
»Du bist so eine Spaßbremse. Mach dich doch mal locker!« Konny war nicht gewillt, jetzt nachzugeben. Sie hatte vorhin auf dem Faulturm ihr Leben riskiert. Ein gnädiges Schicksal hatte sie vor dem Höhentod bewahrt, jetzt würde sie verdammt nocheins das Leben genießen und bis in die Puppen feiern.
»Hier ist er. Das ist Finn, unser Schiffsmechaniker. Der Zweitjüngste bei uns an Bord.« Dierksen drückte den Mann, den er an der Tür begrüßt hatte, auf die Bank neben Konny. »Ich habe ihn angerufen. Vielleicht weiß er ja mehr.«
»Moin«, sagte Finn.

Der Zweitjüngste war sichtlich schon lange nicht mehr jung. Im Gegenteil, er sah dermaßen verlebt und wettergegerbt aus, dass Konny ihn für einen Gleichaltrigen gehalten hätte. Wiewohl er vermutlich erst Mitte oder Ende Dreißig war.
Er war gebaut wie ein Schrank und wirkte furchtlos – wie einer, der die Ohrläppchen von russischen Mafiosi anschnipste und sie fragte, ob er ihre Namen auch richtig aussprach. Also Borderline-gemeingefährlich.
»Hallo Finn«, rief sie fröhlich. »Auch ein Bier?«
»Immer.« Er zog seine mehrfach gebrochene Nase hoch. »Also, ihr Mädels wollt was über den Kommodore hören?«
»O bitte, Sie lächerlicher Wicht, was könnte uns ein ehemaliger Schiffsmechaniker erzählen, was wir nicht schon wüssten!« Kriemhild hob herausfordernd das Kinn.
Es konnte kein Zweifel daran bestehen, was sie dachte – dass sie diesem Dreikäsehoch die Ohren langziehen würde, sollte er es wagen, etwas Negatives über den Kommodore zu sagen. Dass dieser Dreikäsehoch vermutlich als Rausschmeißer auf der Reeperbahn arbeitete, aus hundert Kilo reiner Muskelmasse bestand und wahrscheinlich keine Skrupel hatte, eine alte Dame zu schlagen, schüchterte Kriemhild kein bisschen ein. Nicht zum ersten Mal gelangte Konny zu der Erkenntnis, dass ihre Schwester der wohl mutigste Mensch war, den sie kannte. Gleichzeitig natürlich auch der rüdeste. Und der taktloseste.
»Wir sind für jeden Hinweis dankbar«, rief Konny rasch.
»Ich hab auch was zu erzählen, aber das kostet euch was.«
»Pft!«, machte Kriemhild.
»Wir haben kein Geld«, sagte Konny. »Das ist ja das Problem.«
»Ich will auch kein Geld.« Zweimetermann Finn sah sich verstohlen um.

Die Elvis-Freunde hatten sich vor der Jukebox aufgebaut, weil jetzt nur noch ein Dylan-Song kam und sie sich die Pole-Position für die nächste Runde sichern wollten.
Die Motorradfreunde von Dierksen holten eine neue Runde Bier für alle von der Theke.
Die Touristen fotografierten die Einrichtung, die sie – wäre dies eine Kneipe in ihrer Heimatstadt – nie im Leben für fotowürdig erachtet hätten.
Finn beugte sich vor. Sein Atem roch käsig. Er flüsterte: »Ich will Gabi.«
»Bitte was?«, sagte Konny.
»Bitte wen!«, korrigierte Kriemhild.
Finn wackelte mit den Ohren. »Gabi. Die Puppe vom Alten. Sie wissen schon ...«
Konny sah Kriemhild an. Das durfte doch wohl nicht wahr sein.
»Wir hatten mal tierisch Stress mit den Maschinen, und ich dachte, uns fliegt gleich alles um die Ohren, da bin ich in seine Kajüte geplatzt und hab sie gesehen. Seine Silikonpuppe. Lebensgroß, lebensecht, einfach klasse. Mega-Möpse.« Er bildete mit den schrundigen Händen mutierte Wassermelonen nach. »Ich durfte sie nie anfassen. Er hat mir gedroht, dass er mir dann die Hand mit seinem alten Nelson-Degen aus der Schlacht von Waterloo absäbelt. Und der Alte machte nie leere Drohungen, der hat immer Wort gehalten ... also habe ich sie auch nie angefasst. Aber ich träume manchmal von ihr.« Er bekam einen glasigen Blick.
»Das ist widerlich!«, konstatierte Kriemhild. Sie war bleich geworden. Jahrelang hatte sich der Kommodore – mit ihrem Segen – an Bord mit der Silikonpuppe namens Gabi amüsiert. Und nach dem Tod des Kommodore hatte sie es als ihre Pflicht

angesehen, sich um die Silikon-Zweitfrau ihres Mannes zu kümmern. »Kommt gar nicht in Frage!«, brummte sie.

Konny stieß ihr den Ellbogen gegen die Rippen. »Natürlich kommt das in Frage. Ist doch kein Problem, wir lassen Ihnen Gabi zukommen.«

»Nie und nimm ...«, fing Kriemhild an, aber Konny fuhr erneut ihren Ellbogen aus, und weil sie exakt dieselbe Stelle traf – und mit sehr viel mehr Wucht als eigentlich nötig –, tat es höllisch weh.

»Aua!« Kriemhild entschränkte ihre Arme und rieb sich den schmerzenden Brustkorb.

»Ich rufe jetzt sofort unsere Nachbarn an, Sie sollen Gabi zu Ihnen schicken.« Konny war froh, wenn diese Sexgespielin aus synthetischen Polymeren nicht länger in ihrer Pension wohnte. Nicht aus moralischen Gründen. Es war einfach spooky.

Sie wählte die Nummer der Schobers. Nach dem fünften Klingeln nahm jemand ab.

»Wissen Sie, wie spät es ist?«, schimpfte die Bäuerin, nachdem Konny sich zu erkennen gegeben hatte.

Konny sah auf die Uhr über der Jukebox. Es ging auf Mitternacht. Wo war nur die Zeit geblieben? Sie senkte den Blick auf das Bier in ihrer Hand, als läge darin das Geheimnis, warum das Raum-Zeit-Kontinuum auf einmal gekrümmt war.

»Wir müssen morgen früh um fünf raus und die Tiere versorgen! Wehe, es ist keiner gestorben!« Frau Schober pflegte nicht lange drum herumzureden. Insofern glich sie Kriemhild.

»Frau Schober, tut mir leid, es ist keiner gestorben, aber wenn Sie uns nicht helfen, dann sterben vielleicht wir.«

Frau Schober schwieg. Offenbar überlegte sie, ob sie dieses Risiko eingehen wollte und ihre ungestörte Nachtruhe wich-

tiger war als das Leben der beiden Pensionswirtinnen von nebenan.
»Na schön, was brauchen Sie?«
»Die Sexpuppe des Kommodore.« Konny hickste. »Hallo?« Die Leitung war tot.
Kriemhilds Arme verschränkten sich wieder. »Unsere Nachbarin hat bestimmt der Schlag getroffen. Was ist das auch für ein Ansinnen?!«
Konny wählte die Nummer erneut.
»Ich fass die nicht an!«, bellte Frau Schober begrüßungslos. »Sie sind doch besoffen.«
»Stimmt.« Konny hickste neuerlich. »Aber wir verlangen das wirklich aus gutem Grund von Ihnen. Bitten Sie doch Ihren Mann, Gabi zu schicken.«
Kriemhild beugte sich vor und brüllte in die Sprechmuschel: »Aber sagen Sie ihm, wenn er sie anfasst, kriegt er es mit mir zu tun!«
»Wie soll er sie denn einpacken und verschicken, wenn er sie nicht anfassen darf?«, räsonierte Konny. Sie beugte sich von Kriemhild weg, ihr Kopf kam auf Matzaus Schulter zum Liegen. »Herr Schober soll tun, was er tun muss. Hauptsache, Gabi kommt!«
Es wurde zügig vereinbart, dass die Schobers Gabi nach Hamburg schicken sollten. Mittels Expressversand von Tür zu Tür.
»Danke, Frau Schober, wir schulden Ihnen was«, sagte Konny. Eigentlich lallte sie es mehr, weil sich die Wirkung der fünf – oder sechs? oder sieben? – Bier allmählich summierte.
»Darauf können Sie einen lassen«, brummte die Schoberin und legte auf.
»Alsso gut«, sagte Konny, »jetzt rauss mit der Ssprache: Was wisssen Ssie?« Wenn sie lallte, neigte sie zum Lispeln.

Finn, der vor lauter Gabi-Vorfreude ganz selig schaute, beugte sich wieder vor und flüsterte: »Der Kommodore hatte ein besonders inniges Verhältnis zu unserem Smutje!« Er lehnte sich wieder zurück und setzte einen *So-jetzt-wisst-ihr's*-Blick auf.

»Wie jetzt? Der Kommodore war schwul?« Konny staunte.

»Das ist ja wohl das Lächerlichste, was ich jemals gehört habe!«, brüllte Kriemhild, und sie brüllte es so laut, dass es in der Kneipe auf einen Schlag mucksmäuschenstill wurde und sich alle zu ihr umdrehten. Nur Elvis sang weiter sein *You Are Always on my Mind* aus der Jukebox.

Gleich darauf herrschte aber wieder Normalität im Schankraum des *Goldsacks.* Die Touristen, die sich eine filmreife Kneipenschlägerei erhofft hatten, wandten sich enttäuscht ihren Getränken zu, und die Elvis-Freunde, die die Störung des Gesangs des Meisters mit einem Stirnrunzeln quittiert hatten, ließen im Takt die Hüften kreisen. Das heißt, innerlich ließen sie die Hüften kreisen, aber weil sie echte Hamburger Jungs waren, konnte man ihre Euphorie nur an ihren sehr verhalten rhythmisch nickenden Köpfen ablesen, wobei ihre schwarzglänzenden Tollen wippten.

»Mein Mann war nicht schwul! Ich verbitte mir diese Unterstellung«, zischelte Kriemhild.

»Aber sselbst wenn, wäre das voll in Ordnung«, säuselte Konny, die auch angetrunken großen Wert auf politische Korrektheit legte.

Kriemhild und Finn beachteten sie gar nicht weiter. Es ging ja auch nicht ums Schwulsein, sondern darum, wer recht hatte.

»Hab ich doch auch gar nicht behauptet!« Finn schmollte. »Drehen Sie mir doch nicht die Worte im Mund rum. Ich sage nur, dass der Alte und der Smutje ständig zusammengesessen sind. Wenn wer was weiß, dann der Waldemar.«

»Waldemar?«, hauchten Konny und Kriemhild unisono. Sie sahen sich an. Waldemar Stickelhoven war einer der drei Namen auf der Liste des Kommodore.

»Kennen Sie auch einen Ole Hansen?«

»Ja klar.« Sowohl Finn als auch Dierksen nickten.

»Der ist aber tot.« Finn fuhr sich mit der Handkante über den Hals.

»Ermordet?« Konny schnappte nach Luft.

»Nee, Herzkasper.«

Konny und Kriemhild sahen sich erneut an. Wenn der Herzinfarkt des Kommodore nicht echt war, dann war vielleicht auch Ole Hansen ermordet worden.

»Neulich erst.« Finn nickte. »Ole und der Käpt'n waren auch ganz eng. Aber enger war er mit dem Smutje. Jetzt, wo wir drüber reden … ich hab mal gehört, wie er zum Smutje sagte, dass er verdammt in der Bredouille sitzt. Drei ehemalige Kameraden hatten irgendwas gegen ihn in der Hand oder so. An mehr erinnere ich mich aber nicht. Da müssen Sie schon den Smutje fragen.« Er trank – zack! – auf ex. Es schien, als würde er seinen halben Liter Bier in einem Atemzug quasi osmotisch in sich aufsaugen. »Und weil Sie mir die Gabi überlassen, sage ich Ihnen auch, wo Sie den Smutje finden können – in einem Altersheim für Seemänner in Ottensen.« Er stand auf. »Aber wehe, die Gabi kommt nicht!« Die Faust ballend und in die Luft boxend, sah er sie finster an und marschierte dann davon. Seine Bierpause war vorüber. Er musste wieder an die Arbeit und Störenfriede hochkant aus einem der vielen Erotikshops an der Reeperbahn werfen.

»Hurra!«, freute sich Konny. »Wir haben's geschafft.«

»Du bist ja betrunken. Wir sind gerade mal einen halben Schritt weiter. Und du musst jetzt ins Bett.«

»Jetzt schon?«, gurrte Dierksen und hob und senkte die Augenbrauen. »Ich hatte da noch eine Überraschung für dich vorbereitet.« Er war längst per du mit Konny.
»Ach ja?« Konny bekam rote Bäckchen. »Was denn für eine?«
Dirk Dierksen griente.
Kriemhild rollte mit den Augen.

Tag vier

Sehr verehrte Frau Kummerkasten-Konny,
Sie schreiben immer: Es ist nie zu spät. Für gar nichts. Da liegen Sie aber falsch. Ich habe immer schon davon geträumt, Striptease-Tänzerin zu sein. Natürlich war das nie wirklich eine Option – ich stamme aus gutem Hause. Jetzt endlich wäre es mir egal, was andere von mir denken, aber in meinem Alter (Ende fünfzig) ist dieser ganz spezielle Zug natürlich abgefahren, obwohl ich behaupten darf, mich gut gehalten zu haben. Mein Lebenstraum wird unerfüllt bleiben. Das macht mich bitter.
Ihre Marie-Thérèse

Liebe Bittergurke,
warum sollte es denn zu spät sein, Striptease-Tänzerin zu werden? Macht Ihr Rücken beim Pole-Dancing nicht mehr mit? Das ist der einzige Grund, der mir einfällt – und nicht einmal der zählt, weil man als Stripperin nämlich nicht akrobatisch tanzen muss, man muss sich nur ausziehen. Das allerdings gekonnt!
Ich gebe Ihnen recht, sich einfach die Kleider vom Leib zu reißen und gut, das funktioniert irgendwann nicht mehr als Antörner. Aber wer sagt denn, bitte schön, dass Sie nicht Burleske-Tänzerin werden können? Das ist die hohe Kunst des Ausziehens, das Spiel mit der Erotik, die meisterliche Form der Verführung, die weit über bloße Optik hinausgeht. Dafür ist man nie zu alt. Und wenn ich davon ausgehe, wie viele Großmütter nachts um zwei im Fernsehen auf 0800-Nummern ihre Telefonsexkünste anpreisen, gibt es da draußen auch ein Publikum für reife Stripperin-

nen. Sie müssen nicht in übel beleumdeten Kaschemmen tanzen. Es gibt anspruchsvolle Clubs. Oder treten Sie bei privaten Herrenabenden auf. Oder machen Sie nur Ihrem Mann eine Freude. Oder strippen Sie für sich allein. Hauptsache, Sie studieren eine exorbitant erotische Nummer ein.
Kurzum: Tun Sie's einfach, liebe Marie-Thérèse. Die einzig bittere Erkenntnis lautet, dass wir alle sterben werden, und soll Ihr letzter Gedanke tatsächlich der des Bedauerns sein? Oder wollen Sie nicht doch lieber – breit grinsend – abtreten mit einem »Wow, was für eine Show!«. Die Entscheidung liegt ganz bei Ihnen!
Ihre Kummerkasten-Konny

Chuck Norris, der Schnabel des Todes

Warum steht man morgens auf?
Um jemand glücklich zu machen? Um die Welt zu retten? Um nicht ins Bett zu pinkeln? Um nicht ermordet zu werden? Nicht unbedingt in dieser Reihenfolge.
Konny war kein Morgenmensch, schon gar nicht mit Kater, dennoch hievte sie sich aus dem Bett, als der Wecker auf dem Nachttisch gerade mal sieben Uhr anzeigte.
Ihr tat alles weh. Sich mit Kriemhild das Nachtlager zu teilen war, als ob man neben einem betrunkenen Oktopus lag, der nach der Fernbedienung suchte. Gelinde ausgedrückt, Kriemhild war eine unruhige Schläferin.
Und apropos betrunken: Mit dem Kater, den Konny an diesem Morgen hatte, war nicht Amenhotep gemeint. Sie schwor sich, nie wieder Alkohol anzurühren. Ihr Schädel brummte.
Sie kam am Wohnzimmer vorbei. Matzau lag auf der Corbusier-Liege, Amenhotep auf seinem Schoß. Beide schliefen.
Konny schlappte weiter in die Küche. Sie wäre immer schon gern jemand gewesen, der bereits vor dem Frühstück Yoga machte oder eine Runde joggte. Aber sie gehörte zu denen, die nur halb komatös Kaffee machen und dabei atmen konnten. Erst nach zwei, drei Tassen wurde sie langsam Mensch.
Während die kleine Nespresso-Maschine gurgelnd das schwarze Wundermittel ausspuckte, strich sich Konny über den linken Oberarm, der schmerzhaft brannte. Dort klebte ein Pflaster. Konny konnte sich an nichts erinnern. Sie hätte nicht zwischen den Bieren Rum trinken sollen.
Nach der zweiten Tasse Kaffee kehrte bruchstückhaft die Erinnerung zurück. An Dirk Dierksen, der sich bei ihr unter-

hakte und sie aus der Kneipe in ein um die Ecke liegendes Studio führte, wo …

Konny erstarrte. Sie rannte – na ja, schlappte so zügig es ihr Brummschädel erlaubte – ins Badezimmer und riss sich das Pflaster ab.

»OH. MEIN. GOTT.«

Auf ihrem linken Oberarm prangte ein Krake.

Und zwar ein tätowierter Monsterkrake. Kein süßer, kleiner Oktopus in fröhlichen Pastelltönen, der lächelnd mit seinen acht Armen wedelte, sondern ein finster dreinblickender, nachtschwarzer Tiefseekrake.

Konny hyperventilierte.

»Ich habe noch gesagt, lass das, aber du wolltest ja nicht hören.« Kriemhild kam mit ihrer Bürste ins Badezimmer, um die rituellen einhundert Bürstenstriche durchzuführen, die sie ihren langen, eisengrauen Haaren jeden Morgen und jeden Abend angedeihen ließ. Mit gewissenhafter Präzision und viel Kraft.

»Du hättest mich mit roher, körperlicher Gewalt davon abhalten sollen!« Konny war fassungslos.

»Ich fand, du solltest endlich lernen, dass Alkoholkonsum Folgen haben kann.« Kriemhild meinte das nicht hämisch, sie war nicht hinterhältig. Es erschien ihr wirklich als eine adäquate Erziehungsmethode, auch und gerade bei einer über Sechzigjährigen.

»Das kann man weglasern lassen«, meldete sich Matzau zu Wort. Er kratzte sich am Schritt, einen frischen Joint im Mundwinkel, während Amenhotep in seiner Armbeuge lag und leise schnurrte.

Wenn Konny nicht so verkatert und so verkrakt gewesen wäre, hätte sie vielleicht darüber nachgedacht, warum ihr Schmusekater plötzlich eine solche Männerfreundschaft entwickelte.

War es ein Zeichen für den guten Charakter des Kiffers? Oder wurde ihr Amenhotep durch die Hasch-Dämpfe, die Matzau umwaberten, langsam selbst zum Kiffer?

Eigentlich hätte Amenhotep in Einzelhaft gehört. Er hatte nämlich die Corbusier-Liege zerlegt.

Fraglos aus Protest, weil man ihn allein in einer fremden Wohnung zurückgelassen hatte. Oder im Drogenrausch.

Amenhotep traf keine Schuld, wie der Kater selbst fand, er hatte ja eine erste und eine zweite Warnung auf dem Fenstersims von sich gegeben. Erst danach war er aktiv geworden: Alles, was auf ebenen Flächen lag, wurde zu Boden geschubst, alles, was weich war, zerfleddert, und die Raufasertapeten erhielten in allen Zimmern ein postmodernes Kratzmuster.

Man konnte auf der Liege zwar noch liegen, was Matzau in dieser Nacht bewiesen hatte, aber der Lederbezug hing nur noch in Fetzen auf dem Gestell. Wie gut, dass Konny für Amenhotep eine Haftpflichtversicherung abgeschlossen hatte. Aber im Moment hatte sie andere Sorgen.

»Das ist furchtbar!« Konny heulte fast.

»In der Tat.« Kriemhild nickte diese Aussage ab, wie man einen Fakt eben so abnickt. »Was Klaus wohl dazu sagen wird?«

»Klaus?« Konny schaute verständnislos.

»Dein Lover!«

»Oh.« Nach nur drei abenteuerlichen Nächten hatte sie Klaus völlig vergessen. Es war wohl doch nicht die große Liebe gewesen.

Konny ließ die Schultern sinken. Vom Leben gebeutelt und ganz kurz vor einer Sinnkrise.

»Stört es euch, wenn ich mal kurz meinen Morgenurin abstelle?«, fragte Matzau.

Konny und Kriemhild entwichen hektisch in die Küche, wo

Konny die zweite Tasse Kaffee trank und gleich eine neue Kapsel für die dritte einlegte.

»Meinst du, man kann das wirklich entfernen lassen? Bleibt da nicht eine Narbe zurück?«, fragte sie ihre Schwester.

»Woher soll ich das wissen?« Kriemhild bürstete sich ungerührt weiter. Ihre Lippen bewegten sich lautlos beim Bürstenstrichzählen.

Matzau trat in die Küche. »Der Mercedes steht wieder draußen. Beinharte Kerle. Die lassen nicht locker.« Er kratzte sich am Po, und der Joint saß jetzt im anderen Mundwinkel. Nur Amenhotep lag noch unverändert und schnurrend in seiner Armbeuge. Gut, dass Matzau offenbar nicht nachtragend war.

»Wir fahren jetzt nach Ottensen ins Seemännerheim zu diesem Waldemar, dem Smutje«, erklärte Kriemhild, die ihre Haare nun rigoros zu einem festen Zopf flocht. Ihre Gesichtshaut straffte sich. So fest, wie sie an ihren Haaren zog, ging es schon fast als Facelifting durch. »Wenn er meinem Kommodore so nahestand, wie dieser Finn behauptet, dann muss er etwas über den Schatz wissen.«

»Was ist mit meinem Arm?« Konny schaute waidwund.

»Der muss erst abheilen, bevor man ihn lasern kann.« Matzau klang so, als würde er sich auskennen. Dabei war sein Körper, der ja in weiten Teilen ihren Blicken offen dargeboten wurde, völlig tätowierungsfrei. »Ich kann euch beide gern wieder fahren. Hab eh nichts anderes vor.«

»Nein, danke, junger Mann.« Kriemhilds Tonfall duldete keinen Widerspruch. »Wir wollen nicht die Völkerwanderung nachstellen, damit verschrecken wir den alten Mann nur.«

Matzau schob die Unterlippe vor. Man sah ihm deutlich an, wie gern er Teil dieses Abenteuers gewesen wäre. »Na schön, dann nicht.«

Schmollte der Bub jetzt etwa?

»Nur eins noch, Wolli.« Konny klang leidend. »Haben Sie ein Aspirin für mich? Oder zwei?« Sie stöhnte. »Oder drei?«

Nackt, mit schokoladeverschmiertem Mund und laut lachend auf einem Einhorn reiten, bis die Medikamente abgesetzt werden …
(Wie sich Konny den Aufenthalt in einem Altersheim vorstellte)

Die Harley hatte natürlich kein Navi. Darum gurkten Konny und Kriemhild eine Weile durch Ottensen, gerieten dabei versehentlich nach Altona, machten einen malerischen Umweg über Othmarschen und fanden das Altersheim erst im dritten Anlauf in einer Seitengasse in der Nähe des Ottensener Stadtfriedhofs in der Bernadottestraße. Praktisch für ein Altersheim, wegen der kurzen Wege, aber für die Bewohner beim Blick aus dem Fenster vermutlich eher nicht besonders lebenslustfördernd.

»Wir wollen zu Herrn Stickelhoven«, sagte Kriemhild am Empfang. »Waldemar Stickelhoven. Smutje.« Konny hielt sich das Pflaster über ihr frisches Tattoo. Es drohte ständig, abzugehen.

»Waldemar Stickelhoven?« Die Frau im hellgrünen Schwesternkittel wirkte ehrlich überrascht.

»Sagen Sie jetzt bitte nicht, dass er gestorben ist.« Konny schaute flehentlich.

»Aber nein, noch hält er sich wacker, trotz seiner 91 Jahre und seinem schwachen Herzen.« Die Frau lächelte jetzt fast glücklich. »Es ist nur so … er hat noch nie Besuch bekommen.«

»Es war uns erst jetzt möglich«, improvisierte Konny. »Wissen Sie, wir sind die Töchter seiner Cousine zweiten Grades und kommen aus Süddeutschland und …«

»Das hört man.« Die Schwester nickte. Sie war in Eile. Der Arbeitsdruck, der auf einer Altenpflegerin lastete, wog Tonnen. »Mir müssen Sie nichts erklären. Den Waldi finden Sie im Erdgeschoss, am Ende des Ganges. Zimmer acht.«

Das ließen sich Konny und Kriemhild nicht zweimal sagen. Sie schritten durch den langen Gang, der nach Formaldehyd roch. Vor der Tür zu Zimmer acht blieben sie stehen und sammelten sich.

»Hast du den Smutje deines Mannes nie kennengelernt?«, fragte Konny.

»Der Kommodore hielt Arbeit und Privatleben stets strikt getrennt.« Kriemhild ruckelte ein wenig an ihrem rund um den Kopf gesteckten Zopf. Sie wollte sichtlich einen guten Eindruck machen. »Vielleicht war er bei der Trauerfeier dabei. Ich weiß es nicht.«

»Na, wir werden es gleich sehen.« Konny wollte klopfen, aber da hörte man ein seltsam krächzendes Brabbeln aus dem Zimmer.

Konny presste das Ohr an die Tür.

»Schiff ahoi, Schiff ahoi.«

Konny zog eine Grimasse. Hoffentlich war der Alte nicht dement, dann würden sie nicht viel Erfolg haben.

Kriemhild klopfte.

»Wer da?«

»Dürfen wir hereinkommen?«, rief Konny.

Kriemhild schubste sie beiseite und trat einfach ein. Bei anderen achtete sie immer sehr penibel darauf, dass sie taten, was sich gehörte, sie selbst unterwarf sich dagegen keinen gesellschaftlichen Regeln, wenn es für sie gerade nicht opportun schien.

»Herr Stickelhoven?« Sie baute sich mittig im Raum auf.

Das Zimmer war winzig und wirkte durch die Möblierung nachgerade klaustrophobisch: ein altes Massivholzbett aus Eiche mit passendem Nachttisch, ein wuchtiger Schrank, ein riesiger Ohrensessel vor dem Fenster zum Garten. Der Ausblick war das einzig Helle und Schöne im Raum, in dem es muffig roch.

Im Ohrensessel saß ein schrumpeliges Hutzelmännchen, eingehüllt in mehrere karierte Wolldecken. »Wer will was von mir?« Seine brüchige Stimme klang ungnädig. Vielleicht hatte es ja einen Grund, warum ihn seit Jahren niemand mehr besucht hatte.

»Verlauste Piratenbande!«, krächzte es da.

Konny und Kriemhild stutzten. Sie sahen den Smutje empört an.

Erst ein neuerliches Krächzen und ein zweiter Blick offenbarten einen Graupapagei auf einer Stange in der dunklen, gartenfernen Ecke des Zimmers.

»Hach, wie nett«, sagte Konny und ging auf den Papagei zu, der sofort die Flügel spreizte und nach ihr schnappte. »Oder auch nicht …« Sie zuckte zurück.

»Das ist kein Schoßtier, und Sie sind hier nicht im Streichelzoo«, quäkte der Alte. »Was wollen Sie von mir?«

»Ich bin die Frau des Kommodore. Wir möchten mit Ihnen über meinen Mann sprechen.« Kriemhild trat mit ausgestreckter Hand näher.

»Ich will verflucht sein, wenn ich Ihnen die Hand reiche. Der Kommodore hat schon vor Jahren seine letzte Fahrt angetreten!«

»Ja … äh … das wissen wir«, sagte Konny mit dieser besonders

lieblichen Stimme, die Babys und Greisen vorbehalten ist. »Meine Schwester ist seine Witwe.«
Die Knopfaugen des alten Mannes wurden schmal. »Das kann jeder behaupten.«
»Klar zum Entern!«, krächzte der Papagei und flatterte von der Stange.
Konny riss die Arme hoch, weil sie fürchtete, der Vogel wolle sie attackieren. Aber er hüpfte nur von der Stange auf den Boden, marschierte über den Perserteppich zum Ohrensessel und kletterte an der Decke über den dürren Beinen von Waldemar Stickelhoven hoch, bis hinauf zu dessen Schulter, von wo aus er auf die Rückenlehne sprang.
»Verlauste Piratenbande!«, wiederholte er und meinte damit ganz zweifelsfrei Konny und Kriemhild. Aus seinen dunklen Knopfaugen musterte er sie giftig.
Beim Armehochreißen hatte sich Konnys Pflaster gelöst und war zu Boden gesegelt. Sie bückte sich und hob es auf.
Der Alte sah den Kraken. »Beim Klabautermann«, rief er, »Sie sind ja doch eine Braut des Meeres!« Er strahlte.
»Ja, aber die Witwe bin ich!« Kriemhild lag sehr daran, das richtigzustellen.
»Warum hast du das nicht gleich gesagt, min Deern?«, verlangte der Smutje zu wissen. »Setzt euch, setzt euch.«
Es gab keine Stühle, darum nahmen Konny und Kriemhild auf dem Bett Platz.
»Wer seid ihr zwei Hübschen gleich nochmal?«, fragte der Smutje, während der über ihm dräuende Graupapagei sich der Federpflege widmete.
»Ich bin die Witwe des Kommodore«, stellte Kriemhild zum nunmehr dritten Mal klar.
»Wie geht es dem alten Haudegen?« Waldemar Stickelhoven lächelte zahnlos.

Konny sah seufzend zu Kriemhild. Die wiederum hielt nicht viel davon, Rücksicht auf das möglicherweise fragile Seelenheil eines Schiffkochs zu nehmen, der mal senil war und dann wieder klare Momente hatte.

»Er ist tot. Mausetot. Schon seit fünfzehn Jahren«, sagte sie.

Stickelhoven schürzte die Lippen. »So'n Pech aber auch.«

»Ja, richtig. Pech.« Kriemhild starrte ihn an. Aber wer über Jahrzehnte den Schrecken der Meere, Monsterwellen, Skorbut und Tiefseeungeheuern getrotzt hat, der trotzte sogar einem Kriemhild-Blick.

»Du bist 'ne fesche Deern«, erklärte der Smutje. »Da hat unser Kommodore aber mal richtig Glück gehabt.«

Kriemhild nickte. Das fand sie auch.

»Vor ein paar Tagen sind ein paar Männer bei uns aufgetaucht«, warf Konny ein, die auf den Punkt kommen wollte, bevor der Smutje den Kochlöffel abgab. So bleich und fragil, wie er aussah, musste man sekündlich damit rechnen. »Üble Gestalten. Sie haben unser Zuhause demoliert und verlangt, wir sollten ihnen den Schatz aushändigen, den der Kommodore gehoben hat. Wissen Sie etwas darüber?«

Der Smutje lächelte in sich hinein. »Ja, ja, der Schatz. Phänomenal. So was hebt man nur einmal im Leben.« Sein Blick schweifte ins Leere beziehungsweise in die Weiten seiner Erinnerung. »Diamanten. Ein Säckchen. Eigentlich ein Sack. Ein Vermögen! Der Kommodore hat das Wrack entdeckt, und der Kaminski hat die Truhe hochgeholt. Das war noch, bevor er in Myanmar seine Hand verlor und zu Enterhaken-Herbert wurde.« Der Greis kicherte. Sein Graupapagei gab wie aufs Stichwort ebenfalls kichernde Geräusche von sich.

Kriemhilds Schultern sackten nach unten. Sie hatte bis eben

nicht an den Schatz geglaubt, aber wenn der Smutje ihres Mannes das bestätigte, dann …

»Wir müssen wissen, wo dieser Schatz jetzt ist!«, rief Konny.

»Tja, das wüssten wohl viele gern.« Der Smutje schürzte die Lippen. Er sah sie skeptisch an. »Wenn der Kommodore es euch nicht gesagt hat, dann wollte er vielleicht nicht, dass ihr's erfahrt.«

Kriemhild wollte ihm eine gepfefferte Antwort um die greisen Ohren schlagen, aber Konny war schneller. »Er wollte es uns ja sagen, also meiner Schwester, seiner Frau, aber er wurde ermordet.«

Der Smutje schürzte die Lippen. »Ach so?«

»Räudige Landratten«, trompetete der Papagei, der ein erstaunliches Gespür dafür besaß, welcher seiner antrainierten Laute gerade am besten passte.

»Wir sind nicht geldgierig, wir wussten nicht einmal, dass er einen Schatz gefunden hat. Aber dieser Enterhaken-Herbert und seine zwei Kumpane bedrohen uns!« Konny beugte sich vor und legte dem Alten die Hand auf das Knie. »Sie haben die Asche des Kommodore als Geisel genommen. Und mittlerweile bringen sie sich schon gegenseitig um. Einer von ihnen, so ein Schmächtiger, lag tot bei uns im Hotelzimmer. Nackt!«

»Das war bestimmt der Walter Paqué«, freute sich der Smutje. »Ich hab damals zum Kommodore gesagt, heuer die drei nicht an, die taugen nichts, das sind ganz fiese Charaktere. Aber das war die Zeit, als keiner mehr zur See wollte, da musste er nehmen, wen er kriegen konnte. Wunderte mich gar nicht, als ich hörte, dass sie in den Knast mussten. Schlägerei natürlich. Bis auf den Enterhaken-Herbert. Der war ja in Myanmar. Hat dort seine Hand verloren.« Er kicherte und nickte. Der Papagei kicherte und nickte im Takt mit.

»Sie wollen uns umbringen, wenn wir sie nicht zu dem Schatz führen. Sie müssen uns helfen«, bat Konny inständig, beugte sich vor und tätschelte das spitze Knie des alten Mannes unter dem Deckenberg.
»Elendes Pack«, kommentierte der Vogel von der Ohrensessellehne herunter.
Kriemhild holte den Schlüssel hervor. »Haben Sie eine Ahnung, wozu dieser Schlüssel passt? Wir glauben, dass der Kommodore dort den Schatz versteckt hat.«
Smutje Waldemar beäugte den Schlüssel. Es war ein unscheinbarer Schlüssel mit zackigem Schlüsselbart und trapezförmigem Griff. Von Wohnungstür über Bankschließfach bis zu Schatztruhe war alles möglich.
Ob sich der Kommodore ihm anvertraut hatte?
Konny tätschelte sein Knie erneut.
»Meine Pumpe macht's nicht mehr lange«, fing Stickelhoven mit brüchiger Stimme an. »Dieser junge Schnösel hier im Haus, der behauptet, er sei fertiger Arzt, hat mir gesagt, dass es nur noch eine Frage von Wochen ist. Vielleicht Tagen. Meine Knochen, meine Arterien – alles wie aus Papier.«
Konny tätschelte sein Knie abrupt etwas vorsichtiger. Nicht, dass er unter ihren Händen auseinanderbrach.
»Sie könnten mit Ihrem letzten Atemzug eine gute Tat tun und uns weiterhelfen«, sagte Kriemhild.
Konny sah sie kopfschüttelnd an. Aber der Smutje nahm ihre Gefühllosigkeit nicht persönlich. Er hatte längst andere Pläne.
»Ich helfe euch weiter, Mädels, aber dafür müsst ihr Chuck Norris bei euch aufnehmen.«
Konny und Kriemhild sahen ihn an.
»Wen?«, fragte Kriemhild, die keine Ahnung hatte.
»Chuck Norris?«, fragte Konny, die natürlich wusste, wer Chuck

Norris war: die Kampfsport-Schrägstrich-Actionfilm-Legende – ein Haudegen, der bei *Praktiker* zwanzig Prozent bekam, auch auf Tiernahrung, und der bei *Burger King* einen Big Mac bestellen konnte – und ihn bekam. Der Mann, dem man nachsagte, dass er Tabasco als Augentropfen verwendete. Aber warum sollten sie sich um einen alternden Hollywoodhelden kümmern?

»Ja«, sagte Smutje Waldemar und hob den Zeigefinger, was ihn Mühe zu kosten schien, »Chuck Norris.«

Der Groschen fiel. Er meinte den Graupapagei.

»Das geht leider nicht, wir haben einen Kater«, sagte Konny. Chuck Norris und Amenhotep würden sich gegenseitig zerfleischen.

»Chuck wird ihm nichts tun, er kommt mit jedem aus«, versicherte der Smutje.

Konny hatte eher Angst, dass Amenhotep den Papagei so lange rupfen würde, bis der genauso nackt war wie er selbst …

»Wir nehmen das Tier«, mischte sich Kriemhild ein.

»Aber …«, protestierte Konny.

»Es geht hier um unser Leben. Wir finden schon eine Lösung. Im Moment ist nur eines wichtig: diesen vermaledeiten Schatz zu finden und ihn den beiden Schurken zu geben, damit unser Leben endlich wieder in seinen gewohnten Bahnen verlaufen kann.«

»Ihr müsst aber schwören, dass ihr Chuck bei euch behaltet und nicht zu fremden Menschen oder ins Heim gebt! Wir teilen seit fünfzig Jahren unser Leben! Chuck ist wie ein Sohn für mich!« Der Smutje wurde emotional. Sein ganzer Körper zitterte wie Herbstlaub.

Konny bekam es mit der Angst zu tun. Sie hatte – gerade auch in letzter Zeit – schon einige Tote gesehen, aber jemand beim Sterben zuzuschauen, das wollte sie nun wirklich nicht.

»Wir schwören bei allem, was uns heilig ist«, rief sie.
Kriemhild nickte, was bei ihr einem Blutschwur gleichkam.
»Also gut, ich vertraue euch.« Smutje Stickelhoven kam wieder etwas zur Ruhe. »Der Kommodore hat die Diamanten in Buenos Aires zu Geld gemacht. Das Geld sollte zu gleichen Teilen an alle verteilt werden, für die er sich verantwortlich fühlte. Er war ein feiner Mann, ein guter Käpt'n …« Das viele Reden strengte den Alten an. Der Graupapagei legte den Kopf schräg, als ob er besorgt wäre.
»Aber dann wurden diese drei Hallodris gierig – der Herbert, der Walter und der Schenk. Daraufhin hat der Kommodore das Geld vor ihnen versteckt. Er starb, bevor er mir sagen konnte, wo. Und kurz darauf wurden zwei von diesen drei Gierschlünden in eine Schlägerei verwickelt, bei der jemand starb. Sie kamen in den Knast und wurden nicht mehr gesehen. Und der Herbert verlor in Myanmar seine Hand und war eine Weile weg vom Fenster.« Smutje und Papagei kicherten wieder.
»Dann wissen Sie also nicht, wozu dieser Schlüssel passt?«, fragte Kriemhild. Für ihre Verhältnisse schaute sie regelrecht verzweifelt drein.
»Nein, keinen Schimmer«, sagte der Smutje.
Konny und Kriemhild sank der Mut. Der Alte war ihre letzte Hoffnung gewesen.
»Aber ich weiß, wer es wissen kann.« Waldemar Stickelhoven zwinkerte ihnen zu. »Mädels, ich sag euch gleich, das wird euch nicht gefallen …«

Gib Küsschen!

»Eine Geliebte!«

Kriemhild tobte. Sie stand vor dem Seemänneraltersheim und brüllte ganz Ottensen zusammen. Eine junge Mutter mit Kinderwagen wechselte die Straßenseite.

»Der Kommodore hatte eine Geliebte! In echt, keine Silikonpuppe!«, rief Kriemhild dem Himmel über Hamburg zu, der ziemlich bedeckt war und so aussah, als würde er gleich anfangen zu weinen.

Konny machte »pst!« und zupfte ihre Schwester am Ärmel.

»Und nicht nur mal für eine Nacht, nein, eine Dauergeliebte! Unsere Ehe war eine Lüge!«, lamentierte Kriemhild.

Man konnte von Glück sagen, dass der Kugelbauch und der Enterhaken den Handsauger mit dem Kommodore gekidnappt hatten – nicht auszudenken, was Kriemhild mit der Asche sonst in diesem Moment gemacht hätte.

Konny litt natürlich mit ihrer Schwester, aber es wäre ihr schon angenehmer gewesen, Kriemhild würde ihren Schmerz im stillen Kämmerlein herausbrüllen. In einigen Häusern wurden Fenster geöffnet, und besorgte Bürger schauten heraus.

»Eure Ehe war keine Lüge«, erklärte Konny. »Komm, wir kaufen unterwegs eine Flasche Cognac, dann fahren wir zu Matzau, und du trinkst was.«

»Ich will nichts trinken. Ich will Satisfaktion!!!«

Der gerade vorbeiradelnde Postbote geriet vor Schreck ins Taumeln und musste sich an einem BMW festhalten, dessen Alarmanlage losschrillte.

Chuck Norris saß auf der Stange in seinem Käfig und wackelte mit dem Kopf. Konny sah sich veranlasst, nicht nur ihre

Schwester zu trösten, sondern auch den Papagei. Wenn der Vogel seit fünfzig Jahren der Begleiter des Smutje war, dann musste das arme Tier von der plötzlichen Trennung total traumatisiert sein. »Ist ja gut, alles ist gut«, gurrte Konny durch die Gitterstäbe hindurch. Sie fragte sich, wie alt Graupapageien in Gefangenschaft werden konnten.

»Nichts ist gut!«, brüllte Kriemhild. »Dieses Schwein! Wie konnte er mir das antun?« Das hüfthohe Gitter, das den Bürgersteig von einem schmalen Grünstreifen vor dem Seemannsaltersheim trennte, war glücklicherweise aus Eisen; wäre es aus Holz gewesen, würden mittlerweile längst einige Gitterstäbe fehlen, so sehr zerrte Kriemhild daran, um ihrer Wut Herrin zu werden. Was ihr nicht gelang. »Ich hatte nie einen anderen Mann!«, gellte sie.

Aus dem zweiten Stock des Altersheims rief ein vollbärtiger Greis: »Es ist noch nicht zu spät, Süße!«

Kriemhild warf beide Arme in die Luft und stapfte davon. Konny schnappte sich den Käfig und lief hinterher.

»Zur Harley müssen wir in die andere Richtung.«

Kriemhild hörte gar nicht zu. »Und es gab nicht nur eine andere Frau in seinem Leben, er hat ihr sogar von dem Schatz erzählt. *Ihr* sagt er es, mir aber nicht. Mir, seiner Ehefrau!«

Ein Mann mit Kleinkind auf dem Arm wollte aus einem Hauseingang treten, zog sich aber beim Anblick von Furie Kriemhild sofort wieder zurück. Sie kickte eine gelbe Wertstofftonne um.

»Kriemhild …«, wollte Konny sie beruhigen, aber das Einzige, was passierte, war, dass der Graupapagei in das Schimpfen mit einfiel. »Lausiges Pack, elende Piratenbande«, grölte er, spreizte die Flügel, soweit es im Käfig ging, und hob und senkte sein Köpfchen.

Sie bogen rechts um eine Ecke.
»Ich habe ihm alles gegeben, meine Jugend, meine Unschuld, meine Hingabe. Und er? Er?«, zeterte Kriemhild, als sie an einem Straßencafé vorbeikamen.
Es saßen nur wenige Gäste bei einem Café Latte oder einem Ingwertee draußen, aber die sahen alle verschreckt zu der Freakshow, die an ihnen vorbeizog.
Chuck Norris krächzte: »Anker lichten! Klar zum Entern!«
»Ich habe ihn geliebt!«, schrie Kriemhild. »Und er hat meine Liebe mit Füßen getreten!«
Das war jetzt ein gefährlicher Moment. Solange sie noch wütend war, war Hopfen und Malz nicht verloren, aber wenn Kriemhild, dieser emotionale Klotz, dieser Fels von Gibraltar, was Gefühle anging, traurig werden sollte, dann löste sich eine der großen Konstanten dieses Universums auf – und was kam dann?
»Männer sind Schweine«, rief eine Kaffeehaussitzerin.
Konny packte ihre Schwester am Ellbogen und zerrte sie gewaltsam die Straße entlang und wieder nach rechts, was sie nach Adam Riese zu der Straße brachte, wo sie die Harley mitsamt Beiwagen geparkt hatten.
Der Käfig mit dem Papagei schaukelte heftig, aber der Vogel schien das gewohnt zu sein. Schließlich war er ja ein Schiffspapagei. Er brüllte nicht mehr, sondern gab nur noch Quietschlaute von sich.
An der Harley angekommen, stellte Konny den Käfig ab, um die Plane abzunehmen.
Was sie auch tat.
Leider, muss man rückblickend sagen.
Denn unter der Plane kam nicht nur die Harley zum Vorschein, sondern auch der Beiwagen. In dem jemand lag. Ge-

nauer gesagt nicht irgendjemand, sondern der Kugelbauch alias Hans Schenk.
Tot.
Mit einem Einschussloch in der Stirn.
Und natürlich splitterfasernackt …

Der letzte Flug der Kanonenkugel

Es heißt ja, man sei immer nur so alt, wie man sich fühle. Konny fühlte sich gerade wie eine exhumierte Mumie, also ungefähr dreitausendsiebenhundertzwölf Jahre alt.
Sie saß auf einem Poller am Straßenrand, mit Chuck Norris zu ihren Füßen, und sah Kommissar Tröndle auf sich zukommen.
»So schnell treffen wir uns wieder. Die Welt ist doch ein Dorf.« Er wirkte *not amused.* »Wollen Sie mir immer noch erzählen, das sei alles nur ein dummer Zufall und gehöre zu den Dingen, die einem in der Großstadt eben so passieren?«
»Hören Sie, ich kann das erklären …«, fing Konny an und verstummte abrupt, weil sie natürlich keine Erklärung dafür parat hatte, warum binnen vierundzwanzig Stunden die zweite nackte Männerleiche in ihrem unmittelbaren Umfeld auftauchte. Keine, außer der Wahrheit: Enterhaken-Herbert hatte kurzen Prozess gemacht. Womöglich zielte er in diesem Moment mit einem Scharfschützengewehr auf sie.
Konny ließ ihre Blicke über die Anrainerhäuser schweifen. Aus den meisten Fenstern lugten Anwohner. Hatten die alle keine Arbeit? Es war doch ein Werktag.
»Seegurken! Strolche! Hagel und Granaten!«, schimpfte der Papagei im Käfig und meinte damit eindeutig den Kommissar.
»Ich würde mich freuen, wenn Sie mir das erklären könnten«, sagte Tröndle, den Vogel ignorierend. »Die Vorgehensweise war die gleiche wie bei dem Toten in Ihrem Hotelzimmer – Schuss aus nächster Nähe in die Stirn, danach Entkleiden der Leiche. Vermutlich ohne … äh … weitere Handlungen am Toten.«

Tröndle war sich nicht ganz sicher, inwieweit er gegenüber einer süddeutschen Seniorin den Verdacht ausformulieren durfte, dass es sich um ein Sexualdelikt eines Nekrophilen handeln könnte. Warum sonst wurden die Toten entkleidet?
Andererseits hatte er vor kurzem Dinge über die beiden Schwestern erfahren, die ihn glauben ließen, dass sie nicht so dünnhäutig waren, wie er geglaubt hatte. Auch nicht so bieder.
Konny wich seinem Blick standhaft aus.
Tröndle seufzte. »Ich habe mit einer süddeutschen Kollegin gesprochen. Kommissarin Klum. Der Name sagt Ihnen etwas?«
Konny seufzte. »Frau Klum hat vor ein paar Tagen unseren Gärtner geheiratet. Sie haben die beiden doch nicht etwa in den Flitterwochen gestört?«
»Selbst wenn, ich weiß nicht, ob Sie es schon gemerkt haben, aber es geht hier nicht um ordnungswidrige Grafitti – es geht um Mord. Jetzt sogar um Doppelmord. Da wäre Rücksichtnahme auf zwei Turteltauben fehl am Platz.« Er seufzte. »Aber wenn es Sie beruhigt: Nicht ich habe sie angerufen, sondern sie mich.«
Konny sah ihn zweifelnd an. »Aus heiterem Himmel?«
»Offenbar hat eine Nachbarin von Ihnen, eine Frau Schober, sich Sorgen gemacht, weil Sie sie mitten in der Nacht angerufen haben und verlangten …«, er klappte sein Notizbuch auf und sah nach, »… eine Silikonsexpuppe namens Gabi mittels Expresszustellung nach Hamburg zu schicken. Daraufhin hat Frau Schober Kommissarin Klum angerufen, und die Kollegin hat sich wiederum bei mir gemeldet. Ihre genauen Worte lauteten, ich solle auf sie beide Acht geben, sie seien Schnüffelschwestern, die ihre Nase in alles steckten, was sie nichts anging, vorzugsweise in Mord. Möchten Sie sich dazu irgendwie äußern?« Er presste die Lippen zusammen.

Konny und Kriemhild mochten nicht.

Drüben an der Harley mit dem Beiwagen stand das Team der Spurensicherung und kümmerte sich um den Tatort, der mit Stellwänden und Decken vor Gaffern geschützt war.

Konny, die sekündlich mit Regen gerechnet hatte, hatte die Harley unter einem Baum am Straßenrand geparkt, dessen üppiges Blätterdach Schutz vor Regen bot – und jetzt auch vor den neugierigen Blicken der Anwohner aus den höheren Stockwerken. Wobei es so viele Stockwerke gar nicht gab, Ottensen war vergleichsweise kleingebäudig und puppenstubig.

»Es ist unsere Privatsache und geht niemanden etwas an, wenn wir unsere Nachbarin bitten, uns eine … äh … Sexpuppe nachzuschicken«, bockte Konny.

Tröndle schnaubte. »Frau Klum meinte, Sie und Ihre Schwester seien harmlos, aber ich solle Sie schleunigst wieder in den Süden schicken, sonst würden Sie mir nur Scherereien bereiten und sich der Aufklärung des Falles hinderlich in den Weg stellen.«

»Haha.« Konny lachte gekünstelt. »Da hat sich Frau Klum einen Scherz erlaubt. Nichts läge uns ferner, nicht wahr, Kriemhild?«

Es kam keine Antwort. Konny sah sich um. Keine Kriemhild. Die Stelle, an der ihre Schwester eben noch gestanden hatte, war verwaist.

»Das wäre meine nächste Frage gewesen. Wo ist Ihre Schwester?«

Eben war Kriemhild noch da gewesen. Sie hatten die Polizei verständigt, die überraschend schnell vor Ort war. Und auch Kommissar Tröndle schien einen Geschwindigkeitsrekord brechen zu wollen. Die ganze Zeit hatten Konny und Kriemhild

und Chuck Norris hier bei diesem Poller ausgeharrt. Konny und Kriemhild stumm ihren Gedanken nachhängend. Chuck Norris, der alte Brabbelbär, vor sich hin schimpfend.
Aber kaum konzentrierte sich Konny für zwei Sekunden auf den Kommissar, löste sich ihre Schwester in Luft auf?
Etwas Dunkles, Beängstigendes presste Konny plötzlich die Luft ab: Kriemhild hatte gerade erst erfahren, dass der Kommodore sie längere Zeit, vielleicht sogar über Jahre, betrogen hatte. War der tote Kugelbauch der Tropfen gewesen, der das Fass zum Überlaufen brachte? Die Elbe war nicht weit weg … wollte Kriemhild sich womöglich etwas antun?
»O mein Gott!«, rief Konny, sprang auf und krallte sich in das Revers des Kommissars. Mit jeder Sekunde, die verstrich, hielt sie das Unvorstellbare für wahrscheinlicher. »O mein Gott, o mein Gott!«
»Mast- und Schotbruch!«, krächzte Chuck Norris, der keine abrupten Bewegungen mochte. Und kein Geschrei, außer es kam von ihm.
»Was ist jetzt wieder?« Kriemhild – wie immer in vernünftigen Schnürschuhen, die auf dem Pflaster keine Klack-Geräusche verursachten – kam quasi von hinten an ihre Schwester und den Kommissar herangeschlichen. Selbst Chuck Norris war überrascht und verstummte.
Konny wirbelte herum, sah ihre Schwester, schluchzte auf und riss sie in ihre Arme, saugte sich förmlich an ihr fest wie ein Schiffshalter-Fisch an einem Manta-Rochen.
»Ist noch einer gestorben?« Stocksteif ertrug Kriemhild diese ungewohnte Zuneigungsbekundung.
»Wo warst du?«, herrschte Konny sie an, ohne loszulassen. »Ich dachte …« Sie sprach es nicht aus. Bei Licht betrachtet, mit der Schwester im Arm, schienen ihre Ängste so dumm und

surreal wie Alpträume von schemenhaften Monstern bei Tagesanbruch.

Kriemhild sah zu Tröndle und rollte mit den Augen. »Sie müssen schon entschuldigen, das wird wohl langsam alles zu viel für meine kleine Schwester.« Sie schüttelte Konny ab. »Reiß dich doch bitte mal am Riemen.« Das war die Maxime von Kriemhilds Leben. Der Zeitgeist suchte nach Selbstverwirklichung und Glück, Kriemhild nach Contenance. »Ich habe Vogelfutter gekauft. Ständig schaffst du aus einer spontanen Laune heraus ein Tier an, natürlich ohne daran zu denken, was für die Haltung alles nötig ist.«

Konny war so erleichtert, Kriemhild zu sehen, dass sie nicht weiter auf diesen haltlosen Vorwurf einging. Sie hatte Amenhotep erst nach langen Überlegungen und sorgfältiger Züchterwahl »angeschafft«, und das mit Chuck Norris war ja wohl aus der Not heraus geboren. Sie würden schon ein liebevolles Für-immer-Heim für den Vogel finden – denn trotz Blutschwur konnte er selbstredend nicht bei ihnen bleiben.

Vor lauter Erleichterung platzte es nun doch aus ihr heraus: »Ich dachte, du wolltest dir was antun. Wegen …« Vor dem Kommissar wollte sie es nicht laut aussprechen.

Kriemhild schnaubte. »Ich? Mir etwas antun? Sei nicht albern!« Sie zog einen Bund Kolbenhirse aus der Tüte.

»Gummibeinige Süßwassermatrosen!«, kommentierte Chuck Norris. Offenbar kannte er ausschließlich Flüche und keine Dankesbekundungen. Dass er sich auf den Leckerbissen freute, erkannte man nur daran, dass er sich mit einem Bein am Käfiggitter festhielt und mit dem Podex wackelte wie ein Lambada tanzender Mops.

Kriemhild brach eine Hirsestange ab und schob sie durch das Gitter. Chuck Norris packte sie und futterte los, als wäre er kurz vorm Verhungern.

»Also schön, da jetzt, nur noch der Enterhaken übrig ist, sollten wir dem Kommissar alles erzählen, findest du nicht auch?« Konny pustete sich eine Locke aus dem Gesicht.
»Ich bitte darum!« Tröndle spitzte die Ohren.
»Wir haben Ihnen nichts zu sagen!«, erklärte Kriemhild spitz. Sie warf ihrer Schwester einen eklatant ausdrucksvollen und eklatant langen Blick zu, wie es die Schauspieler in den frühen Stummfilmen taten. Inklusive Augenbrauenwackeln. Nur die girlandenverzierte Texttafel am unteren Bildrand fehlte.
»Doch, haben wir«, widersprach Konny.
»Nein, haben wir nicht.« Kriemhild widersprach nicht nur aus Gewohnheit. »Jetzt, wo nur noch einer übrig ist, brauchen wir nichts mehr zu fürchten. Mit einem werden wir fertig. Wir regeln das allein. Erst waschen wir den Namen des Kommodore rein, und dann sorgen wir für Gerechtigkeit.«
»Quark – du willst doch keine Gerechtigkeit, was du willst, ist Rache.«
»Absolut! Auge um Auge, Zahn um Zahn.«
»Dann ist am Ende nur noch ein Haufen blinder, zahnloser Typen übrig. Das macht es auch nicht besser.« Konny streckte ihr die Zunge heraus.
Mit einer Zwillingsschwester an der Seite wurde man ja nie ganz erwachsen. Sie führten ihre Streitigkeiten immer noch wie eh und je durch: Beide beharrten stur auf ihrem jeweiligen Standpunkt – Konny nach der »Leck mich doch«-Methode, bei der sie – wie eben gerade – die Zunge herauszustrecken pflegte, Kriemhild nach der Methode »Mauerbau«, an der jedes Argument abprallte wie ein Gummiball.
»Sie wissen schon, dass ich neben Ihnen stehe und alles höre?«, sagte Tröndle. »Ich kann Ihnen versichern, nach diesem Verbalaustausch werde ich keine Ruhe geben, bis Sie mir alles

erzählt haben. Und wenn ich Sie dafür mit aufs Revier nehmen muss.«
Konny drehte Kriemhild den Rücken zu und brachte den Kommissar auf den neuesten Stand der Dinge. In lichtgeschwindigkeitsschnellem Stakkato, damit Kriemhild nicht unterbrechen konnte.
»Der Mann meiner Schwester, der Kommodore, steht im Verdacht, auf einer seiner Fahrten einen Schatz vom Grund des Meeres gehoben zu haben, genauer gesagt einen Beutel mit Diamanten. Anstatt das den offiziellen Stellen zu melden, hat er offenbar ...« Konny sah zu Kriemhild, ob die ihr womöglich die restliche Kolbenhirse über den Kopf schlug. »... die Diamanten zu Geld gemacht und dieses Geld irgendwo gebunkert. Drei seiner ehemaligen Seeleute sind vor ein paar Tagen bei uns aufgetaucht, haben unser Zuhause zerlegt und gedroht, uns umzubringen, wenn wir ihnen das Geld nicht aushändigen.«
»Einen Schatz vom Grund des Meeres?«, wiederholte Tröndle, der es bei seinen Morden normalerweise mit häuslicher Gewalt oder Affekthandlungen im Suff oder Drogenrausch zu tun hatte, nicht mit Piraterie.
»Wir wussten aber gar nichts von den Diamanten«, erzählte Konny weiter. »Also haben wir uns auf den Weg nach Hamburg gemacht, um herauszufinden, wo der Kommodore das Geld vor seinem Tod versteckt haben könnte. Diese drei Kriminellen waren uns immer dicht auf den Fersen. Aber zwei von ihnen sind jetzt tot. Also ist es nur logisch, dass der letzte Überlebende der Täter ist. Er wollte das Geld nicht mit seinen Kumpanen teilen.« Konny sah dem Leichenwagen nach, in dem Hans Schenk gerade abtransportiert wurde.
Tröndle pfiff durch die Zähne. Er wusste noch nicht, ob er

diese Geschichte glauben sollte, aber sich gegenseitig meuchelnde Piraten waren auf jeden Fall eine nette Abwechslung zum Einerlei seiner sonstigen Morde.

Konny holte tief Luft für den letzten Akt ihrer Erzählung. »Der Mann, der jetzt noch übrig ist, heißt Hans-Herbert Kaminski. Groß, gebrochene Nase. Ein furchtbarer Kerl. Man erkennt ihn daran, dass er statt einer rechten Hand einen Eisenhaken hat. Nehmen Sie ihn schnellstmöglich fest, dann hat dieser ganze Spuk endlich ein Ende.«

Konny grauste es. Sie schüttelte sich.

Kriemhild schüttelte auch, aber nur den Kopf. »Weit kann er nicht sein. Um die Ecke vor der Drogerie steht sein Mercedes.«

Konny, die mit einer blühenden Phantasie gesegnet war, suchte hinter Tröndle Schutz. »Herrje, womöglich zielt er gerade mit einem Scharfschützengewehr auf uns!«

Tröndle und Kriemhild tauschten einen Blick.

»Können Sie mir den Wagen zeigen?«, bat Tröndle.

Kriemhild nahm den Käfig und marschierte los, dicht gefolgt von Tröndle und Konny, die immer leicht geduckt lief.

»Da!«, sagte Kriemhild, als sie um die Ecke bog. Sie zeigte auf den beigen Benz.

»Ah, sehr schnittig.« Tröndle strahlte auf. Offenbar war er Autoliebhaber. »Ein astreiner 250 SE Coupé. Dezente Sportlichkeit gemischt mit zeitloser Eleganz«, schwärmte er.

»Ich kenne solche Autos nur aus dem Fernsehen. Dort haben sie Standarten mit Wimpeln, und hinten sitzt ein afrikanischer Potentat.« Konny lugte über Tröndles Schulter.

Der Mercedes war leer. Enterhaken-Herbert wusste, wie leicht man ihn anhand dieses auffälligen Fahrzeugs identifizieren konnte, und hatte es zurückgelassen.

»Peters!«, rief Tröndle. »Bei Fuß!« Er rief es nicht wahllos in die Luft, sondern in sein Handy.

Ein blasses Hemd von Mann kam angelaufen. »Chef?«

»Nach Aussage einer Zeugin könnte der Täter noch vor Ort sein. Schnappen Sie sich ein paar Kollegen und suchen Sie nach einem großen Mann mit Eisenklaue als Hand. Und lassen Sie dieses Fahrzeug hier überprüfen. Das ist sein Auto.«

Peters wuselte los.

Tröndle winkte einem Streifenwagen. »Die Kollegen von der Schutzpolizei bringen Sie zu Ihrer Unterkunft«, sagte er. »Die Sie bitte nicht verlassen, bis Sie von mir Entwarnung bekommen haben. Sie müssen sich keine Sorgen machen.« Unbeholfen tätschelte er die Schulter von Konny, die immer noch leicht geduckt hinter ihm Schutz suchte, mit nach vorn gekrümmtem Oberkörper. So würde sie vermutlich aussehen, wenn die Alters-Osteoporose ihr den Kalk aus den Knochen zog.

»Wann bekomme ich denn meine Harley zurück?«, fragte Konny aus der tiefer gelegten Position. Am liebsten hätte sie hinzugefügt, dass er den Beiwagen ruhig behalten dürfe. So viel Desinfektionsmittel gab es nicht auf diesem Planeten, als dass sie den Beiwagen jemals wieder anfassen würde.

»Sobald die Spurensicherung fertig ist. Das kann etwas dauern. Aber Sie sollten die Stadt ohnehin vorerst nicht verlassen.« Er grinste. Es war allerdings ein eher zähnefletschendes Grinsen.

Konny stieg rasch in den Streifenwagen.

Kriemhild schob in aller Seelenruhe Chuck Norris in seinem Käfig auf den Rücksitz und setzte sich daneben – mit so einem Ächzton, wie man ihn ab einem bestimmten Alter immer von sich gab, wenn man sich nach längerem Stehen endlich setzen konnte.

Konny rutschte etwas tiefer in den Sitz und linste hinaus. »Ob er jetzt die Nerven verliert? Vielleicht ist ihm mittlerweile alles egal und er will uns nur noch umbringen?«
»Wenn hier wer die Nerven verliert, dann du.«
»Ich fühle mich unsicher. Im Gegensatz zu dir liegt mir noch was an diesem Leben.«
»Du hast doch nur schon wieder einen Östrogenschub.« Kriemhild schaute missbilligend. »Kaum hat der eine bindungsscheue Betthase die Fliege gemacht, bereitest du dein Lager für den Nächsten vor. Wie so eine dauerfeuchte Venusfliegenfalle.«
»Wovon redest du bitte?« Konny wusste wirklich nicht, worauf ihre Schwester hinauswollte.
»Ich rede von dem viel zu jungen Galan, der dir hoffnungslos verfallen ist, weil du nicht rechtzeitig die Notbremse gezogen und ihn in seine Schranken gewiesen hast.«
Konny, die immer noch nicht wusste, von wem die Rede war, wollte sich entrüsten, schon aus Prinzip, aber Kriemhild redete bereits weiter. »Du musst dir keine Sorgen machen. Die Fliege ist schon auf dem Weg. Öffne deine Fangblätter und sondere Verdauungssekrete ab.«
»Von WEM sprichst du?«, rief Konny.
»Von Matzau. Auf dem Rückweg von Budni habe ich seine Nudel gesehen.«
Die Polizisten am Steuer und auf dem Beifahrersitz warfen sich einen Blick zu.
»Stinkende Nixenfürze!«, kommentierte Chuck Norris, bärbeißig, wie die Teerjacken, die ihm das Sprechen beigebracht hatten, damit seine Flüche Flauten anfachten und Taifune zum beleidigten Aufgeben brachten. Er sollte das Meer anschreien, das Schicksal oder doch wenigstens einen Schiffsjungen.
So aber kreischte er nur zwei in die Jahre gekommene Schwes-

tern sowie die Polizeiobermeister Karsunke und Biedenkopf an, und zwar den kompletten Weg bis zur Wohnung von Walter Matzau, der sich hinzog, weil sie mit unzähligen anderen in eine Unfallsperrung und eine Baustellenumleitung kamen, bis sich Biedenkopf irgendwann total genervt umdrehte und raunzte: »Wenn der Vogel nicht augenblicklich den Schnabel hält, knall ich ihn ab!«

Warum es so wichtig ist, bei Enterhaken in rostfreien Stahl zu investieren …

»Wer allein trinkt, ist auf dem besten Weg, zum Alkoholiker zu werden«, verkündete Matzau, als er die Blicke der Schwestern auf sich spürte. »Aber …« Er grinste. »… man trinkt nicht allein, wenn man seinem Schoßtier auch etwas Bier in den Napf gibt.«
»Sie haben Amenhotep Bier eingeflößt?« Konny fasste sich bestürzt an die Brust.
»Aber nein!« Matzau klang empört. »Ich habe zu keinem Zeitpunkt nie nicht Hand an den Kater gelegt. Er hat von ganz allein getrunken …«
Kriemhild stellte den Käfig mit Chuck Norris auf den Nierentisch neben der Corbusier-Liege. »Ich weiß, du wartest immer noch auf deinen Prinzen in schimmernder Rüstung, liebes Schwesterherz. Aber vielleicht hat das Schicksal ja diesen Idioten für dich vorgesehen – wickele ihn einfach in Alufolie, dann schimmert er auch.«
Karsunke und Biedenkopf hatten die Schwestern und ihren Schreihals vor Matzaus Haus abgesetzt und ihnen nochmals nachdrücklich nahegelegt, das Haus nicht zu verlassen.
Auf dem Weg in den ersten Stock hatten sich Konny und Kriemhild mental darauf eingestellt, was alles passieren könnte, wenn Chuck Norris, der Schnabel des Verderbens, auf Amenhotep, die Kralle des Todes, traf.
Jetzt aber lag der Nacktkater sichtlich angesäuselt auf Matzaus Bauch. Sein edles Gesicht zierte ein dümmlicher Ausdruck. In diesem Zustand ging keine Gefahr von ihm aus.
»Lasst den Kraken frei!«, kreischte der Graupapagei und zerrte an der Käfigtür.

»He, der kann reden!« Matzau strahlte. »Meint der dein Tattoo?« Er richtete sich auf und sah zu Konny.
Amenhotep glitt in Zeitlupe auf den Parkettboden. Dass er dabei nicht protestierte, sprach Bände.
Konny eilte zu ihrem Liebling und nahm ihn in die Arme. »Was hat Wolli mit dir gemacht, mein armes Hascherl?«, gurrte sie.
Amenhotep schaute glasig zu Chuck Norris.
»Lasst den Kraken frei!«, brüllte der.
»Vielleicht ist es eine gute Idee, die beiden miteinander bekannt zu machen, solange dein Kater besoffen ist«, sagte Kriemhild.
»Nein!«, rief Konny, aber da hatte Kriemhild bereits die Käfigtür entriegelt, und Chuck Norris kletterte heraus.
Konny trat einen Schritt zurück. Wäre Amenhotep nüchtern, könnte er sich verteidigen, aber so? Der Vogel würde mit seinem Schnabel womöglich riesige Fleischbrocken aus dem haarlosen Bäuchlein ihres Lieblings reißen. Wenn einer schon Chuck hieß – bestimmt war er gar nicht nach Chuck Norris benannt, sondern nach Chucky, der Horrorpuppe …
Zurücktreten nützte natürlich nichts bei einem Widersacher, der fliegen konnte. Wobei der Papagei gar nicht fliegen musste, ein Hopser genügte und schon saß er auf Konnys Schulter.
Der Moment der Wahrheit war gekommen!
Amenhotep streckte seine Pfote nach oben und …
… Chuck Norris knabberte daran.
Liebevoll. Quasi eine Pediküre mit Schnabel. Von Herzen. Kaum zu glauben, dass so ein Schnabel zu so etwas Zärtlichem fähig war. Amenhotep fing an zu schnurren.
»Liebe auf den ersten Blick«, konstatierte Matzau.
Konnys Augen wurden feucht. Sie war zutiefst gerührt. Schniefend sah sie zu ihrer Schwester.

»Großer Gott, wirst du schon wieder emotional? Dein Leben ist die reinste Achterbahn. Frag lieber deinen minderjährigen Lover, warum er nicht auf den Kater aufgepasst hat?«
Matzaus Wohnung glich mittlerweile der Pension nach dem Besuch der drei Schurken: überall Kratzspuren – an den Wänden, dem Nierentisch, den Türen –, und alles, was Krallen aufreißen konnten, war aufgerissen worden: die wenigen Kissen, die Lampenschirme, die Vorhänge. Amenhotep hatte ganze Arbeit geleistet. »Das haben Sie sich ganz allein zuzuschreiben. Wir machen da keinen Versicherungsfall draus!«
Matzau sah sich gelangweilt um. »Ihr Mädels seid mir wichtiger als so ein paar olle Möbel. Tische kann man ersetzen, Menschen nicht.«
»Och«, machte Konny, noch gerührter. Wenn sie nicht gesichert schon längst jenseits der Wechseljahre wäre, hätte Kriemhild auf PMS getippt.
»Sie geben also zu, dass Sie uns gefolgt sind?«
Matzau kicherte. »Was ist das jetzt, ein Verhör? Wollt ihr eine Lampe auf mich richten? Klar bin ich euch gefolgt! Ich konnte euch doch nicht allein diesen Gewaltmenschen überlassen.«
»Dann wissen Sie also, dass wieder einer von ihnen umgebracht wurde?«
Matzau klappte der Unterkiefer auf. »Äh … was?«
»Haben Sie gar nichts mitgekriegt?«
»Äh … nee … ich habe euch in Ottensen in dieses Altersheim gehen sehen und dann wollte ich parken, aber Pustekuchen, weit und breit kein Parkplatz. Also bin ich wie so 'ne ISS gekreiselt, bis ich eine Ewigkeit später vorm Budni einen Platz bekommen habe, aber als ich dann um die Ecke ging, war schon die Polizei da, und die Bullen und ich, das harmoniert nicht so …« Er drehte sich beim Reden einen Joint.

»Wir sollen Ihnen glauben, dass Sie zwei Stunden lang auf der Suche nach einem Parkplatz durch die Gegend gekreuzt sind?« Kriemhild verschränkte die Arme.

»Nee, klar nicht. Ich hab unterwegs einen … Kumpel gesehen. Der hat immer das beste Gras.« Er hob den Joint hoch. »Wir haben was geraucht, und als ich dann zurückkam und ausgestiegen bin, war die Bullenparty schon in vollem Gange.«

»Und da haben Sie sich als lebende Marihuanawolke natürlich verdrückt.« Kriemhild schüttelte den Kopf.

»Natürlich.« Matzau zuckte lächelnd mit den Schultern. Er trat neben Konny und kraulte den Papagei im Nacken. Chuck Norris ließ es mit sich geschehen.

»Sie können gut mit Tieren«, sagte Konny mit warmem Timbre.

»Tiere sind ja irgendwie auch nur Menschen.« Matzau sah Konny treuherzig an.

»Ich muss gleich kotzen«, sagte Kriemhild. »Wo ist hier die nächste Buchhandlung? Ich möchte ein Fachbuch zur Haltung und Pflege von Graupapageien erwerben.«

»Ein Buch? Das kannst du doch googeln.« Matzau staunte. In seiner Welt existierten Buchhandlungen offenbar nicht.

»Ich will keinen Wikipedia-Eintrag, der von einem bekifften Nerd mit Halbwissen zusammengepfriemelt wurde, sondern ein fachlich fundiertes Standardwerk von jemand, der sich mit Graupapageien nachweislich auskennt.«

»Dann willst du den Vogel behalten?« Konny freute sich. Jetzt, wo klar war, dass Chuck und Amenhotep miteinander konnten, erschien ihr die Vorstellung eines gefiederten Familienzuwachses sehr beglückend.

»Dieser Vogel hat den Kommodore gekannt«, sagte Kriemhild, als würde das alles erklären.

Mit Blick auf das Display seines Smartphones sagte Matzau: »Da ist gleich um die Ecke eine Bücherstube.« Es klang verblüfft.
»Also gut, ich brauche nicht lange«, erklärte Kriemhild. »Ihr könntet ein wenig aufräumen, bis ich wiederkomme.«
Es gab nicht viel auf dieser Welt, womit man Konny gründlich abtörnen konnte – Hausarbeit und Aufräumen gehörten definitiv dazu. »Lass mich lieber gehen«, schlug sie daher vor. »Du weißt doch, dass ich zwei linke Hände habe. Wenn ich hier aufräume, sieht es hinterher vermutlich schlimmer aus als vorher.«
Sie drückte Kriemhild den Kater in die Arme, der mittlerweile eingeschlafen war und schnarchte. Chuck Norris wechselte von einer Frauenschulter zur nächsten. Er wollte in der Nähe seines neuen besten Freundes bleiben. Irgendwie rührend.
»Ich komm mit und beschütze dich«, bot Matzau an.
»Nein, Sie beschützen meine Schwester und unsere Menagerie«, befahl Konny.
Sie lief los, bevor er protestieren konnte.
In ihrer Eile und weil sie nur einen verhuschten Blick auf Matzaus Display geworfen hatte, lief sie in die falsche Richtung, was aber egal war, denn keine zwei Minuten später packte sie eine Hand am Oberarm und zerrte sie von der relativ belebten Sierichstraße in eine verwaist scheinende Nebenstraße. Vorgärten, Villen, viele Bäume – hier wohnten die Reichen und Schönen. Hier bekam keiner mit, was möglicherweise gleich mit ihr geschehen würde.
Denn die Hand, die Konny gepackt hielt, gehörte Enterhaken-Herbert!
Er sah nicht glücklich aus. Unter dem rechten Arm mit der Eisenklaue klemmte der Handstaubsauger. Der Trenchcoat, den er bisher immer getragen hatte, wenn Konny ihn sah, wies

Flecken auf und roch käsig. Letzteres bekam Konny in voller Dröhnung mit, weil die Hamburger Brise in ihre Richtung blies.

Der Blick des Mannes wirkte gehetzt.

Wenn in diesem Moment einer Angst haben müsste, dann doch eigentlich Konny. Aber die Rollen schienen sich verkehrt zu haben.

»Sie ... Sie ...«, fing Enterhaken-Herbert an. »*Sie* haben meine Freunde ermordet!«

»Was?« Konny meinte, sich verhört zu haben.

»Es hat lange gedauert, aber jetzt hab ich's kapiert – ihr macht auf alt und gebrechlich, aber in Wirklichkeit habt ihr es faustdick hinter den Ohren. Ihr wusstet die ganze Zeit von der Knete, aber anstatt uns was vom Kuchen abzugeben, habt ihr lieber einen nach dem anderen ermordet. Aber mich kriegt ihr nicht, hört ihr, mich nicht!«

Etwas weiter vorn parkte ein Mini Cooper ein, darum zog er Konny in Richtung Außenalster mit sich.

»Alt und gebrechlich?!«, wiederholte Konny empört, was eigentlich nicht wirklich der entscheidende Punkt seiner Aussage gewesen war. »Lächerlich! Sie wollen doch nur von sich ablenken! Sie haben Ihre Freunde umgebracht, weil Sie nicht mit ihnen teilen wollten. So sieht's aus!«

Er wirkte beleidigt. »Typisch! Frauen schieben immer alles den Männern in die Schuhe. Aber das hier nicht. Ich bin keiner, der seine Freunde killt. Das waren Sie!« Er schob sie in Richtung der Brücke, die über den Kanal führte. Wollte er sie ins Wasser stürzen?

»Meine Schwester und ich haben niemand ermordet!«

»Klar doch! Wir sind euch bis zum Altersheim gefolgt. Ich bin nur mal kurz austreten gegangen. Der Schenk pinkelt ja immer

öffentlich an irgendwelche Bäume, aber ich bin kein Tier, also bin ich in ein Café gegangen, und als ich wiederkam, lag er in deinem bescheuerten Beiwagen! Aber mich kriegt ihr nicht, ihr mörderischen Kanaillen!«
Konny stutzte. Seine Empörung schien echt. Und obwohl sie immer noch glaubte, dass er seine Kumpel gekillt hatte, um nicht teilen zu müssen, stellte sie sich jetzt doch die Frage, warum er sie auch noch nackt ausgezogen hatte?
»Jetzt ist Schluss mit lustig«, drohte Enterhaken-Herbert. »Ich will die Kohle. Und zwar die ganze Kohle!«
Sie standen mittlerweile an einem absolut idyllischen Fleckchen Erde, an einem Kanal, der zur Außenalster führte, unter einem Baum, den Konny mangels Grundkenntnissen in Flora und Fauna nicht zuordnen konnte, der aber ein höchst ansehnliches Blätterwerk besaß, gegenüber einer Reihe von beeindruckenden, gut gepflegten Villen. Wenn sie reich wäre, würde sie hier wohnen wollen.
So stand sie nur hilflos mit einem zu allem bereiten Invaliden in der Gegend herum. Sie sah sich nach Hilfe um. Weiter oben am Kanal war ein Gärtner mit Gartenarbeiten beschäftigt. Selbst wenn er ihre Hilfeschreie hören könnte, würde er ihr nicht helfen können. Ein Taxi kam vorbeigefahren, aber es bog schon weiter vorn auf die Brücke, bevor Konny reagieren konnte.
Nein, wenn sie das hier überleben wollte, musste sie selbst aktiv werden.
»Mich kriegt ihr beiden tattrigen Todesengel nicht, verstanden?«, geiferte Enterhaken-Herbert. »Mal sehen, wie Ihre Schwester reagiert, wenn man Ihre Leiche aus der Alster zieht. Ich wette, dann zeigt sie sich kooperativer!« Er fletschte die Zähne und sah sich kurz um.

Sie waren immer noch allein auf dem Kanalweg. Der Gärtner wandte ihnen den Rücken zu.
Konnys Überlebensinstinkt setzte ein. Jetzt hieß es, Enterhaken-Herbert oder sie.
Ihr Leben lang hatte sie immer Rücksicht auf Behinderte genommen, jetzt aber verbannte sie den Begriff *Fair Play* aus ihrem Hirn. Mit seiner guten Hand hatte er sie immer noch gepackt, unter dem Arm mit dem Enterhaken klemmte der Handsauger. Konny dagegen hatte beide Hände frei.
Sie packte den Handsauger, zog ihn schwungvoll aus der Achselhöhle von Hans-Herbert Kaminski und nutzte den Schwung, um gewissermaßen Anlauf zu nehmen und ihm den Handsauger gleich darauf wuchtig gegen die Schläge zu donnern.
Er kippte um wie eine gefällte Eiche. Die kleine Balustrade, die den Weg säumte, bot dem stürzenden Männerkörper keinen Halt, darum segelte er einfach darüber hinweg und rutschte den sanften Grashang hinunter, bis er – kurz vor dem Wasser – liegen blieb. Nur sein rechter Arm mit der Eisenklaue wurde nass. Es war zu hoffen, dass er in eine Klaue aus rostfreiem Edelstahl investiert hatte.
Konny blieb noch eine Weile an der Balustrade stehen und starrte nach unten. Weniger auf Enterhaken-Herbert, mehr auf den Kommodore. Der Handstaubsauger war zwar formschön und besaß eine enorme Saugkraft, aber roher Gewalt hatte er nichts entgegenzusetzen. Folglich war er in der Mitte auseinandergebrochen. Sie hielt nur noch den Griff in der Hand, der vordere Teil mit der Asche war in hohem Bogen Enterhaken-Herbert hinterhergeflogen.
Der Kommodore lag wild verstreut auf dem Bewusstlosen und im Gras. Aber nicht für lange.
Die frische Brise blies ihn – Aschekörnchen um Aschekörn-

chen – ins Wasser und somit in Richtung Außenalster. Bis gleich darauf nur noch ein grauer Film auf Mann und Gras davon zeugte, dass hier einst ein stolzer Seefahrer und Pirat gelegen hatte …

Ein liebend Männerherz hat Platz für tausend Frauen

»Was glaubt ihr Süßen, was das hier ist? Eine Fetisch-Oase für Nekrophile? Die arbeitet schon seit Ewigkeiten nicht mehr hier! Bei uns gibt's nur Frischfleisch.«
Der Türsteher im *Club Amore*, ein ganzkörperrasierter Riese mit Gesicht-Tattoo, hieß Horst Hübner und übte seinen Beruf schon in dritter Generation aus, nicht wirklich aus Neigung, sondern weil sein grobes Gesicht, wie mit einer Laubsäge aus einem Stück Fleischwurst herausgesägt, ihn förmlich dazu prädestinierte.
Was Konny und Kriemhild natürlich nicht wussten.
Kriemhild wusste im Übrigen auch nichts vom Schicksal des Kommodore. Konny würde ihr das niemals – NIEMALS – erzählen. Sie hatte hastig nach einer Lösung gesucht und sie auch gefunden. Zudem hatte sie in der Bücherstube das broschierte *Handbuch für die Heimhaltung von Sittichen und Papageien* erstanden. Und als sie wieder in Matzaus Wohnung eintraf, hatte sie darauf gedrängt, sofort die Geliebte des Kommodore aufzusuchen, damit diese ganze Sache endlich, endlich ein Ende fand.
Deswegen befanden sie sich nun zum zweiten Mal binnen vierundzwanzig Stunden auf der sündigsten Meile Deutschlands, will heißen: auf der Reeperbahn.
»Da geht sie hin, unsere letzte Hoffnung, den Kommodore reinzuwaschen.« Kriemhild griff sich an den Minimalbusen (Körbchengröße A) und atmete abgehackt.
»He, Oma, du kriegst mir doch jetzt hier keinen Herzanfall, oder?« Fleischwurst-Horst stützte sie besorgt.

»Wir müssen wirklich dringend mit Frau Lehmann sprechen«, wiederholte Konny ihren Eingangssatz. »Meinen Sie denn, dass noch irgendjemand im Club Kontakt zu ihr hat und uns sagen kann, wo wir sie finden? Überlegen Sie doch bitte … vielleicht … der Barkeeper? Oder die Putzfrau? Eine junge Kollegin, die sie unter ihre Fittiche genommen hat? Die Klofrau?« Konny sah ihn flehentlich an.
»Ist ja gut, ich hab doch nur gesagt, dass sie hier nicht mehr tanzt. Aber sie hängt hier so gut wie jeden Abend ab. Ist eine echt treue Seele, unser Lehmännchen.« Horst, diese Karikatur von einem Türsteher, tätschelte Kriemhild den Rücken. »Geht's wieder? Kommt rein in die gute Stube, es gibt ein Getränk aufs Haus! Und vielleicht habt ihr ja Glück und das Lehmännchen schaut heute vorbei. Falls ja, dann schick ich sie zu euch an die Bar, okay?«
Konny presste sich gerührt die Hand an den Busen (Körbchengröße D): »Das ist sehr, sehr nett von Ihnen, vielen Dank!« Sie drückte Horst im Überschwang der Emotionen einen Kuss auf die Fleischwurstwange. Er grinste glücklich und sah jetzt fast menschlich aus.
Den *Club Amore* hatten sich die Schwestern anders vorgestellt. Ja gut, es gab einen dunkelroten Filzvorhang am Eingang, aber man trat nicht in eine miefige Kneipe mit einer Bühne, deren Holzdielen abgenutzt waren und auf der eine verlebt aussehende Mitvierzigerin ungelenk, dafür halbnackt mit den Hüften wackelte – mit Kunstblüten auf den Brustwarzen und Glitter am ganzen Körper. Eine vom Leben gebeutelte Frau, die sich nebenher prostituierte, aber ein Herz aus Gold besaß. Im Publikum hässliche alte Männer, ungewaschen und schmierig.
Falsch. Sie traten in einen großen, modern eingerichteten Raum mit Laser-Lichtshow und diversen Podesten, auf denen junge

Frauen in unterschiedlichsten Bekleidungszuständen wilde Verrenkungen zu einer Art von Musik durchführten, die Konny und Kriemhild in den Ohren schmerzte. Das Publikum bestand durchgehend aus Touristen, was man am typischen Einheitslook aus Jeans und atmungsaktiven Jack-Wolfskin-Jacken sowie an den Fotoapparaten erkannte. Es gab auch eine Bühne, aber offenbar war gerade Vorführungspause.

Konny und Kriemhild setzten sich auf die Lederhocker an der Bar. Der Barkeeper brachte ihnen unaufgefordert zwei bauchige Cocktailgläser mit orangefarbenem Inhalt. Und zwei Schirmchen, die in Orangenscheiben steckten. »Mit Empfehlung von Hotte an der Tür.«

Konny nahm einen Schluck. Es schmeckte mehrheitlich orangig. Eigentlich ausschließlich orangig. »Was ist das?«, fragte sie den Mann hinter der Theke.

»Orangensaft«, sagte der und wandte sich zwei Neuankömmlingen zu.

Konny starrte mit dem tiefen Entsetzen auf das Glas, mit dem ein Veganer eine angebissene Raupe in seinem Feldsalat betrachten würde. Offenbar dachte der Türsteher, dass sie in ihrem Alter keinen Alkohol mehr vertrugen. Sie wollte den Barkeeper zurückwinken und etwas mit mehr Wumms bestellen, aber Kriemhild zog ihren Arm nach unten.

»Danke, dass du mir den Kommodore zurückgebracht hast«, sagte sie. Ihre Stimme klang belegt. War sie etwa gerührt?

Konny wurde schlagartig hummerrot, was man im flackernden Licht des Clubs hoffentlich nicht sah.

Als die Asche des Kommodore mit dem Wind auf Reisen ging, hatte sie lösungsorientiert gedacht. »Du musst mir nicht danken«, sagte Konny und flunkerte erneut das Blaue vom Himmel: »Als mich dieser fiese Sack überfiel, habe ich getan, was zu tun war. Und was ein Glück, dass es in der Querstraße ein Bestattungsunternehmen gab. Das hatte zwar keine marineblaue Urne, aber diese Ming-Vase mit Deckel hätte dem Kommodore doch sicher auch gefallen.«

Es war natürlich keine echte Ming-Vase, was man schon daran erkannte, dass *Made in Taiwan* auf dem Fuß der Vase stand.

Konny hatte Kriemhild – was die Umstände der Rückführung anging – vollinhaltlich angelogen. Mit Requisiten. Weil mit den richtigen Requisiten alles gleich doppelt so glaubwürdig wirkte.

»Er hat immer von seinen Reisen nach China geschwärmt.« Kriemhild seufzte. »Danke.« Sie klopfte mit der Linken auf Konnys Unterarm. Für Kriemhild war das ein Zeichen größter Gefühlsaufwallung. »Dafür gebe ich ein Glas Sekt aus!«

Sie winkte dem Barkeeper. »Einen Sekt, bitte!«

Da setzten sich drei dralle, übertrieben geschminkte Frauen in silbernen Pailletten-Einteilern, fünfzehn Zentimeter hohen High Heels, blonden Lockenperücken und im Dekolletee aufgenähten Steiftier-Dackeln neben sie. Die Größte von ihnen, ganz bestimmt an die zwei Meter, flötete: »Günni, mein Hübscher, mach da mal fünf Sekt draus.«

Konny guckte fasziniert. Sie hatte noch nie Dragqueens in echt und von nahem gesehen. Fraulicher als biologische Frauen es jemals sein konnten – quasi die Vollendung der Vorstellung von femininer Weiblichkeit. Allerdings nicht mehr ganz taufrisch. Keine von ihnen. Wenn Konny geschätzt hätte, dann hätte sie auf gleichaltrig getippt. Aber sie schätzte nicht, sie überlegte, womit die Büstenhalter der drei Grazien ausgestopft waren – mit deren Atom-Busen hätte man ganze Hundertschaften erschlagen können. Nicht nur Doppel-D, eher schon Vierfach-F.

Die Kleinste der drei, trotzdem noch größer als die große Kriemhild, juchzte: »Hallöchen, wir sind die Dallmayr-Sisters!«
Sie juchzte es so, als würde sie eine Reaktion erwarten.
Die Mittlere fletschte vergnügt die Zähne. »Versteht ihr? Dallmayr-Sisters!« Sie wackelte mit ihrem Busen und der aufgenähte Dackel wurde zum Wackeldackel. »Wie die Jacob-Sisters – nur auf Bayrisch! Aber definitiv die Krönung!«
Die drei kicherten haltlos und stießen sich mit den Ellbogen an.
Kriemhild, deren Humor-Kompetenz suboptimal war und in der noch das naive Mädchen vom Land steckte, sagte: »Die Jacob-Sisters wurde nicht nach der Kaffeemarke benannt, sonst hätten sie ja die Jacobs-Sisters mit s heißen müssen. Wie dem auch sei, eine von Ihnen ist zweifellos Frau Lehmann.«
Die Dragqueens prusteten laut heraus. Die Größte, sichtlich die Wortführerin, tupfte sich megavorsichtig eine Lachträne unter den künstlichen Wimpern ab und sagte: »Schätzchen, mitnichten! *So* alt sind wir nun auch wieder nicht.«
»No, no, no«, sangen die anderen beiden und schwenkten, bei ausgestrecktem rechtem Arm, den erhobenen Zeigefinger von links nach rechts. Wie die Supremes in der *Käfig voller Narren*-Version.
»Aber der Hotte hat uns erzählt, wen ihr zwei Mädels sucht, und wir können euch helfen.« Sie musterte Kriemhild von Kopf bis Fuß. »Du, meine Süße, könntest auch eine Stilberatung gebrauchen. Du kannst jederzeit vorbeikommen. Aus dir machen wir einen heißen Feger.« Sie tätschelte Kriemhilds Knie, die anderen beiden nickten im Takt.
»Sie kennen Frau Lehmann?«
Die Drag-Königinnen nickten im Gleichtakt, wie Synchronschwimmerinnen auf dem Trockenen. »Wir gehen zweimal die

Woche zum Yoga in ihr Studio. Ist gar nicht weit von hier – aus dem Club raus und links um die Ecke, dann immer geradeaus, bis ihr zu dem Laden für SM-Bedarf kommt, und dann gleich rechts. *Yoga für Yeden*, könnt ihr gar nicht verfehlen.«
Der Barkeeper stellte fünf Sektflöten vor die echten und die nicht-ganz-so-echten Frauen und goss den gleichen günstigen Supermarktsekt ein, den Konny und Kriemhild letztes Silvester für ihre Pension gekauft hatten. Im Großhandelszentrum für zehn Euro die Kiste.
»Macht fünfzig Euro«, sagte er. »Wer zahlt?«
Die drei Dragqueens schauten wie auf Kommando nach links zu Konny und Kriemhild.
»Bitte, *wie viel*?«, keifte Kriemhild, die selbst dann nicht hätte geiziger sein können, wenn sie das Kind einer Schottin und eines Schwaben gewesen wäre. Sie fand sich natürlich nicht übertrieben sparsam, sondern fand, dass sie einfach Wert auf ein ausgewogenes Preis-Leistungs-Verhältnis legte. »Das ist Wucher!«
Konny warf ihren letzten braunen Schein auf die Bar und zog ihre kurz vor einem Tobsuchtsanfall stehende, erneut »Wucher!« brüllende Schwester nach draußen. Die Dragqueens warfen ihnen Kusshände hinterher, die Dackel wackelten.
»Es gibt einen Ort und eine Zeit für Verbraucherschutz«, erklärte Konny draußen auf der Reeperbahn. »Und das ist weder hier noch jetzt.«
»Das ist üble Abzocke! Dagegen muss man etwas tun!«
»Willst du den Namen deines Mannes reinwaschen oder lieber die Preispolitik von Strip-Clubs anprangern?« Konny hob die Augenbrauen.
Kriemhild brummte.
Sie bogen links um die Ecke und gingen, wie von den Drag-

queens empfohlen, immer geradeaus. Schlagartig waren die Touristenhorden verschwunden, es reihte sich nicht länger ein Erotikclub, Sextoyladen und Geldautomat an den anderen, und als sie an dem SM-Geschäft rechts abbogen, überkam sie sogar das Gefühl, sich in einer ganz ›normalen‹ Wohngegend zu befinden.

»Da!« Kriemhild, die die Augen eines Luchses hatte, zeigte auf ein Messingschild an einer Hauswand.

Yoga für Yeden. Darunter ein altmodischer Klingelknopf. Den Kriemhild energisch drückte.

Konny hatte sie noch fragen wollen, ob sie bereit war, der Geliebten des Kommodore gegenüberzutreten, oder ob sie sich noch einen Moment lang sammeln wollte, aber das hatte sich damit auch erledigt.

Der Summer ertönte, und sie betraten ein Treppenhaus, das schon bessere Tage gesehen hatte. Es roch nach Kohlsuppe und Zigarettenrauch. Im ersten Stock wurde ein Tier gequält. Dachte Kriemhild offenbar, denn sie fragte: »Wird da ein Tier gequält?«

»Nein, du Dumpfbacke, das sind indische Gesänge. Frau Lehmanns Yoga-Studio muss da oben sein.«

Sie stiegen die knarzende Treppe hoch.

Heute Yoga für Senioren stand handgekritzelt auf einem Blatt Papier, das mit Klebestreifen an der nur angelehnten Tür befestigt war.

Die Schwestern wagten sich hinein. Der kleine Vorraum führte zu einem großen, lichten Zimmer, in dem die indische Frauenstimme gerade von einem mongolischen Obertonsänger abgelöst wurde.

Auf diversen Yogamatten in Pink, Anthrazit, Mango und Aubergine verrenkten sich ausnahmslos ältere bis alte Frauen in einer Yoga-Stellung, die Leute, die wussten, dass man Yoga-Stellungen *Asanas* nannte, unter dem Begriff *Adho Mukha Svanasana* kannten, ›den herabschauenden Hund‹: Mit Händen und Füßen auf dem Boden formte der Körper dabei eine Pyramide.

Konny und Kriemhild sahen fasziniert zu.

Unter allen Sportarten gab es kaum eine, die auf den Betrachter so stimulierend wirkte wie Senioren-Yoga. Drama, Äktschn, Spannung – alles vorhanden. Vom ersten Herumliegen in der Totenstellung (Tun alle nur so oder hat tatsächlich einer den Löffel abgegeben?) über das vorsichtige Ein-Bein-Stehen in der Baum-Stellung (Wer kippt als Erstes um? Wetten werden noch angenommen.) bis hin zum Nackenstand ohne Hilfestellung (Bricht sich gleich eine das osteoporöse Genick?) sah man die ganze Zeit mit angehaltenem Atem zu und hätte sich, wie im Kino, wenn man sich einen Horrorfilm anschaute, am liebsten die Hand vor die Augen gehalten. Gleichzeitig war es so faszinierend, dass man den Blick einfach nicht abwenden konnte.

»Spürt die Weite im Becken, lasst den Atem fließen«, rief da eine melodische Frauenstimme über den Obertonsänger hinweg. »Und sagt euch innerlich: *Ich offenbare das Leben im Körper und in der Seele – ich offenbare das Leben im Körper als strahlende Gesundheit und in der Seele als Harmonie.*«

Die Stimme gehörte einer attraktiven Blondine im weißen Yogadress. Sie stand neben einem klapprigen CD-Spieler auf einer Bananenkiste und inspizierte aufmerksam ihre Schülerinnen.

Das musste Frau Lehmann sein. Sie war schön, sehr schön, aber nicht so atemberaubend schön, dass es einem die Luft geraubt hätte. Konny und Kriemhild stockte aus einem anderen Grund urplötzlich der Atem: Diese Frau Lehmann war das lebende Abbild von Gummi-Gabi, der Sexpuppe des Kommodore!

Konny und Kriemhild klappte der Unterkiefer herunter. Das geschah zwar zweifelsohne geräuschlos, dennoch sah Frau Lehmann auf.

»Herzlich willkommen«, rief sie. »Für diese Unterrichtseinheit seid ihr leider zu spät dran, aber wenn ihr warten wollt, wir machen eine kurze Pause, und in einer halben Stunde geht es dann weiter.« Sie klatschte in die Hände. »Wir kommen zum Ende. Bitte alle die Savasana-Stellung einnehmen.«

Die Yoginis legten sich auf den Rücken, Beine leicht gespreizt, Arme seitlich neben dem Körper. Sie atmeten regelmäßig.

Auch Konny und Kriemhild holten jetzt wieder Luft. Nicht, weil sie es wollten, sondern weil in letzter Instanz das Stammhirn die Impulse für die Kontraktion der Atemmuskulatur gab und ihrer beider Stammhirne den nahenden Erstickungstod zu verhindern gedachten.

Konny atmete relativ normal, Kriemhild dagegen abgehackt und zunehmend schwerer in der Ausatmung. Wie so ein Drache, der sich aufpumpt, bevor er Feuer speit.

Sie stützte sich mit der Hand an der Wand ab. *Seemannsbraut ist die See und nur ihr kann er treu sein*, hatte Hans Albers gesungen. Kriemhild hatte ehrlich geglaubt, dass das auf den Kommodore nicht zutraf, dass er nur sie liebte. Pustekuchen!

Frau Lehmann klatschte neuerlich in die Hände. »So, Pause! Für alle, die jetzt gehen müssen: Namaste! Wir anderen sehen uns in einer halben Stunde wieder.«

Die Frauen erhoben sich – verdammt anmutig, wie Konny fand, die neuerdings immer stöhnte und ächzte, wenn sie sich aus der Horizontalen aufrichtete – und gingen auf leisen Sohlen durch den Flur in einen Nebenraum, der offenbar als Umkleide diente.

Frau Lehmann kam auf die Schwestern zu. »Ihr seid zum ersten Mal bei mir, nicht wahr? Ich freue mich. Ihr werdet sehen, ich bin eine exzellente Yogalehrerin. Obwohl …«, sie kicherte, »… egal, was man gut zu können glaubt, auf YouTube gibt es immer einen Siebenjährigen, der es besser kann, nicht wahr?« Sie merkte, dass die Schwestern nicht auf ihrer Welle der guten Laune surften und schaute ernst. »Jedenfalls willkommen in meinem Yoga-Studio. Ich bin Frau Lehmann. Ihr dürft mich Gabi nennen.«

»Gabi? GABI? Er hat sie nach Ihnen benannt?« Kriemhild brüllte, dass die Wände wackelten.

Die Yoginis äugten verschreckt aus dem Umkleideraum.

Gabi Lehmann zuckte zurück. »Was? Wer?«

»Wollen Sie damit sagen, der Kommodore hat Ihnen nie ein Foto von seiner Ehefrau gezeigt?«, fragte Konny.

Gabi sah Kriemhild an. Kriemhild sah Gabi an.

»Ach, du liebes bisschen, *Sie* sind das?« Die Lehmann, bis just zu diesem Moment eine erleuchtete Teilzeit-Buddhistin mit guten Vibrations, mutierte im Bruchteil einer Sekunde zu einer Frau, die einen Mann geliebt hatte, der auch ihr Gefühle entgegen gebracht hatte, aber nie genug, um sich für sie scheiden zu lassen. Kurzum, sie wurde gallig und bitter und fing an, die Schwestern zu siezen. »Kein Wunder, dass er in meinen Armen Wärme und Zuneigung gesucht hat.«

»Das nehmen Sie zurück, Sie Yogaschnepfe!«

»Wen nennen Sie hier Schnepfe, Sie Vogelscheuche?«

Konny wollte noch dazwischengehen, aber da war es schon zu spät. Kriemhild versetzte Gabi Lehmann eine schallende Ohrfeige, die wiederum stürzte sich auf Kriemhild und packte sie mit beiden Händen am um den Kopf gewickelten Zopf, bis sämtliche Haarklammern heraussprangen. Die beiden Frauen gingen zu Boden, wo sie munter weiterrangelten.

Konny ging zu der Tür, die zum Flur führte, und schloss sie. Den Schlüssel im Schloss drehte sie um. Dann kehrte sie zu den beiden Kontrahentinnen zurück.

Nicht, um sie zu trennen. Dazu hing sie zu sehr am Dasein. Das war nämlich kein Wet-T-Shirt-Schaukampf, hier ging es um Leben und Tod. Kriemhild hatte sich so sehr in Gabi Lehmanns Schulter verbissen, dass man Blut sah. Unter Gabi Lehmanns Knie-Attacken färbte sich der Oberschenkel von Kriemhild tiefblau. Das Unheimliche war, dass die beiden Streithennen dabei keinen Ton von sich gaben. Sie kämpften stumm.

»Frau Lehmann«, rief Konny aus sicherer Entfernung. »Wir sind nicht wegen Ihrer Affäre mit dem Kommodore hier, sondern wegen des Schlüssels.« Konny zog den Schlüssel aus Kriemhilds Handtasche, die verwaist auf dem Boden lag. »Hier, sehen Sie?«

Gabi Lehmann sah natürlich nicht. Sie war viel zu sehr damit beschäftigt, sich auf Kriemhilds Oberkörper zu knien und deren Kopf auf den Parkettboden zu donnern.

»Können Sie uns sagen, wozu dieser Schlüssel passt?«

Kriemhild gelang es, Gabi Lehmann von sich herunterzukatapultieren. Sie ging auf die Knie, packte ihre am Boden liegende Kontrahentin an den langen, blonden Haaren und ließ sie im Kreis um sich herum rotieren, was problemlos ging, weil der Boden gewachst war.

Konny fragte sich, ob sich der Kommodore auf seiner Wolke im Himmel freute, dass sich so viele Jahre nach seinem Tod immer noch zwei Frauen um ihn prügelten.

»Es ist wirklich wichtig, Frau Lehmann. Der Kommodore ist für diesen Schlüssel ermordet worden.«

Gabi Lehmann entglitt Kriemhilds Händen. Vermutlich, weil sie ihre Haare immer mit genügend Conditioner geschmeidig gemacht hatte. Sie rutschte quer durch den Raum, blieb an der Wand liegen und richtete sich auf. »Wie bitte?«

»Wir glauben, der Kommodore wurde ermordet. Von drei üblen Gestalten, die …«

»So ein Dicker, ein Schmächtiger und einer mit Eisenklaue?« Gabi Lehmann stand auf.

Konny schluckte. Es war immer noch höchst befremdlich, dass es Gummi-Gabi in echt gab und dass sie reden und sich eigenständig bewegen konnte. »Ja, genau. Waren die auch bei Ihnen?«

»O ja. Schmierige Bande. Die haben mich nach einem Schatz gefragt. Ich habe denen natürlich kein Sterbenswörtchen gesagt.« Gabi rieb sich die schmerzende Kopfhaut. »Schon deswegen nicht, weil mir der Kommodore nie etwas von einem Schatz erzählt hat. Also kann's auch keinen geben. Vor mir hatte der Kommodore nämlich keinerlei Geheimnisse!« Sie sah Kriemhild abschätzig an. »Und hinterlassen hat er mir nur seine alte Truhe, aber da war kein Schatz drin. Darum habe ich sie verkauft und von dem Geld mein Yoga-Studio eröffnet.«

»Sie haben so viel dafür bekommen, dass Sie ein Studio eröffnen konnten?« Konny war bass erstaunt. War womöglich die Truhe selbst der Schatz?

Gabi kicherte. »Ich habe ein Dutzend Yoga-Matten, zwei CDs mit indischer Meditationsmusik und das Messingschild an der Tür davon gekauft. Mehr nicht. Glauben Sie mir, wenn der Kommodore Geld gehabt hätte, dann wüsste ich das.«

Konny guckte enttäuscht.

Kriemhild brummte. Es war kein tonales Brummen, mehr so ein dumpfes Poltern, wie tief in einem Vulkan, kurz bevor er eruptiert.

»Wem haben Sie die Truhe verkauft?«, fragte Konny rasch. Der

Schlüssel sah zwar nicht so aus, als könne er zu einer alten Truhe gehören. Aber Konny wollte lieber auf Nummer sicher gehen und die Truhe selbst in Augenschein nehmen.

Gabi Lehmann zuckte mit den Schultern. »Einem Antiquitätenhändler. In Eppendorf. Aber ich sage Ihnen doch, die Truhe war leer. Und ich kann nur nochmal wiederholen, wenn der Kommodore Geld gehabt hätte, hätte er es mir hinterlassen. Er hat mich geliebt.«

»Niemals, Sie waren doch nur das Betthäschen, das seine niederen Instinkte befriedigte«, donnerte Kriemhild.

»Niedere Instinkte? Wenn Sie altes Schrapnell den virilen Mann in ihm gesehen hätten, dann hätte er nicht in meinen Armen das Glück suchen müssen«, gellte Gabi.

»Sie konnten ihm doch nur gymnastischen Kamasutra-Sex bieten. Mit Liebe hatte das nichts zu tun.«

»Ach ja? Ach ja? Mich hat er immer ›meine Schöne‹ genannt! Sie waren die Fregatte.«

»Sie bieten vielleicht was fürs Auge, aber ich war sein Heimathafen.«

»Bei Ihnen ist er doch nur geblieben, weil er fürchtete, ohne ihn würden Sie ins Wasser gehen.«

»Schönheit vergeht, Hunger besteht! Unsere Liebe ging durch den Magen und war für die Ewigkeit!«

»Ihr Essen hat ihm nie geschmeckt!«, schrie Gabi.

Wer Kriemhild in unter drei Sekunden von null auf aggro kriegen wollte, musste nur behaupten, sie könne nicht kochen.

»Äh …«, fing Konny an, aber es war zu spät.

Wie zwei Sumo-Ringer im Crystal-Meth-Wahn bretterten sie aufeinander los und verhakten sich und schrien jetzt aus voller Kehle. Es wurde getreten und gekopfnusst. Haut platzte, Haare

wurden ausgerissen, Zähne mit dem Ellbogen ausgeschlagen, Hämatome sprossen.
Konny ging zum CD-Gerät, schaltete es ein und drehte die Lautstärke auf. Dann ging sie zur Tür, schloss auf, sah in den Flur hinaus, wo einige Yoginis bereits mit ängstlichem Blick und gezücktem Handy standen, und sagte: »Alles in Ordnung, kein Grund zur Besorgnis – Swami Gabi zeigt meiner Schwester nur gerade im Einzelunterricht einige Übungen vom wenig bekannten ostindischen Kampfsport-Yoga!«

Rosen sind rot, Veilchen sind blau … au!

Man braucht im Leben ja eigentlich nicht viel mehr als Glauben, Vertrauen und etwas Feenstaub. Und Adventskalender für Monate, die nicht Dezember sind …

Von alldem hatten Konny und Kriemhild nichts, dafür aber hatten sie Glück. Sie fanden auf Anhieb im Lokstedter Weg in Eppendorf den Antiquitätenhändler.

Da hatte Gabi nicht gelogen.

Gabi Lehmann ließ in diesem Moment bei einem Dentisten ihres Vertrauens die Lücke schließen, für die Kriemhilds Ellbogen in ihrer oberen Zahnreihe gesorgt hatte. Woraufhin Gabi Lehmann mit den Worten »Mich hat er mehr geliebt!« aus dem Übungsstudio gerannt war, ein Yogakissen auf den blutenden Mund gepresst. Kriemhild wertete das als Eingeständnis von Gabis Niederlage. Und als Triumph ihrer eigenen Liebe zum Kommodore.

Aber natürlich war das Damen-Catchen im Yoga-Studio auch an Kriemhild nicht spurlos vorübergegangen.

Konny hatte an einem Kiosk extra noch eine Sonnenbrille gekauft, um das dunkellila blühende Veilchen ihrer Schwester wenigstens teilweise zu verdecken. Und ganz sicher hatte das Knie der – zugegebenermaßen – äußerst gelenkigen Gabi Lehmann diverse Hämatome an Kriemhilds Körper hinterlassen, was man aufgrund ihrer züchtigen Bekleidung nicht sehen konnte – dem Auge des Betrachters boten sich nur die Hände dar. Alles andere befand sich unter Staubmantel und Strickstrümpfen.

»Wir sind da«, sagte Konny vor dem Antiquitätengeschäft.

Plönzke & Sohn – Wir kaufen und verkaufen stand in Schnör-

kelschrift auf einem Holzbrett zwischen Eingangstür und Schaufenster. Zum unmelodischen *Dingdong* der gusseisernen Türglocke traten sie ein.
Der Verkaufsraum ähnelte weniger einem Antiquitätengeschäft, mehr einem Schuppen, in dem ein Flohmarkthändler wegen einsetzenden Starkregens überstürzt sämtliches Zeugs abgestellt hatte, das er feilbot. Nur in der Mitte war ein schmaler Pfad frei, der zu einer altertümlichen Verkaufstheke mit großer, schwarzer Registrierkasse führte.
Vorbei an Nachttöpfen, Vitrinen mit altem Schmuck, mehreren Stapeln *Reader's Digest*-Ausgaben aus den 1960er Jahren, Suppenterrinen und Elefantenfuß-Hockern gingen Konny und Kriemhild auf die Theke zu.
Die Schwestern hatten bei ›Antiquitätenhändler in Eppendorf‹ an teuer und edel gedacht, an eine schicke Boutique mit Biedermeierbuchenholzschemeln (neu gepolstert, vergoldet, ab neunhundert Euro) oder Schneeball-Teekännchen aus Meissener Porzellan (Anfang des 18. Jahrhunderts, minimale Bestoßungen, dreitausend Euro), nicht an ein muffiges Sammelsuriumkabinett.
Noch bevor sie die Verkaufstheke erreichten, trat aus einem Hinterzimmer eine Gestalt wie aus einem französischen Ausstattungsfilm, die in ihrer strahlenden Eleganz völlig deplatziert wirkte. Offenbar der Antiquitätenhändler selbst. Wie Ludwig der Vierzehnte kam er auf sie zugeschritten: in einem sonnenblumig bestickten Gehrock über einem üppig berüschten Hemd, mit güldenem Lorgnon in der Hand und etwas Strubbeligem in Rotbraun auf dem Kopf, das eindeutig ein Toupet war. Oder ein totes Eichhörnchen.
Die Wolke an Herrenparfüm, die ihn umwaberte, wäre – hätte der Hersteller das Parfüm mit einem Farbstoff angereichert –

blickdicht gewesen. Konny sah sich nach einer Gasmaske um.

»Meine Damen, womit kann ich Ihnen dienen?«, sülzte der Sonnenkönig und musterte sie durch seine reich verzierte Stielbrille, hinter der sein linkes Auge riesenhaft vergrößert wirkte. Sein Blick verweilte auf Kriemhilds Veilchen, das unter der Sonnenbrille hervorblitzte.

»Was haben Sie mit der Truhe meines Mannes gemacht?«, verlangte Kriemhild zu wissen.

Das war so unvermittelt natürlich wenig zielführend.

Konny schob ihre Schwester beiseite.

»Hallo, Herr Plönzke, wir kommen auf Empfehlung von Gabi Lehmann, die Ihnen vor vielen Jahren eine Schiffstruhe verkauft hat. Vielleicht erinnern Sie sich noch?« Sie streckte die Hand aus.

Das Lorgnon-Auge sah sie misstrauisch an, die ausgestreckte Hand blieb ungeschüttelt im Leeren hängen.

»Wer soll denn Herr Plönzke sein?«, fragte er mit ungewöhnlich hoher Stimme.

»Na … Sie doch.« Konny stutzte. »Das steht draußen neben der Tür.«

»Das Schild ist käuflich zu erwerben, wie alles hier. Wenn die Gabi Sie geschickt hätte, dann wüssten Sie das.« Er stemmte die linke Hand auf die Hüfte.

Kriemhild nahm die Sonnenbrille ab. »Hören Sie mal, Sie lächerlicher Kostümfreak …«, fing sie an, weil die Ereignisse der letzten Tage allmählich an ihrem Nervenkostüm kratzten und sie darüber ihre gute Erziehung vergaß. Sie war aber auch generell keine diplomatische Unterhändlerin. Nicht aus Unfähigkeit – aus Prinzip.

Der Antiquitätenhändler unterbrach sie kichernd. »Haben Sie das Veilchen von Gabi?«

Kriemhild verstummte abrupt. Gab es auf diesem Planeten einen Mann, der Gabis Handarbeit nicht erkannte?
»Ja«, bestätigte Konny rasch. »Gabi … äh … kannte den Mann meiner Schwester, den Kommodore. Die Schiffstruhe gehörte ihm.«
Ein wissendes Lächeln umspielte die Mundwinkel des Antiquitätenhändlers. Seine Sonnenkönig-Aura verdampfte, und er steckte das Lorgnon in die Innentasche seines Gehrocks. »Unsere Gabi, die kommt rum.« Er zog den Gehrock aus und drapierte ihn nachgerade liebevoll auf einen Kleiderbügel. »Ich bin erster Vorsitzender unseres Rokoko-Vereins, morgen ist unser großer Sommerball. Wie finden Sie mich?«
»Sehr lebensecht!«, rief Konny und rammte Kriemhild, die gerade einer weniger schmeichelhaften Meinung Ausdruck verleihen wollte, den Ellbogen in die Leibesmitte. »Enorm gut gelungen!«
Nicht-Plönzke strahlte. »Meine Frau hat über ein Jahr an diesem Gehrock gestickt. Aber es hat sich gelohnt.« Er drehte sich wieder zu den Schwestern um. »Also schön, die Schiffstruhe.«
»Ich gebe zu, es ist eine Ewigkeit her, ganz sicher können Sie sich nicht erinnern«, sagte Konny, »aber ich hatte gehofft, Sie könnten in Ihren Büchern nachsehen.«
»Ach was, Bücher. Brauche ich nicht. Ich erinnere mich bestens. Kommen Sie mit.« Er führte die Schwestern an der Theke vorbei ins Hinterzimmer.
Konny hatte schon von Menschen mit eidetischem Gedächtnis gehört: einmal etwas gesehen, gelesen, gehört – und auf ewig in der inneren Datenbank gespeichert. Bewundernswert!
Sie betraten ein Zimmer, das ebenso vollgemüllt war wie der eigentliche Verkaufsraum, aber hier atmete alles einen Hauch

von Exotik. Es roch auch ein wenig exotisch, genauer gesagt, nach Döner und Falafelfrittenfett, weil die Hintertür, die in eine schmale Gasse führte, offen stand und im Nebengebäude *Willi's und Gisi's Döner und Falafel*-Imbiss residierte.
An den Wänden des Zimmers hingen afrikanische Holzmasken, an der Wand lehnten Speere und Armbrüste, in einer Ecke stand sogar ein altägyptischer Sarkophag. Weil er gar so poliert und neu wirkte, ging Konny nicht davon aus, dass darin jemals eine echte Mumie geruht hatte.
»Da steht sie. Ich hab der Gabi damals 'nen Hunni dafür in die Hand gedrückt, weil sie mir leid getan hat. Hat geheult wie so'n Schlosshund. Bin die Truhe aber nie losgeworden. Ist ja auch ein abgrundtief hässliches Teil.« Nicht-Plönzke zeigte auf eine massige Holzkiste mit schmucklosen Eisenbeschlägen, die neben einem abgewetzten Ohrensessel stand.
Konny war enttäuscht. Sie hatte sich etwas Aufwändigeres gewünscht, mit Schnitzarbeiten und Intarsien, wie dem Fundus von *Fluch der Karibik* entsprungen. Etwas, dem man ansah, dass etwas Geheimnisvolles darin verborgen war. Diese Truhe sah so aus, als würde sie nichts weiter als die ungewaschenen Eingriffschlüpfer eines ohnehin ungepflegten Seebären beinhalten.
Kriemhild stakste auf die Truhe zu. »Ich erkenne sie wieder – das ist die Truhe des Kommodore!« Das Staksen war offenbar auf ihre tiefe Ergriffenheit zurückzuführen. Sie beugte sich vor, nahm das Tablett, auf dem Nicht-Plönzke einen Becher mit Tee und einen Teller mit Bröselresten deponiert hatte, von der Truhe und streichelte versonnen das wettergegerbte Holz.
Konny ging in die Knie. Das Messingschloss schien intakt. »Wir haben den Schlüssel dabei.« Sie zog ihn heraus. »Jetzt werden wir sehen, was sich in der Truhe befindet.« Sie sprach mit dem

Nimbus eines Magiers, der kurz davor war, das Unvorstellbare zu zelebrieren.
Der Schlüssel passte nicht.
Wie auch – die Truhe war alt, der Schlüssel schien neueren Datums. Das war jetzt ein herber Rückschlag.
»Was nun?« Konny war enttäuscht.
Nicht-Plönzke kicherte. »Glauben Sie wirklich, ich hätte fünfzehn Jahre lang dumm herumgerätselt, was sich darin befinden könnte?«
»Aber wie …?«, hielt Konny dagegen.
Kriemhild hatte sich mittlerweile wieder aufgerichtet. Mit dem Fuß drehte sie die Truhe um ihre eigene Achse. Auf der Rückseite war deutlich zu erkennen, dass jemand die Eisenbeschläge vom Holz gehebelt hatte. Den Narben nach mit einer Brechstange.
»In der Truhe ist nichts«, sagte Nicht-Plönzke. »Ich hätte sie schon längst zu Kleinholz verarbeitet und im Kachelofen verheizt, aber sie hat genau die richtige Höhe als Beistelltisch für meinen Ohrensessel, darum …« Er sprach nicht zu Ende.
Kriemhild hob den Truhendeckel an.
Der Antiquitätenhändler hatte nicht gelogen.
Nichts.
Gar nichts.
Nur abgestandene Luft.
Und in der linken Ecke ein Fleck. Als ob irgendwann eine dunkle Flüssigkeit ausgelaufen wäre. Oder war das ein Zeichen? Bedeutete der Umriss des Flecks etwas? Sah so die Insel aus, auf der der Kommodore den Schatz vergraben hatte? Konnys Fantasie galoppierte im Ferkelgalopp auf und davon.
Dass sie ihre Gedankengänge laut ausgesprochen haben musste, merkte sie am Kichern von Nicht-Plönzke und an Kriem-

hilds Reaktion: »Sei nicht albern! Das ist Haarfärbemittel. Der Kommodore hatte auf Reisen immer einen Vorrat dabei.«
Konny verstummte. Und achtete peinlich genau darauf, ihren nächsten Gedanken *nicht* auszusprechen: Die Kiste hatte nämlich genau die richtige Größe für Gummi-Gabi …
Weil sie und Kriemhild Zwillingsschwestern waren, sagte Kriemhild gleich darauf: »In dieser Truhe hat er vermutlich seine Sexpuppe aufbewahrt, damit die Mannschaft sie nicht gesehen hat.«
»Sexpuppe?« Man konnte förmlich zusehen, wie sich die Ohren von Nicht-Plönzke Spock-gleich spitzten.
»Würden Sie sich bitte nicht andauernd in unsere Privatangelegenheiten einmischen?«, bellte Kriemhild, die ihren Frust an irgendjemand auslassen musste. Sie fasste sich an den Kopf, der zweifelsohne immer noch von Gabis rechtem Haken brummte.
»He«, protestierte der Antiquitätenhändler und trat zur Sicherheit einen Schritt zurück, »Sie wollten ja schließlich was von mir. Und das hier ist *mein* Laden!«
Konny wich ebenfalls ein paar Schritte zurück. Ihre Schwester glich dem Vesuv im Sommer des Jahres 79, und sie und Nicht-Plönzke waren Pompeji und Herkulaneum: Jeden Moment konnten sich kataklysmische Ströme über sie ergießen und sie für alle Zeiten in schockerstarrte Laveleichen verwandeln. Kriemhild war eine Urgewalt. Mit Urgewalten scherzte man nicht.
Erst als Konny mit dem Rücken gegen den Sarkophag prallte, blieb sie stehen. Und dachte nach. Wenn die Kiste keinerlei Hinweise auf den Schatz verriet, dann waren sie jetzt mit ihrem Latein am Ende. Dann hatte der Kommodore das Geheimnis um die zu Geld gemachten Diamanten wohl mit ins Grab – respektive in seine Urne – genommen.

Ob die Eisenklaue ihnen das glauben würde?

Und falls ja, würde Kaminski angesichts der Hoffnungslosigkeit seines Unterfangens ausrasten und sie alle mit seinem Enterhaken aufschlitzen?

»Ich überlasse Ihnen die Truhe für fünfzig Euro, weil Sie's sind. Bei Selbstabholung, versteht sich.« Nicht-Plönzke kratzte sich am Bauch.

Kriemhild stemmte die Arme auf die Hüften. »Wissen Sie, was Sie mit der Truhe machen können, Sie … Sie …«

Weil sie gar so laut brüllte, streckte von draußen, von der Gasse, ein verschwitzter Mann mit Kochmütze den Kopf durch die Tür. »Hier alles in Ordnung?«

»Alles paletti, Willi.« Nicht-Plönzke zeigte mit dem Kopf auf Kriemhild. »Schwierige Kundschaft.«

Döner-Willi musterte die beiden alten Frauen und kam zu dem Schluss, dass sie nicht gefährlich waren. Er trat auf Nicht-Plönzke zu, und die beiden Männer klatschten sich ab.

Kriemhild schnaubte.

Konny hatte plötzlich das Gefühl, dass ein Windhauch über ihren Rücken strich.

War hinter ihr eine Tür aufgegangen? Aber da war doch nur der Sarkophag …

Sie wollte sich umdrehen, um zu sehen, woher der Luftzug kam, aber da prallte bereits etwas Hartes an ihre Schläfe.

Sofort gingen bei ihr die Lichter aus.

Zappendustere Nacht.

»Wer aber unter euch angezogen sei, der lebe.« Pterodaktylus 21,4

Ein Satz, an den man einen merkwürdigen Begriff und ein paar durch Komma getrennte Zahlen anhängt, muss aus der Bibel stammen, ganz egal, wie er lautet.

Und irgendwelche Fundamentalisten würden ihn dann wörtlich nehmen. In diesem speziellen Fall sogar zu Recht.

»Das glaube ich einfach nicht!«, empörte sich Kommissar Tröndle gerade, als Konny mit pochendem Schädel zu sich kam, weil ein Sanitäter ihr das moderne Äquivalent eines Riechfläschens unter die Nase hielt. Sie stöhnte. Und sah sich um.

Das hätte sie nicht tun sollen.

Kriemhild lag neben der Truhe. Ihr Brustkorb schien sich nicht zu heben und zu senken. Dass ihre Schwester noch lebte, entnahm sie allein der Tatsache, dass Kriemhild einen anderen Sanitäter mit keifender Stimme anherrschte: »Nehmen Sie gefälligst Ihre Hände von mir!«

Nicht-Plönzke hatte es zwar offenbar am schwersten erwischt – er blutete am Kopf –, aber er stand als Einziger schon wieder auf den Beinen und versuchte, sich aus seinem Rüschenhemd zu schälen, ohne dass es dabei Flecken bekam.

Döner-Willi lag noch bewusstlos vor dem Kachelofen. Sein Kopf ruhte im Schoß einer Frau, die Konny – wegen der Küchenschürze – für Falafel-Gisi hielt.

»Aua«, sagte Konny und richtete sich auf.

»Vorsichtig«, mahnte ihr Sanitäter, der froh war, sich um sie und nicht um ihre Schwester kümmern zu dürfen.

Konny sah zu Tröndle. »Was machen Sie denn hier?«, sagte sie.

Ihre Mundhöhle war so ausgetrocknet, dass es beim Sprechen fast schon staubte.

Tröndle sah sie aus zusammengekniffenen Augen an. »Ehrlich? Das fragen Sie mich? Das wissen Sie nicht?«

Konny wollte nicken, aber schon der Ansatz einer Bewegung brachte ihren Kopf fast zum Platzen. »Wir standen eben noch alle beisammen, und plötzlich habe ich einen Schlag gegen den Kopf bekommen.« Sie zeigte auf die anderen. »Aber wir leben alle noch.« Sie stutzte. »Sind Sie nur hier, weil sie um uns besorgt sind?«

Konny lächelte. Rückblickend wurde ihr klar, dass sie es mit ihren feinen weiblichen Antennen von Anfang an geahnt hatte: Was sich liebt, das neckt sich. Ja, sie, Konny, hatte es als Erste wahrgenommen, dass die geschlechtliche Erregung in das Leben ihrer Schwester zurückgekehrt war, dass ausgerechnet die natürliche Pheromonbremse Kriemhild eine Liebesepiphanie erlebte. Die Sticheleien zwischen Tröndle und ihrer Schwester waren erste Anzeichen einer aufkeimenden …

Weiter kam sie nicht, weil Tröndle zur Seite getreten war und sie nun sah, weshalb er hier war. Jedenfalls nicht, um die mädchenhaft errötenden Wangen ihrer Schwester zu goutieren. Zwischen Truhe und Sarkophag lag Enterhaken-Herbert. Nackt, wie die Göttin ihn geschaffen hatte.

Und mausetot.

»Wirklich«, empörte sich Kommissar Tröndle und sah erst Konny, dann Kriemhild vorwurfsvoll an, »alle Toten in ihrem Fall sind nackt. Langsam glaube ich, das muss an Ihnen liegen!«

1001 Nudelvariationen für Anfänger und Fortgeschrittene

»Möchten Sie mir erzählen, warum seit neuestem in Ihrem Gesicht ein Veilchen sprießt?«

Im Konvoi waren sie nach Hause gebracht worden. Vorn der Streifenwagen mit den beiden Beamten, die ein Auge auf sie werfen sollten – nicht Karsunke und Biedenkopf, die hatten sich geweigert, sondern zwei Kollegen. Dahinter der Dienstwagen von Kommissar Tröndle. Der hatte es sich nicht nehmen lassen, Konny und Kriemhild, lädiert, wie sie waren, nach Hause zu begleiten. Leider hatte er es sich ebensowenig nehmen lassen, mit ihnen in die Wohnung von Wolli Matzau zu gehen.

Jetzt stand er vor dem Panoramafenster, das er weit geöffnet hatte, um den Kifferduft hinaus in die Hamburger Abendluft zu entlassen, und sah Kriemhild fragend an.

»Ich habe Blumen jedweder Art schon immer geliebt«, giftete Kriemhild.

Tröndle zuckte mit keiner Wimper. »Und wem haben Sie diese besondere Blume zu verdanken? Ihrer Schwester?«

Konny, die gerade Tee aufbrühte, weil in Krisensituationen nachweislich nichts besser hilft als eine schöne, heiße Tasse Tee, erwiderte darauf nichts. Es reichte, dass Kriemhild verächtlich schnaubte.

»Hören Sie, mittlerweile habe ich hier drei tote Männer an der Backe. Und Sie beide sind das Verbindungsglied. Nicht das einzige, aber das auffälligste. Und möglicherweise sind Sie sogar die Täterinnen – da überlege ich noch. An Ihrer Stelle würde ich mich kooperativer zeigen.« Tröndle packte keine

Drohung in seine Worte, aber die Schwestern ahnten, dass sie nur noch ein schmaler Grat von der Einzelhaft bei Brackwasser und schimmeligem Brot trennte.
Kriemhild stand mit verschränkten Armen hinter der Liege und bockte, was sie besonders gut konnte.
Auf der Liege lag Amenhotep, und auf Amenhotep saß Chuck Norris.
Chuck, die Horrorklaue des Todes, hatte es irgendwie geschafft, den Nacktkater zu zähmen. Oder es war Liebe auf den ersten Blick gewesen. Jedenfalls waren die beiden die Verkörperung der Harmlosigkeit, als könnten sie kein Wässerchen trüben, was die Schwestern aber nicht glaubten. Die Indizien sprachen dagegen: die frischen Kratz- und Krallenspuren an den Möbeln und an den Wänden sprachen Bände. Natürlich war nicht gänzlich auszuschließen, dass Wolli Matzau mit etwas Ähnlichem wie einer Gabel selbst seine Wohnung verwüstet hatte, aber das war doch eher unwahrscheinlich. Wer kifft, wütet nicht.
Womöglich war es das, was Kater und Papagei einte: Sie liebten es beide, Fakten zu schaffen. Das Einzige, was in der Wohnung noch heil schien, war die … äh … Urne des Kommodore. Die hatte Kriemhild aber auch liebevoll in ein Badetuch gewickelt und ins Bett gelegt.
»Was verheimlichen Sie mir?«, verlangte Tröndle zu wissen.
Konny musste feststellen, dass es in Matzaus Haushalt nur Yogi-Tee in der Geschmacksrichtung Lakritz-Minze gab. Wer, bitte schön, dachte sich das aus? Und wer trank so was?
»Fangen wir doch damit an, in welcher Beziehung Sie zu dem Wohnungsbesitzer stehen« Tröndle hob eine Augenbraue.
Kriemhild sah zu Konny. »Das müssen Sie meine Schwester fragen.«

»Aha!« Tröndle nickend wissend.
Das wäre der Moment gewesen, der im Raum schwebenden Andeutung, es könne etwas zwischen ihr und Matzau laufen, vehement zu widersprechen. *Nein, nein, wir sind nur Freunde* oder *Ach Unsinn, er ist doch viel zu jung.* Aber Wolli zeigte ja wirklich Interesse an ihr, warum es also leugnen? Das war das 21. Jahrhundert, eine neue Welt, in der reife Frauen durchaus für junge Männer interessant sein konnten – weil sie Erfahrung besaßen, in jeder Hinsicht, und weil sie einen Heimathafen boten, in dem man sicher ankern konnte.
Konny lief rot an. Wie so ein Backfisch.
»Es erstaunt mich, dass eine so attraktive Frau wie Sie sich auf ein so farbloses Hemd von Mann einlässt. Aber jeder nach seinem Geschmack …«
»Er ist doch kein Wrack«, widersprach Konny. »Wolli ist ein sehr … gut aussehender, junger Mann. Wie der junge …« Sie überlegte, welcher Hollywoodherzensbrecher mit dunklen Haaren und dunklen Augen ihr auf die Schnelle einfiel.
»Meine Schwester hat eine Schwäche für dunkelhaarige Bad Boys«, petzte Kriemhild und schubste Konny beiseite, um sich selbst um die Versorgung mit Heißgetränken zu kümmern.
»Dunkelhaarig?« Tröndle schürzte die Lippen.
»Ja … wie der junge Gregory Peck!« Konny strahlte, weil ihr endlich jemand eingefallen war, mit dem Matzau ganz entfernt Ähnlichkeit besaß. Bei einer lockeren Definition von *ganz entfernt.*
Tröndle zückte sein Handy und rief ein Foto auf, das er Konny entgegenstreckte. »Ich würde ja eher sagen, noch eine Nuance heller und er könnte als Albino durchgehen.«
Auf dem Handy-Display sah Konny ein schmales Hemd von

Mann, eigentlich noch ein Bub, mit fahler Haut, blutunterlaufenen blauen Augen und weißblonden, fatzenglatten Haaren.

»Wer soll das sein?«

»Wolfgang Matzau. Als die Kollegen von der Streife mir mitteilten, wo sie Sie abgesetzt haben, ließ ich den Wohnungsinhaber natürlich sofort überprüfen.« Tröndle steckte sein Handy wieder ein.

»Das ist nicht Wolfgang Matzau.« Konny schaute perplex zu Kriemhild. Die hatte gerade die Lakritz-Minze-Mischung im Mülleimer entsorgt und durchforstete nun das Vorratsfach im Küchenschrank. »Wolli hat dunkle Locken und einen sonnengebräunten Teint. Sie müssen sich vertan haben.«

»Wir sind auch nur Menschen«, räumte Tröndle ein, »und uns unterlaufen sicher bisweilen Fehler, aber die Identität eines Wohnungsinhabers festzustellen ist keine Aufgabe, an der wir normalerweise scheitern. Zudem hat der Gute eine Vorstrafe wegen Verstoßes gegen das Betäubungsmittelgesetz. Wie Sie sich vielleicht denken können.« Er atmete tief die trotz Lüftung immer noch Hasch geschwängerte Luft ein und sah bezeichnend zu dem psychedelischen Hanfblatt-Ölgemälde über der zerfledderten Corbusier-Liege.

Konny überlegte fieberhaft. Es gab farbige Kontaktlinsen, Dauerwelle für Männer, Haarfärbemittel, Sonnenstudio-Zehnerkarten …

Kriemhild hielt ihr eine dampfende Tasse hin.

»Was ist das? Weißer Tee?«

»Nein. Heißes Wasser.« Kriemhild nippte an ihrer Tasse. Dem Kommissar bot sie nichts an. Wäre ja noch schöner.

»Wo ist er jetzt?«, wollte Tröndle wissen.

Die Schwestern zuckten mit den Schultern.

»Wir haben ihn hier zurückgelassen«, sagte Konny.
»Vielleicht macht er eine Spritztour mit seiner Nudel?«, sagte Kriemhild.
Tröndle guckte verwirrt.
»Die Nudel ist sein *Auto*«, erläuterte Konny. »Es ist ein Werbefahrzeug für Matzau-Nudeln. So lackiert, dass es einer Fusilli-Nudel ähnelt. *Matzau – hausgemacht und lecker* steht drauf.«
»Haben Sie das Kennzeichen?«, fragte Tröndle und tippte in sein Handy.
Kriemhild räusperte sich. »Glauben Sie wirklich, dass ein Kennzeichen zur Ergreifung hilfreicher ist als der Hinweis, dass es eine riesige Nudel auf Rädern ist?«, ätzte sie.
»Nein, wir kennen das Kennzeichen nicht«, sagte Konny.
Tröndles Handy gab einen Summton von sich. »Aha, seine Nudel parkt hier um die Ecke.« Er winkte durch das geöffnete Fenster nach unten. Offenbar hatte er den beiden Streifenbeamten die Aufgabe gesimst, sich nach dem Auto umzusehen. »Matzau müsste also hier sein.«
»Sie dürfen sich gern umsehen, ob wir ihn im Schrank versteckt haben«, lästerte Kriemhild, aber genau das tat Tröndle. Ohne Erfolg.
»Vielleicht arbeitet er wieder im Keller?«, warf Konny ein. »Weißt du noch, als wir das erste Mal herkamen, war er doch voller Farbkleckse?«
Tröndle horchte auf. »Er ist als sogenannter *Grower* bekannt. Vielleicht baut er seinen Keller gerade zu einer Inhouse-Plantage um? Ich sehe mir das mal an.«
Zu dritt stiegen sie das Treppenhaus hinunter. Der Keller war erstaunlich aufgeräumt. Den frischen Mörtel roch man bis zur Tür.

Es war weiter nicht schwer, den richtigen Holzverschlag zu finden. An den Türen standen die Wohnungsnummern. Matzau war 2a, ganz hinten in der Ecke.
Die Keller waren nicht in der ›richtigen‹ Reihenfolge nummeriert, sondern wild durcheinander. Links neben Matzaus Kabuff war 3b und rechts daneben 1c. Kriemhild machte diese chaotische Durchnummerierung ganz wuschig.
Die Holztür zu Matzaus Kellerkabuff war mit einem Vorhängeschloss gesichert. Zu dem, wie sich gleich herausstellte, einer der Schlüssel am Zweitschlüsselbund passte, den Matzau Konny überlassen hatte.
»Brauchen Sie keinen Durchsuchungsbefehl?«, fragte Kriemhild lästerlich.
»Sie haben einen Schlüssel, und Sie schließen mir auf – ich bin mit der Welt im Reinen.« Tröndle lächelte.
Das Kabuff war leer, mal abgesehen von einem Eimer mit getrockneten Mörtelresten, einer Kelle, diversen Farbtuben und einer Walze. Matzau hatte die Ecke zugemauert, sodass sein Kabuff jetzt ein Dreieck bildete.
»Keine Hasch-Plantage«, konstatierte Konny.
»Wieso verkleinert einer seine ohnehin winzige Abstellfläche?«, rätselte Kriemhild.
Tröndle grinste siegesgewiss. »Dahinter finden wir zweifelsohne seinen Vorrat an Hasch. Auch wenn er hier nicht anbaut, kann er doch hier lagern. Ich tippe auf eine substantielle Menge – nicht unter zwanzig Kilo. Nach § 29 des BtMG gibt das Freiheitsstrafe nicht unter einem Jahr!«
Er wollte Verstärkung rufen, sah dann aber den Vorschlaghammer, mit dem Matzau die Mörtelmauer bestimmt wieder aufbrechen wollte, sobald er Nachschub brauchte.
Tröndle zog seinen Mantel aus, drückte ihn Konny in die

Hand, krempelte seine Ärmel hoch, spuckte in die Hände, nahm den Vorschlaghammer und holte aus.
Was ihnen nach drei kräftigen Schlägen aus dem Loch in der Mauer entgegenblickte, waren jedoch keine in Frischhaltefolie gewickelten Marihuana-Ballen, sondern die blicklosen Augen eines sehr fahlen, sehr blonden Mannes.
Der echte Wolfgang Matzau.
Tot.
»Da brat mir doch einer einen Storch.« Tröndle ließ den Vorschlaghammer fallen.
Es gab ein unschönes Geräusch, als der Hammer auf dem Steinboden aufschlug, das knarzend nachhallte.
Knarzend?
Tröndle, dem als Erstem aufgefallen war, dass ein Vorschlaghammer auf Steinboden kein knarzendes Echo hervorrufen kann, sah misstrauisch auf. Das Geräusch kam aus dem direkt daneben liegenden Kellerkabuff von 1c, genauer gesagt von den Holzleisten, die die Kellerräume voneinander trennten.
»Ist da wer?«, rief er. »Ich bin von der Polizei, geben Sie sich bitte zu erkennen.«
»Das hätten Sie wohl gern«, höhnte die Stimme des falschen Matzau, und zwischen den Holzstreben tauchte der Lauf einer Pistole auf.
Noch bevor Tröndle seine Waffe ziehen konnte – wobei gar nicht klar war, ob er eine Waffe mit sich führte, er trug zumindest kein Holster –, schoss der falsche Matzau.
Konny erstarrte.
Nicht so Kriemhild. Sie warf sich seitwärts vor Tröndle, mitten in den Weg der Kugel …

Dr. Clooney, bitte in die Notaufnahme!

»O Gott, Kriemhild, stirb nicht!«

Konny hielt die Hand ihrer Schwester. Sie hielt sie nicht nur, sie quetschte.

»Aua«, stöhnte Kriemhild, die kurz nach der Ankunft in der Notaufnahme wieder zu sich gekommen war.

»Wo bleibt der Arzt?«, brüllte Konny in Richtung der leeren Empfangstheke der Notaufnahme.

»Seien Sie doch froh, dass man Sie warten lässt«, meinte der ältere Herr auf dem Plastikschalensitz neben ihr. »Glauben Sie mir, Sie wollen nicht derjenige sein, der in der Notaufnahme sofort drankommt.« Er hielt sich an seinem Infusionsständer fest, an dem ein Beutel mit einer transparenten Flüssigkeit hing. »Ich komme jeden Nachmittag hier herunter. Ich kenne mich aus. Ihre Schwester wird durchkommen.«

Vermutlich meinte er es gut, aber Konny hätte ihn am liebsten mit seinem Infusionsständer erschlagen.

Der falsche Matzau war entkommen. Tröndle, der dank Kriemhild unverletzt geblieben war, leitete den Großeinsatz auf der Suche nach dem Schützen, während die Rettungssanitäter Kriemhild erstversorgten und zusammen mit Konny ins Krankenhaus brachten.

Wo sie jetzt warteten. Schon seit einer gefühlten Ewigkeit. War eine Schusswunde nicht vordringlich genug? Was musste einem fehlen, um sofort dranzukommen? Der Kopf?

Konny befahl sich, Kriemhild zuliebe die Ruhe zu bewahren. Sie sah sich um.

Eine Notaufnahme hatte sie sich immer umtriebiger vorgestellt. Wie in *Emergency Room* oder *Grey's Anatomy*. Aber es gab nur den Greis, für den die Notaufnahme das persönliche Entertainmentforum war, eine Mutter mit einem Kleinkind, das offenbar eine Murmel verschluckt hatte, einen Kerl, der sich die Nase gebrochen hatte und sich einen tropfenden Eisbeutel aufs Gesicht hielt, und dann eben Kriemhild.

Die Frau, die von den Sanitätern eben hereingerollt worden war – totenbleich mit starrem Blick –, wurde sofort in einen der Nebenräume geschoben. Möglicherweise hatte der Alte recht: Wenn einen das Personal warten ließ, dann wusste man, dass es so schlimm nicht sein konnte.

Apropos Personal – noch so eine Sache, bei der einen die amerikanischen Ärzteserien frech anlogen: Keiner der Ärzte sah so aus wie Dr. McDreamy oder George Clooney. Und die einzig hübsche Krankenschwester hatte einen Adamsapfel.

Kriemhild sah zur Decke und murmelte: »Das Licht ... blendet.«

»Geh nicht ins Licht!«, flehte Konny inständig. »Geh nicht ins Licht, ich brauche dich doch noch!«

»Sei nicht albern. Die Deckenlampe blendet mich. Mach, dass es aufhört.«

Konny setzte sich auf den Rand der Liege und beugte sich so über Kriemhild, dass sie das Licht der Neonröhre verdeckte.

Kriemhild flüsterte: »Man kommt auf die Welt und macht alles falsch und dann stirbt man.«

»Sag doch das nicht!« Konny schluchzte.

Kriemhild sah sie ungewohnt liebevoll an. »Hör zu, ich will, dass du mich einäschern lässt und meine Asche zum Kommodore in die Urne gibst. Hast du verstanden?«

Konny nickte unter Tränen. Angesichts dessen, was da seit neuestem in der Ersatz-Urne war, flossen die Tränen noch heftiger.

»*Seemannsbraut ist die See und nur ihr kann er treu sein*, hat Hans Albers gesungen. Der Kommodore war kein schlechter Mann, er war einfach nur ein Seemann. Ich bin und bleibe sein geliebtes Weib, für immer und ewig.« Kriemhild schluckte schwer.
Konny heulte mittlerweile haltlos.
»Die Trauerfeier soll schlicht sein – und keine Lilien. Von Lilien wird mir schlecht.«
Konny nickte.
»Ich will keine öden Kirchenlieder, sondern Freddy Quinn. *Junge, komm bald wieder.* Vielleicht noch was Anrührendes mit Pavarotti. Und mach keine Staatsaffäre daraus. Nur du und Herr Hirsch, meinetwegen mit seiner Frau. Vielleicht noch die Schobers. Fertig.«
Konny schniefte.
»Die Sachen vom Kommodore wirst du sicher verkaufen wollen. Das Geld spendest du aber der Seenotrettung, damit das klar ist! Der Kommodore hätte das so gewollt.«
Konny zog eine Serviette unter dem Automatenbecher mit Kaffee heraus, den jemand auf den Beistelltisch mit Frauenzeitschriften der Jahre 1972 bis 1988 gelegt hatte, und schnäuzte sich.
Ein Leben ohne ihre Zwillingsschwester war unvorstellbar für sie.
Kriemhild warf ihr einen stirnrunzelnden Blick zu. »Kannst du dir das in deinem Zustand alles merken? Schreib's lieber auf!«
Dass sie kurz vor ihrem Ende noch so biestig war, nahm Konny nur umso mehr mit. »Keine Lilien. Quinn, Pavarotti. Seenotrettung«, wiederholte Konny unter Tränen.
Kriemhild schien zufrieden und sah wieder zur Decke. »Mir

war immer klar, dass ich zuerst gehen würde. Ich bin ja die Ältere …«

Um vierzehneinhalb Minuten, dachte Konny, aber einer Sterbenden widersprach man nicht.

Kriemhild schloss die Augen.

Wen die Götter lieben, den holen sie jung. Hieß es. Jeder wollte doch jung sterben, nur eben so spät wie möglich. Aber *der* Zug war für Kriemhild natürlich abgefahren. Sie war nicht mehr jung. Auch innerlich nicht.

Konny war immer überzeugt gewesen, dass Kriemhild alle überleben würde. So biestig, wie Kriemhild war, hatten die Götter sicher keine Lust, sie allzu bald um sich zu haben. Hatte sie gedacht. Aber anstatt den biblischen Methusalem mit seinen 969 Jahren zu übertreffen und sich im reifen Alter von 1002 vom Sensenmann über den Styx rudern zu lassen, dabei heftig giftend und keifend, war nun der Moment des Abschieds gekommen.

»Schwester!«, rief Konny. »SCHWESTER!«

»Hörst du wohl auf, mich so anzubrüllen«, giftete Kriemhild.

»Ich meine doch nicht dich, sondern die Krankenschwester.«

Die leitende Schwester trat aus einem der Seitenräume. »Nehmen Sie doch ein wenig Rücksicht auf die Kranken«, mahnte sie Konny.

»Meine Schwester stirbt!«, rief Konny.

Die Krankenschwester trat näher, nahm Kriemhilds Handgelenk und fühlte den Puls. »Stimmt«, sagte sie und nickte. »Irgendwann, wie wir alle. Aber nicht jetzt und nicht hier. Halten Sie sich also bitte etwas zurück.«

»Wie können Sie nur so ruhig und abgebrüht sein!«, empörte sich Konny. »Meine Schwester wurde angeschossen!«

Die Schwester war Profi und blieb auch angesichts von Angehörigenattacken ruhig. »Es war ein Streifschuss. Für die Wunde reicht das Pflaster, das ich ihr angelegt habe. Ihre Schwester muss nur aus versicherungsrechtlichen und ermittlungstechnischen Gründen von einem Arzt untersucht werden.« Sie nickte den beiden Schwestern zu und marschierte zu dem Kleinkind, das sie liebevoll auf den Arm nahm und in Begleitung der Mutter in einen Behandlungsraum trug.

Kriemhilds Kopfwunde hatte aufgehört zu bluten. Ihre Wangen bekamen wieder Farbe. Mit der freien Hand – die Linke, die nicht von Konny zu Brei zerquetscht wurde – spielte sie an dem Medaillon um ihren Hals. Das beruhigte sie.

Plötzlich wurde Kriemhild wieder bleich.

»Kriemhild?«, kreischte Konny.

Sogar der Greis mit dem Infusionsständer beugte sich besorgt vor. »Kreislaufkollaps?«, fragte er.

»Das Medaillon«, hauchte Kriemhild. »Das hat mir der Kommodore kurz vor seinem Tod geschenkt.«

Konny und Kriemhild sahen sich an. Ihr Blickkontakt riss auch dann nicht ab, als erneut ein Rettungswagen eintraf und ein sichtlich Schwerverletzter an ihnen vorbeigerollt wurde.

Der Mann mit der gebrochenen Nase, dessen Eisbeutel mittlerweile ausgelaufen war, wurde abgeholt, der Infusionsgreis sah auf die große Uhr über der Empfangstheke und sagte: »Ich muss dann los. Es ist Kaffee-und-Kuchen-Zeit. Wenn ich nicht pünktlich auf meinem Zimmer bin, fallen der Blinddarm und der Gallenstein über meinen Kuchen her. Ich hasse Mehrbettzimmer!«

Konny und Kriemhild blieben allein zurück.

Konny beugte sich über ihre Schwester und öffnete das Medaillon.

Es war ein Bild darin. Aber kein Foto von Kriemhild. Auch keins von Gabi Lehmann. Nein, das Bild einer Meerjungfrau.
»Das Medaillon hat mir der Kommodore kurz vor seinem Tod geschenkt. Aus heiterem Himmel. Es war nicht einmal mein Geburtstag. Und er sagte noch: *Gut drauf aufpassen!*«
Der Kommodore war kein Mann vieler Worte gewesen. Kriemhild war sich auf einen Schlag sicher, dass dieses Medaillon das Geheimnis barg.
Konny, die mit Männern weitaus mehr Erfahrung hatte als ihre Schwester, glaubte ja eher, dass der Kommodore seiner Frau nur deshalb Schmuck geschenkt hatte, weil ihm die Affäre mit Gabi ein schlechtes Gewissen verursachte. Aber das sprach sie natürlich nicht aus.
»Denkst du, dass das Medaillon ein Vermögen wert ist?«, fragte Konny.
Es sah gar nicht wertvoll aus. Ganz im Gegenteil.
»Du bist wirklich strohdumm«, sagte Kriemhild. »Die Meerjungfrau. Das ist der Hinweis. Ich habe sie schon einmal gesehen. Und ich weiß, wo wir sie finden.«
Ein junger Schlacks von einem Mann kam auf sie zu. Er hatte einen wilden Lockenkopf und trug zu seinem Arztkittel pinkfarbene Gesundheitssandalen. »So, dann wollen wir uns das einmal ansehen«, sagte er mit einem sympathischen Lächeln und wollte das von den Rettungssanitätern ausgefüllte Formblatt mit den ersten Ergebnissen von Kriemhilds Bodycheck, der Wundversorgung, des EKGs und der Schmerzmittel studieren.
»Jetzt nicht!«, herrschte Kriemhild ihn an.
Er zuckte zusammen.
Kriemhild richtete sich auf, stopfte das Medaillon wieder unter ihre Bluse und stand auf. »Nächstes Mal bemühen Sie sich gefälligst etwas früher, ich habe jetzt zu tun!«

»Aber …«, fing der Arzt an.
»Kriemhild, willst du dich nicht wenigstens untersuchen lassen?«, protestierte auch Konny.
»Unkraut vergeht nicht«, erklärte Kriemhild und marschierte davon. Über ihre Schulter rief sie ihrer Schwester noch zu: »Ich verstehe nicht, warum du wegen so ein bisschen Blut gleich ein Fass aufmachen musst. Du bist und bleibst ein Weichei!«

Frogman – ungeküsst unter Prinzessinnen

In den entscheidenden Momenten unseres Lebens, wenn wir Dinge tun, von denen wir wissen, hundertprozentig wissen, dass sie unser Leben verändern werden, denken wir nicht an die großen Fragen der Menschheit, woher wir kommen, wozu wir da sind, wohin wir gehen.
Nein, wir denken an lästigen Kleinkram.
Als Konny und Kriemhild in dieser Nacht in das Galionsfigurenmuseum Altona einbrachen, dachte Konny, dass sie stank. Seit Tagen trug sie dieselben Ledersachen, die zugegebenermaßen mittlerweile flauschig weich waren und ihren Körper wie eine zweite Haut umhüllten. Aber trotz Dusche und frischer Unterwäsche bildete sich doch allmählich eine subtropische Klimazone zwischen Echthaut und Zweithaut. Konny, der gutes Aussehen und guter Duft wichtig waren, schämte sich. Verstohlen schnupperte sie an ihrer Achselhöhle.
»Ja, du stinkst«, sagte Kriemhild. »Und jetzt konzentriere dich. Wir sind nicht zum Vergnügen hier.«
Kriemhilds medaillon-induzierte Epiphanie hatte sie nach ihrer Selbstentlassung aus dem Krankenhaus schnurstracks hierher geführt. Vorausgesetzt, man definierte schnurstracks als weiträumig. Weil sich die Fat Boy und das Boot noch in der Obhut der Spurensicherung befanden, waren die Schwestern unmotorisiert. Und auf der Fahrt mit Bus und Bahn waren sie zweimal falsch ausgestiegen und hatten einmal erst viel zu spät bemerkt, dass sie zwar in der richtigen Buslinie, aber in der falschen Richtung saßen. So war es spät geworden. Das Museum hatte geschlossen. Aber das war Kriemhild egal. Sie hatte ja den Schlüssel.

»Das ist eine Schnapsidee!«, schimpfte Konny mit Kriemhild, weil man mit den eigenen Körperdüften, über die man sich eigentlich ärgert, nicht schimpfen kann. Sie wühlte im Rucksack nach dem Reiseflakon mit ihrem Lieblingsparfüm. »In ein Museum einzubrechen, Blödsinn. Die haben hier doch bestimmt überall Überwachungskameras.«
»Siehst du hier irgendwo eine Kamera? Ich nicht. Dafür haben die hier kein Geld.« Kriemhild zog den Schlüssel des Kommodore aus ihrer Handtasche. »Außerdem ist es kein Einbruch, wenn man einen Schlüssel hat. Und du musst ja nicht mitkommen. Ich ziehe das auch allein durch.«
Konny fand den Flakon und sprühte den gesamten Inhalt in ihr Dekolletee, auf ihre Handgelenke, hinter die Ohren und in den Hosenbund.
Kriemhild rümpfte die Nase. Und sah sich um – in der schmalen Allee war weit und breit niemand, auch nicht auf der gegenüberliegenden Grünfläche.
Sie holte tief Luft und steckte den Schlüssel ins Schlüsselloch.
Er passte!
Ein Zeichen.
Kriemhild öffnete die Glastür.
Konny zögerte. »Wir sollten uns Tröndle anvertrauen. Das hier im Alleingang zu machen ist doch nicht normal.«
»Normal fällt nicht in meinen Zuständigkeitsbereich«, erklärte Kriemhild und ließ die Tür los, die schwer gegen Konny prallte.
Kriemhild lief los.
Konny betrat vorsichtig den Vorraum des Museums und hielt Ausschau nach Kameraaugen. Aber es gab keine. Wer würde auch schon in das Altonaer Museum für Galionsfiguren ein-

brechen wollen? Niemand – außer Konny und Kriemhild, den Schnüffelschwestern, die hier weitaus mehr tun wollten, als nur herumzuschnüffeln – sie wollten endlich den Schatz heben!
»Trödele nicht!«, mahnte Kriemhild, die mit einer Sicherheit den stockfinsteren Hauptflur zur Treppe entlanglief, als würde sie hier tagtäglich ein und aus gehen.
»Woher weißt du, wohin wir müssen?«, zischelte Konny und hastete ihrer Schwester hinterher.
Prompt rannte sie gegen einen Poller.
»Aua!«
»Wirst du wohl still sein!«, mahnte Kriemhild. Ihre Stimme schien nicht nur aus weiter Ferne, sondern auch aus beträchtlicher Tiefe zu kommen. Als ob sich vor Konny gleich ein Schlund auftun würde. »Und achte auf die Stufen.«
Vorsichtig tastete Konny mit dem rechten Fuß den Boden ab und entdeckte die oberste Stufe. Licht gaben nur die grünen Notausgangsleuchten. Sie hielt sich an dem breiten Holzgeländer fest, während sie Stufe um Stufe in die Tiefe stieg.
»Bist du sicher, dass wir in den Keller müssen?«, rief sie.
»Das ist kein Keller, sondern eine Ausstellungshalle im Untergeschoss.«
Kriemhilds Stimme verlor sich in den Weiten des Raumes.
Unten angekommen, tastete Konny die Luft ab. Ohne das Treppengeländer kam sie sich hilflos vor.
»Wo bist du?«, rief sie, um sich am Klang von Kriemhilds Stimme zu orientieren. Wie eine Fledermaus mit Ultraschallortung.
»Hier!«, brummte es irgendwo in weiter Ferne, was als auditive Hilfestellung nur bedingt hilfreich war.
Konny lief gegen ein Podest. Etwas wackelte. Mit den Händen tastete sie es ab.

»Aua!«
»Großer Gott, was ist jetzt wieder?«
»Mich hat etwas gebissen.« Konny rieb sich die schmerzende Hand.
»Wir sind hier nicht im Zoo. Hier beißt nichts!«
Konny hätte gern den Gegenbeweis angetreten, aber sie traute sich nicht, nochmals das Podest abzutasten. »Ich brauche bestimmt eine Tetanus-Impfung«, maulte sie.
»Was hast du gesagt?«
»Nichts!«
Konny tastete mit dem Fuß den Boden ab und stieß sich den großen Zeh schmerzhaft an etwas Hartem, das sich als Säule entpuppte. »So langsam reicht es mir! Wir hätten eine Taschenlampe mitbringen sollen.«
Die Schwestern waren keine erfahrenen Einbrecherinnen. Kein Wunder, dass ihnen essentielles Basiswissen fehlte.
Das machten sie – will heißen, eine von ihnen – durch eine kühne Neu-Interpretation gängigen Einbrecherverhaltens wett.
Kriemhild schaltete nämlich just in diesem Moment das Deckenlicht ein.
»Um Himmels willen!«, kreischte Konny. »Mach das Licht aus!«
»Hast du nicht eben gemeckert, dass du nichts siehst und es dir reicht?« Kriemhild entfernte sich zügig vom Lichtschalter.
»Was ist, wenn jemand sieht, dass hier Licht brennt?«
»Ja und? Neun von zehn werden denken, es findet eine Abendveranstaltung statt. Oder Inventur. Oder der Museumsdirektor zecht mit seinem Team.«
»Aber der Zehnte wird es melden«, hielt Konny dagegen.

Sie wollte zum Lichtschalter laufen und ihn ausschalten, aber jetzt fiel ihr zum ersten Mal auf, wo sie sich hier befand …

… in dem sagenhaften Reich der Meerjungfrauen!

Zu Dutzenden, gefühlt Hunderten, starrten sie von den Wänden auf sie herab: holzgeschnitzt, barbusig, bunt bemalt, lächelnd.

Konny stand vor Staunen der Mund offen.

Sie kannte natürlich Galionsfiguren aus Piratenfilmen, aber diese Vielfalt, diese Schönheit und in Einzelfällen auch die Größe warfen sie förmlich um.

»Holla, die Waldfee«, rief Konny, als sie ihre Stimmbänder wieder unter Kontrolle hatte.

»Der Kommodore ist zu Beginn unserer Ehe sonntags gern mit mir hergekommen«, erzählte Kriemhild, die an den Meerjungfrauen entlangschritt wie ein Admiral bei der Truppeninspektion. »Früher glaubten die Seeleute, dass der Anblick einer barbusigen Frau die wütende See beruhigen würde. Darum hatten Schiffe vor allem ab dem späten 18. Jahrhundert Meerjungfrauen als Galionsfigur.«

Ach, wie hatte sie es geliebt, wenn ihr der – wesentlich ältere – Kommodore die Geheimnisse der Seefahrt verriet, in diesem Fall die der Galionsfiguren. Schon die alten Ägypter verzierten ihre Barken mit Tierköpfen, die Wikinger und die Chinesen hatten ihre Drachenboote mit Drachenköpfen. Die Figuren dienten natürlich der Zierde – oder bei kleineren Schiffen dem Trimmen –, aber viele Seeleute hielten ihr Schiff für ein lebendiges Wesen und die Figur am Bug für dessen Seele.

Kriemhild seufzte.

Konny sah nur einen einzigen Hahn im Korb – eine männliche Galionsfigur, die einen vollbärtigen, rothaarigen Kapitän darstellte. Er hing jedoch nicht wie Neptun mittig im Saal, son-

dern in einer der Ecken, in der etwas schlechter ausgeleuchteten Randlage.
Hier herrschten die Frauen!
»Und was genau …?«, fing Konny an.
»Ich suche die Meerjungfrau aus dem Medaillon.« Kriemhild drehte sich jetzt im Kreis. »Sie hat sein Schiff geziert. Und testamentarisch hat er sie dem Museum vermacht. Da …«
Sie zeigte auf die gegenüberliegende Wand.
Die Meerjungfrauen, die versetzt und wellenförmig in drei Reihen an den Wänden des Saales angebracht waren, ließen es nicht zu, dass man eine der anderen vorzog. Sie waren alle einzigartig – und einzigartig schön.
Aber die Meerjungfrau, auf die Kriemhild jetzt zuging, hatte schon einen ganz besonderen Reiz. Zudem waren ihre Rundungen züchtig bedeckt.
»Das ist sie.«
Kriemhild sah zu ihr auf.
Konny trat neben sie und sah ebenfalls nach oben.
Die Galionsfigur des Kommodore hing in der obersten Reihe.
»Da kommen wir ohne Leiter nicht ran«, sagte Konny.
»Dann besorgen wir uns eben eine Leiter.« Kriemhilds Blick zeugte von ihrer Entschlossenheit. »Ich bin mir absolut sicher, dass in ihrem Innern der Schatz versteckt ist.«
Kurz bevor sie vom Dauerstarren in die Höhe Genickstarre bekamen, wurden die Schwestern erlöst.
Jemand hatte sich angeschlichen und rief jetzt: »Wunderbar! Dann hat die lästige Suche ja endlich ein Ende.«
Konny und Kriemhild wirbelten herum.
Es war natürlich kein Nachtwächter, so viel Glück hatten die Schwestern nicht.

Es war Wolli Matzau. Nicht der Tote, sondern der Falsche.
Mit einer Waffe in der Hand.
Und einem mordlüsternen Lächeln auf den Lippen …

Meerjungfrauen morden besser

»Das Meer ist voller Fische. Aber *ich* bin eine Meerjungfrau.«
Kriemhilds Lebensmotto

Wenn man in den Lauf einer Waffe blickt, rückt man unwillkürlich näher zusammen. Aus Konny und Kriemhild wurden schlagartig siamesische Zwillinge.

Matzau – der ja nicht Matzau war, aber wie sonst sollten sie ihn nennen? – fuchtelte mit dem metallischen Ding in seiner Hand und trat unter die Meerjungfrau des Kommodore. Was für ein schlechter Schütze er war, konnte man ja an Kriemhilds Kratzer sehen. Dachte Konny. Aus nächster Nähe nur einen Streifschuss zu schaffen, das zeugte schon von einer mangelnden Treffsicherheit, die ihresgleichen suchte.

Aber was, der Gedanke musste erlaubt sein, was, wenn er absichtlich danebengeschossen hatte, weil er Kriemhild ja noch brauchte? Was, wenn er nur ein blutiges Zeichen hatte setzen wollen?

Wie immer in Momenten großer Emotionalität schossen Konny die absurdesten Gedanken durch den Kopf. Und wie immer musste sie niesen.

»Gesundheit«, sagte Matzau.

»Wer sind Sie eigentlich?«, fragte Kriemhild.

Es ist ein Trugschluss zu glauben, man könne in einer Bedrohungssituation den Täter durch ein Gespräch von seinen Absichten abbringen. Das funktioniert nie. Verbrecher sind nicht an netten Plaudereien interessiert. Ausnahmen bestätigen die Regel: wenn man nämlich in aller Unschuld einen Nagel auf

den Kopf trifft, der wie eine schwärende Wunde in der Psyche des Übeltäters steckt.
»Ja, genau, wer bin ich?«, brüllte Matzaus Mörder gequält auf. »Keiner hat mich erkannt – Walter nicht, Hans nicht, Herbert nicht. Und Sie auch nicht, Frau Kapitän! Ich war immer der Unsichtbare! Der, den alle übersehen! Aber jetzt nicht mehr! Jetzt. Nicht. Mehr.«
Er fuchtelte wild mit der Waffe. Prompt löste sich ein Schuss.
Die Schwestern duckten sich verschreckt, aber die Kugel schlug in der Decke ein.
Putz rieselte herab.
Konny nieste noch einmal und sah dann fragend zu Kriemhild.
Die zuckte nur mit den Schultern.
»Sie haben mich an Bord des Schiffes gesehen!«, rief er jetzt dezidiert Kriemhild zu. »Mehrmals!«
In Kriemhild arbeitete es. Sie war immer sehr stolz auf ihr Erinnerungsvermögen gewesen, aber das umfasste nur Fakten, Zahlen, Daten, Dinge. Keine Menschen. Menschen interessierten sie nicht. Gesichter konnte sie sich ebenso wenig merken wie Namen. Selbst Konny hatte sie bis zu ihrem zehnten Lebensjahr immer nur »du da« genannt – oder im Gespräch mit Dritten »die da«.
Weil es Matzaus Mörder zu lange dauerte, brüllte er: »Ich bin der Schiffsjunge!«
»Ah!« Kriemhild nickte. »Ja, den Schiffsjungen des Kommodore habe ich kennengelernt. Das war so ein Bub. Sie sind kein Bub.«
»Weil das schon zwanzig Jahre her ist!« Fake-Matzau fuchtelte erneut, die Schwestern duckten sich wieder.
Wie immer der Schiffsjunge hieß, den Moment für eine ordentliche Vorstellungsrunde hatten sie verpasst. Für Konny und Kriemhild würde er Matzaus Mörder bleiben, obwohl er natür-

lich auch das Wiesel, Kugelbauch Schenk und Enterhaken-Herbert ermordet hatte, wie er gleich darauf zugab.
»Nur zu«, fing er an, »reden Sie sich nur raus, warum Sie mich nicht erkannt haben. Schieben Sie es darauf, dass ich zum Mann geworden bin. Das ändert nichts. Ich war immer der, auf den keiner geachtet hat. Ich war dabei, als die vier den Schatz gehoben haben! Meinen Sie, die hätten sich daran erinnert? Geschweige denn, dass sie bereit gewesen wären, mir was abzugeben? Nein!«
Er fuchtelte mit der Waffe. Konny und Kriemhild duckten sich mit jeder Bewegung in die andere Richtung. Nur für den Fall, dass sich abermals ein Schuss löste.
Einen Moment lang wurde er ruhiger. »Was riecht hier so?« Er schnupperte. »Wie eine Kläranlage mit Rosengarten?«
»Das ist meine Schwester.« Kriemhild lag immer sehr viel an der Richtigstellung von Fakten.
Konny kniff sie. »Echt jetzt? War das nötig?«
Kriemhild zuckte mit den Schultern.
»Wo war ich doch gleich stehengeblieben?«, fragte der falsche Matzau.
»Sie sagten, dass Sie von Ihren Mitmenschen nie wahrgenommen werden«, lieferte Kriemhild das Stichwort.
Konny schüttelte den Kopf. Aber Kriemhild kam einfach nicht gegen ihre Natur an.
»Genau! Ich war der Unsichtbare! Immer dabei, aber nie beachtet.« Er schnaubte. »Dann starb der Kommodore, und zwei der anderen kamen in den Knast, und ich dachte lange, der Kaminski hätte sich das Geld unter den Nagel gerissen und wär damit nach Asien verduftet. Bis ich erfuhr, dass die drei wieder im Land waren und Fragen stellten. Die hatten das Geld nicht, so viel war klar. Ich wusste, ich muss mich nur an ihre Fersen

heften, dann klingelt es irgendwann auch bei mir in der Börse. Ich war denen – und euch – immer eine Nasenlänge voraus. Auch was die ehemalige Wohnung des Kommodore angeht, in der mittlerweile so ein blöder Kiffer wohnte. Um den ist es nicht schade. Um keinen von denen ist es schade!«

Kriemhild wurde steif. »Stimmt es, dass ...?« Sie schloss kurz die Augen, dann öffnete sie sie wieder. »Haben Sie meinen Mann umgebracht?«

Fake-Matzau strahlte. »Ja. Als er morgens die Zeitung hochholte, habe ich auf ihn gewartet. Ich habe ihm gesagt: Käpt'n, habe ich gesagt, ich weiß, dass Sie die Diamanten zu Geld gemacht haben. Ich will meinen Anteil. Sagt er doch glatt: Keiner von euch kriegt auch nur einen Cent.« Sein Gesicht wurde vor lauter Wut zur Grimasse. »Aber so lasse ich mich nicht abspeisen. So nicht! Ein kurzer Stich mit der Einwegspritze und *tüdelü* – aus die Maus!« Die Grimasse entzerrte sich wieder. »Man hätte ihn möglicherweise noch retten können, wenn er gleich zum Arzt gegangen wäre.« Fake-Matzau zuckte mit den Schultern. »Aber er hat das mit der Spritze nicht ernst genommen. Selber schuld, kann ich da nur sagen. Selber schuld!«

Kriemhild wurde ganz steif.

»So geht es Leuten, die mich nicht ernst nehmen – die werden alle zu Fischfutter. Ich hab's satt, der Unsichtbare zu sein. Der ›auch dabei ist‹. Wenn ich mal von der Bühne abtrete, dann soll mein Name in aller Munde sein. Und alle sollen sie Angst vor mir haben.«

Das würde ihm natürlich nur gelingen, wenn er denn seinen Namen auch mal preisgäbe. Aber darauf wollten ihn die Schwestern lieber nicht aufmerksam machen.

Während er sich spuckend in Fahrt redete, arbeiteten sich Konny und Kriemhild, immer noch an der Hüfte zusammen-

gewachsen, Millimeter um Millimeter nach links in Richtung Treppe.
Matzaus Mörder rückte Millimeter um Millimeter nach rechts. Unbewusst, wie die Schwestern glaubten, weil das Universum immer nach Ausgleich strebt. Aber das war ein Irrtum.
»Wo wollt ihr denn hin, Mädels? Glaubt ihr etwa, dass ihr es zum Ausgang schafft?« Er gackerte höhnisch. »Nur zu, probiert es ruhig. Los doch. Ich brauche euch nicht mehr. Ich weiß ja jetzt, wo ich fündig werde.« Er zeigte nach oben. »Für mich ist jetzt Zahltag!«
Mittlerweile stand er direkt unter der Meerjungfrau, die einst das Schiff des Kommodore geziert hatte.
»Ohne euch hätte ich sie gar nicht wiedererkannt«, sagte Matzaus Mörder, ohne die Ironie dieser Aussage zu realisieren. Er selbst monierte, dass ihn keiner wahrnahm, aber die Galionsfigur des Schiffes, auf dem er jahrelang zur See gefahren war, hatte er sich nicht gemerkt. »Es macht Sinn, dass der Kommodore seinen Zaster in einem seiner Girls versteckt. Wobei ich ja eher auf die Gummipuppe getippt hätte.« Er kicherte lästerlich.
Kriemhild knirschte mit den Zähnen, aber sie sagte nichts. Schon deswegen nicht, weil in diesem Moment Konnys Handy klingelte.
Der Killerschiffsjunge zielte jetzt zwischen Konnys Augen. »Wer ist das?«
Konny, die keine personalisierten Klingeltöne hatte, schaute panisch. »Ich habe keine Ahnung.«
»Nachsehen. Aber keine Mätzchen!«
Konny fischte vorsichtig ihr Handy aus dem Rucksack. Sie erkannte die Nummer nicht, aber es war eine Hamburger Vorwahl.
»Ist das der Bulle, der euch so ins Herz geschlossen hat?« Man

sah ihm an, wie es in ihm dachte. »Rangehen. Aber auf laut stellen. Und keine Fisimatenten, sonst erschieße ich deine Schwester. Und diesmal schieße ich nicht daneben!« Er zielte auf Kriemhilds bandagierte Stirn.
»Hallo?«, meldete sich Konny.
Man hörte wildes Zetern, Kreischen, Jaulen, Fiepen, Dinge, die schwer zu Boden fielen, Schreie.
»Hallo?«, wiederholte Konny. »Wer ist denn da?«
»Sie müssen sofort kommen! Es war ein Fehler, dass ich mich bereit erklärt habe, Ihre Tiere vorübergehend aufzunehmen, nur weil Sie im Krankenhaus sind.« Es war Frauke Knudsen. »Die beiden flippen völlig aus! Sie terrorisieren die Hunde meiner Eltern. Das geht so nicht!«
Das Gezeter im Hintergrund wurde lauter.
Aus den höchst atonalen Indizien zu schließen, hatten Chuck Norris und Amenhotep eindeutig die Oberhand. Konny hoffte, dass sie die Chihuahuas oder Yorkshire Terrier, oder was immer die Knudsens als Schoßhundrasse präferierten, nicht zerfleischten.
»Nein! Nein!«, rief Frauke, die hörbar mit den Nerven am Ende war. »Weg! Lasst unsere Dobermänner in Ruhe!«
In diesem Moment – während man über den Lautsprecher des Handys hörte, wie Hunde ängstlich fiepten und im Hintergrund etwas zu Bruch ging, was zweifellos aus Glas bestanden hatte, und Konny sowie Matzaus Mörder kurzzeitig abgelenkt waren – schnappte sich Kriemhild das Handy, holte aus und warf es Matzaus Mörder wuchtig an den Kopf.
»Lauf!«, rief sie ihrer Schwester zu. »Lauf um dein Leben!«
Das Handy donnerte mit Schmackes an die Stirn des Mannes, der nach hinten taumelte und den Arm hochriss.
Erneut löste sich ein Schuss.

Der auch traf. Und zwar die Meerjungfrau. Besser gesagt, ihre Verankerung an der Wand.
Während sich der ehemalige Schiffsjunge noch berappelte, löste sich die Verankerung, und die Galionsfigur sauste schwer nach unten.
Er sah noch nach oben, aber da war es auch schon zu spät. Die hölzerne Meerjungfrau traf ihn hart auf den Kopf, der abrupt nach hinten gerissen wurde.
Man hörte ein Knacken.
Fake-Matzau ging zu Boden. Wo er ebenso reglos liegen blieb wie Konnys Handy und die nur leicht angesplitterte Meerjungfrau.
Konny und Kriemhild, die schon bis zur Treppe gelaufen waren, blieben stehen.
»Herrje«, rief Konny, die kein Blut sehen konnte.
Wobei gar kein Blut floss. Matzaus Mörder hatte sich nur das Genick gebrochen.
»Schnell, wir müssen die Polizei rufen«, sagte Konny und tastete automatisch nach ihrem Handy, was natürlich Quatsch war. Ihr Handy lag, mangels Schutzhülle, zerborsten neben der Leiche.
»Gleich«, sagte Kriemhild und ging auf den Toten zu.
Weil sie sich seines Zustands – ganz tot? nur ein bisschen tot? – nicht sicher war, kickte sie, bei ihm angekommen, die Waffe zur Seite. Dann tastete sie nach seinem Puls. »Der ist hinüber. Da können wir uns auch Zeit lassen.«
Sie drehte die Meerjungfrau um.
»Bist du des Wahnsinns?«, rief Konny, die immer noch an der Treppe stand, die Finger ins Geländer verkrallt.
Möglich, dachte Kriemhild, *aber was ich anfange, das ziehe ich auch durch.*

Sie hatte auf einen Hohlraum gehofft, auf eine Geheimkammer, auf irgendetwas.
Aber da war nichts.
Es gab keinen Schatz. Und weil es sich nicht um eine Schnitzeljagd handelte, gab es auch keinen weiteren Hinweis. Keinen Zettel, keinen USB-Stick, nichts.
Die Meerjungfrau war einfach nur eine Meerjungfrau.
Allerdings eine Meerjungfrau, die jetzt einen Kriminellen auf dem Gewissen hatte …

Hochwürden zieht den Stöpsel raus

Regelmäßige Beichtgelegenheit
montags, dienstags, mittwochs, freitags:
17:45 bis 18 Uhr
samstags: 12 bis 16 Uhr

Segen und Fluch der modernen Zeit ist ja die Einstellung, Religion als Selbstbedienungsladen zu betrachten: *Hiervon eine Prise, davon eine Handvoll, und das da drüben sieht auch gut aus, bitte alles hübsch und gefällig einpacken, danke.*

Man ist irgendwie evangelisch aufgewachsen, nennt sich aber später Buddhist, weil man gesehen hat, wie süß und erleuchtet Richard Gere beim Meditieren aussieht. Wobei *man* durch *Konny* zu ersetzen wäre.

Jetzt half ihr aber weder das eine noch das andere. Sie brauchte etwas, das ihr nur der Katholizismus bieten konnte: eine Beichte.

Beichtstühle kannte Konny ausschließlich aus Film und Fernsehen, aber wenn sie nicht sofort jemand anvertraute, was sie quälte, würde sie platzen. Oder noch schlimmer: es ihrer Schwester erzählen …

Anders als die üppigen Barockkirchen, die sie aus Bayern-Urlauben kannte, war diese katholische Kirche erstaunlich schlicht. Hanseatisch eben.

Konny sah sich um. Außer ihr war nur noch eine junge Frau im karierten Hängerkleid anwesend, die am Altar Blumen arrangierte.

Die Beichtstühle befanden sich rechts vom Mittelgang. Schnörkellose Holzkuben.

Konny ging hinüber, doch dann wich ihr der Mut.

Sie hatte es sich so unkompliziert vorgestellt. Einfach mit jemand darüber sprechen, es sich von der Seele reden. Aber jetzt ... Da gab es doch bestimmt ein festes Procedere? Und würde der Priester es als gotteslästerlich empfinden, wenn sie als Andersgläubige so etwas Ernstes wie die Beichte einfach mal eben zur eigenen Psychohygiene nutzte? War das nicht Blasphemie?

»Kommen Sie ruhig herein«, rief eine körperlose Stimme aus dem linken Holzkubus.

Letzte Chance, davonzulaufen. Was sie auch getan hätte, allerdings sah das karierte Hängerkleidchen jetzt neugierig herüber, und vor der jungen Frau wollte Konny sich keine Blöße geben. Also trat sie in den rechten Kubus und setzte sich auf das kissenlose Büßerbänkchen.

Hinter dem Trenngitter sah sie einen bärtigen Mann.

»Gelobt sei Jesus Christus«, begrüßte er sie.

»Absolut«, sagte Konny. Sie meinte zu wissen, dass es feste Formeln gab und was man als Erstes aufsagen musste. Nach kurzem Nachdenken rezitierte sie: »Vater, ich habe gesündigt und möchte meine Sünden jetzt loswerden.«

Sie spürte seinen Blick auf sich. »Sie sind nicht katholisch, was?«

»Äh ... nein, merkt man das?«

»Überdeutlich.«

»Müssen Sie mich nicht ›meine Tochter‹ nennen, Hochwürden?«

Er kicherte. »Wir sind hier nicht in einem *Don Camillo und Peppone*-Film. Sie könnten meine Großmutter sein, da nenne ich Sie doch nicht Tochter. Sie müssen mich auch nicht als Hochwürden titulieren, Sie können einfach Pater Ralf zu mir sagen.«

Konny juchzte. »Hui, wie in *Die Dornenvögel*!«
»Ja, aber mit f, nicht mit ph.«
»Ich habe den Film geliebt. Richard Chamberlain als Pater, der sich in eine Frau verliebt, aber sich dann doch für die Karriere in der Kirche entscheidet.« Konny seufzte schmachtend.
»Hm, ja. Sie sind nicht die Erste, die mich darauf anspricht. Aber das hier ist ein Beichtstuhl, kein Kritikerempfang auf einem Filmfest. Kommen wir doch zur Sache: Warum wollen Sie als Nicht-Katholikin beichten? Ich tippe mal auf etwas Schwerwiegendes wie Ehebruch oder gar Mord. Ich sag's Ihnen aber gleich: Das Beichtgeheimnis gilt zwar auch für Sie, dennoch ist die Beichte kein Automat, wo man eine Sünde einwirft, mit zwei Ave Maria bezahlt und dann quasi zwangsläufig die Absolution erhält. Bevor ich Ihnen die Absolution erteile, werde ich tätige Reue sehen wollen! Das kann auch bedeuten, dass ich Sie zur Polizei schicke!«
Damit hatte Konny schon gerechnet. Das mit der Reue würde ein Problem werden, aber es ging ihr ja im Grunde nur ums Reden.
»Also gut«, fing sie an. »Ich möchte zwei Vergehen beichten.« Sie stockte, Pater Ralf schwieg. »Ich habe meine Schwester unter Drogen gesetzt. Nichts Schlimmes. Sie wird immer reisekrank, also habe ich ihr Tabletten gegen Reisekrankheit in den Kaffee gemischt.« Auf der anderen Seite herrschte immer noch Stille. »Sie hören aber schon zu, oder?«, vergewisserte sich Konny.
»Ich warte noch auf die Sünde. Ist Ihre Schwester gestorben?«
»Was? Nein! Sie ist nur eingeschlafen. Aber es war trotzdem nicht nett von mir.«
»Richtig. Tun Sie das nie wieder! Als Buße trage ich Ihnen auf,

etwas Nettes für Ihre Schwester zu tun. Kommt Ihr zweites Vergehen einer Sünde etwas näher?«

Konny nickte und dachte dann, dass er das womöglich nicht sehen konnte. »Ja. Ich habe die sterblichen Überreste eines Menschen entweiht.«

Sie hörte ein Rascheln, als ob er sich aufgerichtet hätte. Auf einer Skala von eins bis zehn könnte diese Beichte in die Kategorie *mal was anderes* fallen.

Pater Ralf war auch nur ein Mensch.

»Er war aber schon tot?«

»Ja, schon seit Jahren. Es handelt sich um meinen Schwager. Den Kommodore.«

Konny fing an zu erzählen. Das war ihre einzige Chance, sich alles von der Seele zu reden. Also berichtete sie von dem Überfall auf ihre Pension, wie die Schurken die Urne des Kommodore zerschlagen hatten, wie sie den Kommodore daraufhin in den Handstaubsauger umfüllten und mit auf Reisen nahmen und wie der Staubsauger entführt wurde.

»Wurden diese Kriminellen gefasst und der Justiz überstellt? Werden sie ihre gerechte Strafe erhalten?«, fragte Pater Ralf, als Konny – kurz vor der entscheidenden Stelle – eine Pause einlegte.

»Je nun, das ist Definitionssache. Jemand hat die drei umgebracht. Insofern treten sie also jetzt final vor den allerhöchsten Richter.«

»Umgebracht?«, kiekste Pater Ralf, dessen Stimme im Zustand der Erregung gern kippte, und dann klang er wieder wie damals, als er ein Jahr lang bei den Regensburger Domspatzen mitsingen durfte.

»Nicht von mir oder meiner Schwester!«, stellte Konny klar. »Von einem Schatzräuber, der mittlerweile auch tot ist. Von

einer Meerjungfrau erschlagen. Darum geht es mir jetzt aber nicht.«
»Von einer Meerjungfrau?«
»Müssen Sie immer alles wiederholen? Ist das Bestandteil des Beichtrituals?«
»Ich möchte nur sicher sein, dass ich die Zusammenhänge begreife. Eine Sünde will ja beim Ermessen der Schwere in den richtigen Kontext eingeordnet werden.«
»Geben Sie sich keine Mühe, die Zusammenhänge werden sich Ihnen nicht erschließen, das ist viel zu komplex.« Konny seufzte, fühlte sich aber schon besser. Reden half eben doch. »Konzentrieren Sie sich nur auf die Asche des Kommodore. Ich habe nämlich die entführte Asche des Kommodore gefunden. Immer noch im Handstaubsauger. Den ich einem der Entführer über den Kopf geschlagen habe. Woraufhin der Handsauger auseinanderbrach. Und … nun ja … Sie können es sich denken.«
»Die Asche des lieben Verblichenen in alle vier Winde verweht wurde.«
»Richtig. Mehrheitlich in die Alster. Was ja schön ist, weil die Alster doch in die Elbe fließt, nicht wahr, und die wiederum in die Nordsee, und der Kommodore hat das Meer geliebt.«
»Hm. Ich verstehe. Das ist aber keine Entweihung eines Toten. Nur einen Tacken respektlos.«
»Es geht ja noch weiter.«
Konny hörte, wie Pater Ralf näher an das Gitter rutschte, um auch ja nichts zu verpassen. Sie holte tief Luft. »Ich konnte das meiner Schwester nicht erzählen. Ich … konnte einfach nicht. Sie wäre am Boden zerstört gewesen. Also …« Zum ersten Mal fasste sie das Unaussprechliche in Worte. »… bin ich an der Außenalster entlanggelaufen, bis ich zu einem Café kam, wo Leute draußen saßen und rauchten …«

»Sie haben die Aschenbecher des Kaffeehauses entleert?« Pater Ralf klang weniger entsetzt als beeindruckt. Sein Bischof erzählte ihm in jedem Personalgespräch, dass er mehr Eigeninitiative zeigen solle. Vielleicht konnte er von dieser Sünderin noch was lernen. »Und den Inhalt in den Staubsauger gefüllt und Ihrer Schwester als die Asche ihres Mannes untergejubelt?!«

»Nein, Zigarettenasche ist ja viel zu leicht. Und nicht so ... körnig wie die Asche von Verstorbenen.«

Pater Ralf rutschte hörbar vom Gitter weg. Er ahnte Schlimmes.

»Sie haben jemand umgebracht und verbrannt?« Wieder dieses Kieksen.

Konny rollte mit den Augen. »Nei-hein! Sie schauen zu viel fern! Ich habe nach jemand Ausschau gehalten, der mir helfen konnte.«

»Und dieser Jemand hat jemand anderen umgebracht und verbrannt?«

»Sie sind echt morbide!« Konny musste unwillkürlich glucksen, weil er jetzt wie ein Zwölfjähriger klang, der sich voller Stolz im Kino in einen Film ab 16 geschmuggelt hatte und es schon kurz nach der Eröffnungsszene bereute. »Nein, es ist nicht so eine Art von Beichte!«

Pater Ralf notierte sich innerlich, seinem eigenen Beichtvater zu beichten, dass er in diesem Moment fast ein bisschen enttäuscht war.

»Ich habe einen Imbissstand mit Holzkohlengrill gesucht. Der nette Café-Betreiber hat mir einen Tipp gegeben, eine Art Beach-Club in Uhlenhorst, wo sie noch mit einem echten Holzkohlengrill arbeiten. Und dort ... habe ich die Asche abgegriffen. Dafür habe ich auch eine echt teure Urne gekauft«,

verteidigte sich Konny. »Kriemhild hat gar nicht reingeschaut. Sie hat mir geglaubt, dass ich die Originalasche aus dem Staubsauger umgefüllt habe.« Konny atmete schwer aus. Jetzt fühlte sie sich schon besser. »Ich bereue ehrlich! Aber wenn ich als Buße ein Ave Maria aufsagen soll, müssen Sie mir vorher den Text geben.«
»Erinnern Sie sich, dass ich etwas von tätiger Reue sagte? Sie müssen Ihrer Schwester sagen, dass nicht ihr Mann in der Urne liegt.«
»NIEMALS!«, rief Konny, etwas zu laut. »Das bringt sie um.«
»So schnell stirbt man nicht. Und die Wahrheit macht einen frei.«
»Sie kennen meine Schwester nicht. Die Wahrheit bringt sie um.«
»Das würde ich nicht sagen.«
»Doch, ist so.« Konny nickte.
»Ich habe nichts gesagt«, sagte der Priester.
»Wie bitte?«
»Das war ich.« Die Tür von Konnys Beichtkubus wurde geöffnet. Von Kriemhild. »Bevor du fragst, ich bin dir gefolgt.«
Pater Ralf trat aus seinem Kubus. Er wirkte fasziniert. Nachgerade begeistert.
Konny schluckte schwer. »Kriemhild … es tut mir so leid … äh … wie viel hast du denn gehört?«
»Alles.«
Konny knetete ihre Hände. Eine Übersprungshandlung. Sie wollte ihre Schwester tröstend in die Arme nehmen, traute sich aber nicht. Kriemhild hatte einen bösen rechten Haken …
»Es kann nicht schaden, wenn dir mal was leid tut. Aber in diesem Fall ist es nicht nötig.« Kriemhild lächelte ungewohnt milde. Durch das Altarlicht im Hintergrund wirkte es fast so,

als besäße sie einen Heiligenschein. Die Location machte was mit ihr, kein Zweifel möglich.
Konny glaubte, dass ihre Schwester sie offenbar nicht richtig verstanden hatte. »Kriemhild, ich habe deinen Mann in die Alster geschüttet!« Konny schloss die Augen. Sie wollte nicht sehen, wie die Faust kam, sonst hätte sie sich womöglich weggeduckt. Aber das hatte sie jetzt verdient.
»Nein, hast du nicht.« Kriemhild schüttelte den Kopf, als Konny ein Auge öffnete und Anstalten machte, zu widersprechen. »Der Kommodore weilt schon lange nicht mehr unter uns.«
»Ja, er ist vor fünfzehn Jahren gestorben.«
»Das meine ich nicht. Ich rede von seiner Asche.«
Pater Ralfs Kopf ging von links nach rechts und zurück nach links, wie die Köpfe der Zuschauer in Wimbledon. Dass er ein Mann Gottes war, merkte man daran, dass er nicht versuchte, diesen irrwitzigen Schlagabtausch mit der Handykamera zu filmen.
»Ich doch auch!«
»Nein, du redest von dem, was ich in die zweite Urne gefüllt habe, nachdem mir die erste Urne aus den Händen geglitten ist.«
Konny starrte ihre Schwester an. Mit offenem Mund. »Äh … was? Du hast die Urne gecrasht? Wann?«
»Am Tag nachdem er in den Niederlanden kremiert wurde.« Kriemhild seufzte angesichts der Erinnerung. »Ich war völlig durch den Wind, und da ist mir die Urne aus den Händen geglitten. Auf dem Fliesenboden im Hotelzimmerbad.«
»Warum hast du mir das nie erzählt?«
»Das war etwas zwischen mir und dem Kommodore. Dir konnte es egal sein. Jedenfalls habe ich bei Nacht und Nebel etwas

Erde aus dem Garten hinter dem Hotel in die Urne gefüllt und gut.«
Konny schüttelte den Kopf. »Dann war das all die Jahre holländische Gartenerde?«
»Nein. Die Urne ist mir vor einem guten Jahr beim Putzen auf den Boden geknallt. Ich musste sie ersetzen. Und als die Neue kam, habe ich Zigarrenasche von Herrn Hirsch mit ein bisschen Komposterde gemischt. Voilà.«
Pater Ralf grinste. So viel Unterhaltung wurde ihm bei der Abnahme der Beichte sonst nie geboten.
»Hast du irgendwo Urnen gebunkert?«
»Sei bitte nicht albern, übers Internet ist das alles kein Problem.«
Konny konnte es immer noch nicht glauben. »Aber warum hast du der Urne dann jeden Abend eine Gute-Nacht-Geschichte vorgelesen, wenn der Kommodore da gar nicht drin war?«
»Weil die Asche nur ein Symbol ist! Meine Güte, es geht um's Prinzip! Nicht darum, wer oder was in der Urne liegt. Die Urne mit der falschen Asche ist doch nur eine Krücke, die den Kommodore in meiner Erinnerung und in meinem Erleben präsent hält.«
»Wollen die Damen vielleicht mit in mein Büro kommen und einen Tee trinken?«, unterbrach Pater Ralf. »Ich habe das Gefühl, zwischen Ihnen beiden muss noch einiges geklärt werden.«
Konny hätte zu gern eine Tasse Assam-Tee mit einem Klecks Sahne getrunken, als Nervennahrung, aber Kriemhild lehnte ab. »Danke, nein. Erteilen Sie Konny rasch die Absolution. Meine Schwester und ich müssen los.«
Pater Ralf grinste. »Ich bin mit Ihrer Schwester im Reinen. Sie

müssen sie von ihren Sünden freisprechen und ihr sagen, dass Sie ihr vergeben.«
»O bitte, Schwestern machen so etwas nicht – Schwestern halten sich ihre Verfehlungen gegenseitig bis zum Jüngsten Tag vor.« Kriemhild nahm Konny am Arm. »Und jetzt los.«
»Wieso denn? Uns treibt doch jetzt nichts mehr. Die Schurken sind alle tot, und Kommissar Tröndle hat uns seinen Segen für die Heimfahrt gegeben. Wir sind nicht in Eile.«
»Sind wir doch.« Kriemhild nickte. »Erstens stehen Chuck Norris und Amenhotep draußen vor der Kirche, und bestimmt telefoniert so ein selbsternannter Tierschützer schon in diesem Moment mit dem Ordnungsamt oder dem Tierschutzverein, dass zwei unschuldige Kreaturen mit Frischluft gequält werden … und zweitens …«
»Du hast mich mit dem Vogelkäfig und der Katzentransportbox bis zur Kirche verfolgt? Und Amenhotep und Chuck dann einfach draußen gelassen?« Konnys Stirn legte sich in Falten. Das war selbst für Kriemhild ein neuer Rekord.
Kriemhild grinste. Ein ungewohnter Anblick. Selbst Pater Ralf zuckte zurück. »Nein, Liebelein, ich habe uns einen Mietwagen besorgt, und die beiden haben es sich auf der Rückbank bequem gemacht. Und dürfen dort tun und lassen, was sie wollen. Wir sind nämlich reich. Ich weiß jetzt, wo der der Schatz ist!«

nu mal butter bei die fische

»Du warst dir schon einmal sicher, dass du weißt, wo der Schatz ist. Bist du jetzt *sicher* sicher?«

Konny und Kriemhild standen auf den Landungsbrücken. Der Wind spielte mit Konnys Locken. Mit Kriemhilds Zopf hätte er ebenfalls gern gespielt, aber da hätte er auch versuchen können, Beton aufzuwirbeln.

»Absolut sicher.« Sie zückte das Gesangbuch, das sie im Seesack des Kommodore gefunden hatten. »Dann mal los.«

»Wie jetzt? Was willst du mit dem Gesangbuch?«

»Wir gehen jetzt zur Kirche des Kommodore.«

Konny verstand nur Bahnhof. Hier gab es keine Kirche, nur Elbe, Möwen, Aussichtsboote und Futterstellen für Touristen. In der Ferne funkelte die Elbphilharmonie im Sonnenlicht.

Es war ein wunderbarer Vormittag, der – wenn man Kriemhild glauben durfte – gleich noch wunderbarer werden würde. Konny folgte ihrer Schwester kopfschüttelnd.

Sie schritten an den Souvenirläden und Imbissbuden vorbei, bis sie zu *Fiete* kamen, einer abgeranzt wirkenden Kneipe, die von den Touristen links liegen gelassen wurde, vermutlich weil sie Angst hatten, sich was einzufangen. Einen Spreißel. Oder eine Lebensmittelvergiftung.

Dabei waren die Fischbrötchen das Leckerste, was Hamburg zu bieten hatte. Und die Krabben waren frisch. Deswegen waren die dunklen Holzbänke auch alle belegt. Von echten Hamburgern, mehrheitlich alten Seebären. Weshalb auf jeder Bank auch nur ein Mensch saß. Weder der Hamburger an sich noch der Seebär an sich kuschelten gern mit Fremden.

Kriemhild blieb vor der kleinen Kneipe stehen und breitete die Arme aus. »Wir sind da.«

Konny sah durch die Panoramascheiben ins Innere. Die Männer, alle alt und alle mit Bart, mümmelten vor sich hin, hatten kalte Pfeifen im Mund oder lasen Zeitung. Hinter der Theke polierte eine junge Frau Biergläser.

»Das ist keine Kirche«, sagte sie.

»*Was ich mit meinem Herrgott zu regeln habe, das regele ich unter vier Augen mit ihm*, hat der Kommodore immer gesagt.« Kriemhild presste das Gesangbuch an die Brust. »*Und wenn ich mal meinen Moralischen hab, dann geh ich zu Fiete.*«

»Ja und?« Konny konnte ihr immer noch nicht folgen.

»Der Kommodore brauchte keinen Vermittler für seine Angelegenheiten mit Gott, also brauchte er auch keine Kirche. *Fiete* war seine Kirche!«

»Und warum dann das Gesangbuch?«

Kriemhild schüttelte traurig den Kopf. »Es ist so unfair, dass ich von uns beiden die ganze Intelligenz abbekommen habe und du nur das Talent, mit den Ohren zu wackeln.«

Sie öffnete die Tür und trat ein. Konny hinterher.

»Moin!«, sagte Kriemhild zu der jungen Frau. »Ich möchte etwas abholen.« Sie legte das Gesangbuch auf die Theke.

Die junge Frau starrte sie verständnislos an. »Äh … wie bitte?«

Konny rollte mit den Augen. Sie hatte es ja gewusst. Wieder ein Schlag ins Wasser. Die arme Kriemhild.

»Lass mal, min Lütte, ich mach schon.« Einer der alten Seebären mit Vollbart erhob sich und kam auf Kriemhild zu.

»Danke, Opa.« Die junge Frau polierte weiter Gläser.

Der Alte nahm das Gesangbuch von der Theke und schlug es auf. »Ach, kiek an, der Kommodore.« Er sah auf. »Bist du seine Witwe?«

Kriemhild nickte.
»Ist ja schon 'ne Ecke her«, sagte er.
»Ich konnte nicht früher kommen.« Sie sah ihn fest an. »Aber ich glaube, mein Mann hat hier etwas deponiert?«
»Jau, hat er.« Der alte Seebär, vermutlich Fiete höchstselbst, nickte und verschwand in einer Hinterkammer.
Konny hielt den Atem an. Kriemhild schien dagegen ganz entspannt.
Die Zeit zog sich. All die fünfzehn langen Jahre zuvor waren Konny nicht so endlos vorgekommen wie diese paar Minuten. Wer auf einen Schatz wartete, hatte ein anderes Zeitgefühl. Von draußen hörte man Möwen und Schifftutentöne.
Schließlich kam der Alte wieder. In der Hand hielt er einen Turnbeutel aus grobem Stoff mit einer Kordel.
Konny schaute enttäuscht. Sie wusste nicht genau, was sie erwartet hatte, aber sicher nicht etwas, das aussah wie die gebündelte Schmutzwäsche des Kommodore.
Kriemhild ließ sich nichts anmerken. »Der Beutel gehörte dem Kommodore?«
»Jau. Haben wir früher so gemacht. Wenn einer 'ne Fahrt antrat, hat er bei mir deponiert, was nicht mit an Bord sollte, weil's nicht salzlufttauglich oder zu wertvoll war. Das Gesangbuch galt als Abholschein.« Er zupfte sich am Bart. »Die Jungen machen das aber nicht mehr. Die geben ihr Zeug lieber fremden Menschen. Es herrscht kein Vertrauen mehr auf dieser Welt.«
Kriemhild nahm ihm den Turnbeutel ab. »Tja, dann vielen Dank.«
»Willst du nicht reinschauen, min Deern?«, fragte der alte Fiete.
Kriemhild lächelte. »Ich vertraue Ihnen!«
Konny wackelte mit den Ohren.

All die Tage danach

Es ist nie ganz zu Ende …

Südlich der Elbe …
… da ist das Leben nicht dasselbe.
Beginner

*

»Du solltest die Herrscherin des Universums werden!«
»Geht das auch von der Matratze aus?«
»Aber natürlich, wie Majestät befehlen.« Konny stellte das Tablett mit dem Morgentee auf den Boden neben die Luftmatratze.
Kriemhild hatte das volle Rundum-Verwöhn-Programm mehr als verdient, denn nur Kriemhilds sechstem Sinn hatten sie ihr Happy End zu verdanken.
Sie hatten ihr Abenteuer im hohen Norden lebend überstanden und waren wieder zu Hause. Ein Zuhause, das noch kleinteilig zerlegt war – weshalb sie auf Luftmatratzen genächtigt hatten –, aber nicht mehr lange.
Konny hatte sich sehr gewundert, wie wenig Platz zweitausend lila Fünfhundert-Euro-Scheine benötigten: Sie passten problemlos in einen Turnbeutel.
Mit der Million konnten sie die Pension wieder herrichten. Und es blieb sogar noch etwas übrig.
Das Geld gehörte natürlich Kriemhild. Das heißt, eigentlich gehörte es … Wem eigentlich? Dem Staat, den Erben des südamerikanischen Playboys, den Diamantenproduzenten?
Konny wusste es nicht, und es war ihr auch egal. Das Schicksal

hatte sich etwas dabei gedacht, dass es den Schatz letzten Endes zwei reizenden alten Damen zukommen ließ.
Und wer waren sie, dass sie dem Schicksal widersprachen?

*

»Na du, ich bin's.« Klaus klang, als hätten sie sich gerade mal ein paar Stunden nicht gesehen. Dabei waren es jetzt exakt zehn Tage, seit er sie auf der Hochzeit einfach hatte stehenlassen. »Am Wochenende bin ich frei. Wie wär's, sollen wir über Land fahren? Irgendwo nett einkehren? Spaß haben?«
Für ihn waren es nur zehn völlig normale Tage gewesen, für Konny war es ein Abenteuer, das einen ganzen Roman füllen könnte.
Sie bemühte sich sehr, sich die schönen Stunden zu vergegenwärtigen, die sie mit ihm gehabt hatte. Es fiel ihr schwer.
»Du hast dich über eine Woche nicht gemeldet«, sagte Konny.
»Nicht nörgeln, Kleines, damit vergrault man jeden Mann.«
Er sagte es nicht einmal besonders vorwurfsvoll. Aber bei Konny kam es wie eine Ohrfeige an. Und sie wollte verdammt sein, wenn sie sich schlagen ließ.
»Ich hätte mir gewünscht, von dir zu hören«, konstatierte sie.
»Konnymäuschen, sei wieder lieb. Ich hatte viel um die Ohren, aber jetzt habe ich für dich Zeit. Schätzchen, ich bin doch dein Prinz, ich würde Drachen für dich töten.« Er säuselte es mit der vibrierenden Bassstimme, die sie immer so sehr an ihm geliebt hatte.
»Ich brauche keinen Prinzen, der Drachen für mich tötet, ich brauche einen, der mich liebt, wenn ich mal einer bin!« Konny musste zugeben, dass das jetzt spitz geklungen hatte. Nachgerade zickig.

»Konny, wenn du schwierig sein willst, dann bist du bei mir falsch. Ich muss dir leider sagen: So funktioniert das für mich nicht. Dann können wir die Sache gleich ad acta legen.«

»Prima, das kommt mir sehr entgegen.« Konny hörte noch ein fassungsloses »Was …?«, aber da hatte sie schon aufgelegt. Sie fühlte sich schlagartig frei. Und leicht. Kein Wunder, sie hatte neunzig Kilo verloren.

Hach, es war so schön, wenn Menschen, die einem nicht gut taten, gelobten, nichts mehr mit einem zu tun haben zu wollen. Das war, als würde der Müll sich von allein raustragen …

*

Chuck Norris war ein kluger Graupapagei. Womöglich war er sogar der Einstein unter den *Psittacidae* – er konnte nämlich allein durch Zuschauen lernen, wie man Riegel öffnete. Beispielsweise den Riegel der Hintertür. Oder das Küchenfenster. So gelangten er und Amenhotep mehrmals hintereinander ins Freie.

An sich noch nicht wirklich ein Problem, zumal die beiden für ihr Leben gern fraßen und wussten, wer sie fütterte. Zu keinem Zeitpunkt bestand also die Gefahr, dass sie auf und davon laufen beziehungsweise fliegen würden.

Nein, es war weitaus schlimmer.

Chuck Norris und Amenhotep entwickelten sich zur Goldenen Horde – wie der mongolische Sturm der Vernichtung, der im Mittelalter über Europa hinweggezogen war: plündernd, brandschatzend, mordend.

Nachdem sie den Dobermännern der Knudsens Angst eingejagt hatten, fürchteten sie sich vor gar nichts mehr. Ihr Lieblingsfeind war der Schafbock der Schobers. Unzählige Male

kamen sie abends zurück in die Pension, mit Schafwolle im Schnabel und zwischen den Krallen.
Das blieb natürlich nicht unbemerkt. Einmal hätte die Schoberin Amenhotep beinahe mit der Mistgabel erschlagen, aber Chuck Norris flog ihr in die Haare und biss sie ins Ohr.
Von da an verbrachte das unselige Gespann seine Tage in Isolationshaft. Konnys ehemaliges Büro wurde zum Tierknast – mit einer großen Voliere für Chuck und einem Riesenkratzbaum für Amenhotep. Alles in allem hätten sie es schlimmer treffen können. Sie arbeiteten bereits an einem Fluchtplan: Das Loch in der Wand hinter dem Kratzbaum wuchs stündlich …

*

Konny und Kriemhild waren – aus Gründen, hüstel – gern damit einverstanden, dass der Ruhm und die Ehre für die Ergreifung des Serienmörders an die Sekretärin der Mordkommission ging. Schließlich hatte sie den Stein ins Rollen gebracht.
Frauke Knudsen erhielt eine besondere Belobigungsurkunde für ihren ›beispielhaften Einsatz, der über die Dienstpflicht hinausgeht‹.
Sie freute sich wie Bolle. Ihre Eltern auch.

*

Die Ming-Urne mit dem, was die Asche des Kommodore hätte sein sollen, aber in Wirklichkeit Grillkohle war, bekam auch weiterhin einen Ehrenplatz in Kriemhilds Schlafzimmer.
In ihrer Erinnerung hatte sie eine beglückende Ehe geführt, und das ließ sie nicht nachträglich durch die Untreue des Kommo-

dore mit diesen Gabis zunichtemachen, der aus Fleisch und der aus Silikon.
Was sich an Kummer in ihr Herz schleichen wollte, wurde durch all die wunderbaren Pläne beiseitegeschoben, die sie in Angriff nehmen wollte. Und dank der Million auch umsetzen konnte.
Eine ganz beträchtliche Summe spendete sie als Erstes der Seenotrettung. Wegen der Höhe der Spende kam sogar irgendein Ehrenamtlicher vorbei, ließ sich mit ihr fotografieren und schickte das Foto an die dpa.
Kriemhild gefiel sich in der Rolle der Mäzenin. Sie ließ das Foto vergrößern und rahmen und lehnte es an die Urne. Die dahinter nicht mehr zu sehen war.
Auch gut.

*

»Ein Wunder, es ist ein Wunder geschehen!«
Sissi von Schächer rief am Montag nach Konnys Rückkehr in den Süden an. Eklatant früh. Konny hatte gerade mal eine Tasse Kaffee intus und war daher noch nicht wach.
»Was?«, fragte sie begriffsstutzig.
»Ich habe deine tote Schwester in einer dpa-Meldung gesehen. Sie hat aus dem Jenseits Geld gespendet?«
Unversehens fiel Konny wieder ein, mit welcher Lüge sie sich bei ihrer Chefredakteurin abgemeldet hatte.
»Ja … äh …«
»Streng dich nicht unnötig an. Mir ist klar, dass du deine Schwester für tot erklärt hast, weil du dich um deine Kolumnen drücken wolltest. Mach das noch mal und du bist gefeuert, klar?«

»Klar.« Konny seufzte.
»Und ehrlich, von einer Journalistin wie dir hätte ich eine glaubhaftere Lüge erwartet.«
»Aua«, sagte Konny, »das war jetzt aber ein Schuss unter die Gürtellinie.«
»Wenn es dich tröstet: Ich habe auf's Herz gezielt.«

*

»Nee, das kann man nicht weglasern. Wär auch schade drum, ist ein toller Krake.« Dennis aus dem *Tattoo Theater* betrachtete andächtig Konnys Oberarm. »Das hat ein echter Könner gestochen, Respekt!«
»Warum kann man das nicht weglasern?«
»Wegen der Einstichtiefe, der Größe und der Farbintensität. Ich tippe auf zehn Laserbehandlungen. Minimum. Eher zwanzig. Und zwischen den einzelnen Sitzungen braucht die Haut eine Erholungsphase. Vier bis acht Wochen, manchmal mehr.« Er nickte. Acht Wochen mal zwanzig – so lange lebte die Alte doch gar nicht mehr. Was er natürlich nicht aussprach. »Außerdem kann es bei dieser Farbpigmentierung zu einem unumkehrbaren Farbumschlag kommen.«
»Zu was?«
»Echt jetzt, ich rate total davon ab.«
Konny sah in den Spiegel neben der Liege, auf der sie saß, während Dennis ihren Arm inspizierte.
Das Spiegelbild der Monsterkrake auf ihrem Oberarm schien ihr hämisch zuzuzwinkern.
»Aber natürlich könnte man das noch aufpimpen«, sagte Dennis. Er wirkte plötzlich euphorisch. »Ich hätte da spontan eine Idee.«

»Ach ja?« Konny schöpfte Hoffnung.
»Ja!« Er strahlte. »Ich stech noch einen Schriftzug drunter: *Release the Kraken*!«
Konny sah zu dem Fliesenboden hinunter und seufzte. Jetzt war es offiziell: Sie war zu alt für diesen Scheiß!
Dennis ging in die Knie und schaute sie von unten an. »War das ein Ja?«, fragte er, fast schon gierig, wie ein Welpe, der um ein Leckerli bettelt.
Konny sah wieder in den Spiegel. Sie richtete sich auf, drückte den Rücken durch und verschränkte die Arme unter ihrem Busen.
Was soll's, dachte sie, *in dieser Zitrone ist noch jede Menge Saft!*
»Ja«, sagte Konny und lächelte, »so soll man es schreiben, so soll es geschehen!«

Release the Kraken!

Danksagungen

Dieses Buch ist ein Zeugnis meiner Liebe zu Hamburg. Es verdankt seine Entstehung natürlich in erster Linie dem Verlag. Und dem Agenten. Aber auch der steten Motivation durch so wunderbare Fans wie *Magicadehextwit* alias Anyah und *Pummelfee* alias Britta. Und natürlich der Inspiration durch Jack Sparrow.

Soundtrack zum Buch

City Blues von Beginner (in Endlosschleife)

»Nehmen Sie das Leben nicht zu ernst – es ist ja nicht so,
als würden Sie ihm lebend entkommen können.«
~ Kummerkastentante Konny

Mit an Bord

Konny und Kriemhild: Zwillingsschwestern, nicht eineiig, sechzig plus
Amenhotep: Nacktkater

Frauke Knudsen: Sekretärin der Mordkommission Hamburg
Kommissar Tröndle: Hamburger mit süddeutschem Migrationshintergrund

Hans-Herbert Kaminski: alias Enterhaken-Herbert: Schurke
Hans Schenk alias die menschliche Kanonenkugel: Schurke
Walter Paqué alias das Wiesel: Schurke

Wolfgang »Wolli« Matzau: Nachmieter
Chuck Norris: Graupapagei
Guntram Buddenschön: Concierge

Der erste Maat (Dirk Dierksen, Klärwerktaucher)
Der Smutje (Waldemar Stickelhoven, Altersheimbewohner)
Die Geliebte (Animierdame, Yogalehrerin)
Der Antiquitätenhändler (Nicht-Plönzke)

Konny und Kriemhild, beide über sechzig, führen nicht sonderlich erfolgreich eine Pension in der Provinz. Eines Tages wird die Idylle durch einen Mord gestört – und die Schwestern entpuppen sich als wahre Meisterdetektivinnen …

In die Beschaulichkeit der Bed-&-Breakfast-Pension der Schwestern Konny und Kriemhild platzt eine Band junger Musiker, die den Haushalt ordentlich auf den Kopf stellt – bis einer von ihnen tot aufgefunden wird.
Hat der Gärtner den Gast versehentlich mit seinem Aufsitzrasenmäher umgefahren? War es wirklich ein Unfall? Oder nicht doch Mord? Kurzentschlossen nehmen die Schwestern die Ermittlungen selbst in die Hand – ihr Haus, ihre Regeln.
All das vor den Augen eines zufällig anwesenden Hotelkritikers. Und der Pensionskatze: dem unsäglich hässlichen Sphynx-Kater Amenhotep. Das Chaos ist perfekt!

Tatjana Kruse, Der Gärtner war's nicht! – Die K&K-Schwestern ermitteln. insel taschenbuch 4565. 316 Seiten

NF 401/1/6.18

NF 387/1/3.18